# 난

네뒤에 있었어

NF

J'ETAIS DERRIERE TOI
by Nicolas FARGUES
Copyright © EDITIONS P.O.L, Paris, 2006
Korean Translation Copyright © MUJINTREE Co. Ltd. 2008
All rights reserved.

This Korean edition was published by arrangement with EDITIONS P.O.L, (Paris)
through Bestun Korea Agency Co., Seoul

# 난
## 네 뒤에 있었어

니콜라 파르그 | 이혜원 옮김

# 난 네뒤에 있었어

첫판 1쇄 펴낸날  2009년 3월 23일

지은이 I 니콜라 파르그
옮긴이 I 이혜원
펴낸이 I 박남희
디자인 I Studio Bemine
제작 I 이희수
종이 공급 I 화인페이퍼
인쇄 I 청아문화사
제본 I 정민제본

펴낸곳 I (주)뮤진트리
출판등록 I 2007년 11월 28일 제318-2007-000130호
주소 I 서울시 영등포구 양평동 2가 37-2 양평빌딩 301호
전화 I 02-2676-7117  팩스 02-2676-5261
E-mail I geist6@hanmail.net

ISBN  978-89-961210-3-9 03860

* 잘못된 책은 교환해드립니다.

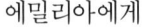
에밀리아에게

# 세계적인 작가를 꿈꾸며

　몇 달 전, 저의 작품을 여러 권 출간한 바 있는 프랑스 출판사의 편집 담당자를 통해 저의 책들이 한국에서 곧 출간될 예정이라는 소식을 전해들었을 때 한편으로는 자랑스러웠고, 또 한편으로는 조금 걱정스러운 마음이 들었습니다. 작가에게 있어서 자신의 작품이 모국어가 아닌 다른 언어를 통해 이역 만리 떨어진 타국의 독자들에게 알려진다는 것은 늘 가슴 벅찬 일이기에 우쭐한 마음이 들기도 했습니다. 게다가 저의 책들이 어떤 나라에서 번역되었는지를 묻는 질문을 받기라도 하면, 짐짓 겸손한 체하면서 대부분 유럽 국가인 나라들의 이름을 줄줄이 대다가, 만면에 싱글거리는 미소를 지으며 머뭇거리는 척하면서 "아, 참! 한국도 있네요!" 하고 말할 수 있게 되었습니다. 사실 유럽 작가로서 자신의 작품이 대우와 봉준호 감독의 나라인 한국에서 번역, 출간된다는 것은 여행 마니아가 세계 어디든 자유롭게 드나들 수 있는 패스포드를 발부받은 것과 다름없습니다. 하지만 프랑스를 넘어서 보다 폭넓은 독자층을 접하게 되었다는 만족감 뒤로 "프랑스와는 전혀 다른 사회에서 과연 내 책이 받아들여질까?" 하는 의구심이 든 것도 사실입니다.

지금까지도 《난 네뒤에 있었어》는 제게 진정한 문학적 성공을 안겨준 유일한 작품입니다. 또한 제가 발표한 여섯 권의 책들 중에서 머리가 아닌 가슴으로 쓴 유일한 소설이기도 합니다. 이 책은 제가 쓴 단 하나의 자전적 소설이기 때문입니다. 저는 이 작품을 통해서 지나친 자기만족에 빠지지 않으면서 가능한 한 솔직하게 인간의 내면에 깃든 고통과 비겁함, 죄의식, 위선 등을 이야기하고자 했습니다. 뿐만 아니라 희망과 행복도 함께 이야기하고 싶었습니다. 이 책을 쓰고 나서 제가 얻은 교훈은 저와 같은 작가는 어떤 문학적 기교나 재능보다도 진솔한 글을 통해서 더욱 많은 독자들의 가슴에 따뜻한 감동을 전할 수 있으리라는 것입니다. 그러므로 앞으로 이 책을 읽고 유럽식 사랑과 이별 이야기에 공감하게 될 한국의 독자들에게 서신을 통해 만나고 싶다는 말을 전하는 바입니다.

2009년 3월
니콜라 파르그

# NF

에로 디에트로 디 테가 뭔지 알아? '난 네 뒤에 있었어'라는 뜻이야. 사실 그녀는 저녁 식사 시간 내내 줄곧 우리 테이블 뒤에 앉아 몰래 나를 훔쳐보고 있었거든. 그런데 나는 그게 얼마나 상징적인 말인지 지금에서야 힘겹게 깨닫고 있는 중이라니, 웃기는 일이지. 그 말은 이런 뜻이었을지도 몰라.

"나는 요 몇 년 동안 줄곧 네 뒤에 있었어. 그리 멀지 않은 곳에. 네가 나를 보지 못했을 뿐이야. 우린 꼭 만났어야 했는데도 번번이 그냥 지나쳤지. 그런데 지금 나는 여기 있어. 그래서 그걸 네게 알리려고 하는 거야. 이제 칼자루를 쥔 건 너야. 나중에 미리 알려주지 그랬냐고 딴소리하거나, 네 인생에서 절호의 찬스를 놓쳤다고 가슴 치며 애통해하지는 마."

식사를 마치자 웨이터가 계산서와 함께 명함 하나를 가지고 왔어. 왜 있잖아, 윗부분에 레스토랑 이름과 로고, 연락처 등이 적혀 있는 그런 거. 네가 눈여겨봤는지는 모르겠지만 이탈리아는 이런 게 참 잘 되어 있어. 고급스런 종이에 세련된 디자인과 우아한 활자체, 인쇄도 비교적 깔끔한 편이야. 그 사람들은 항상 우리보다 이런 것에 세심하게 신경을 쓰거든. 명함 뒷면에는 볼펜으로 이렇게 적혀 있었어. "에로 디에트로 디 테-알리스." 이탈리아식 발음으로는 알리체라고 해. 거기에는 33이나 34로 시작되는 휴대전화 번호가 있었어. 웨이터는 웃으며 슬며시 명함을 내밀고는 이탈리아어로 자초지종을 털어놓기 시작하는 거야. 나는 고개를 끄덕이며 알았다고 했지만, 사실 다섯 마디 중에 한 마디 정도 알아들었을까? 나는 이탈리아어를 모른다는 사실을 굳이 밝히려고 하지 않았어. 기분이 몹시 상했지만 자존심 때문에 알아들었다는 듯 연방 고개를 끄덕였지. 그런 식으로 반응하다니 멍청한 짓이야, 그렇지? 바보가 따로 없다니까.

그는 내가 무슨 말인지 통 알아듣지 못한다는 것을 눈치채고는 아버지와 새어머니 쪽으로 슬며시 돌아서서 이야기하기 시작했어. 두 분은 이탈리아어를 할 줄 아셨는데, 우리 뒤편에 앉은 젊은 여자가 나에게 자기 전화번호를 꼭 좀 전해달라고 했다는 거야. 그런데 그 웨이터 말이야. 그게 그렇게 재미있었나 봐. 글쎄, 슬쩍 미소를 짓더라니까! 비웃은 게 아니야. 그러거나 말거나 하는 식의 웃음은 더더욱 아니고. 그보다는 오히려 쑥스러워하는 듯한 미소였어. 감격해서 어쩔 줄 몰라 하는 것 같은 수줍음이라고 할까. 그래, 바로 그거야. 감탄한 듯하면서도 얼떨떨한 표정을 짓게 되는 그런 수줍음. 그는 얼굴이 벌게져서 그처럼 어색한 미소를 지었는데, 젊은 여자가 남자인 나에게 아무렇지도 않게 자기 휴대전화 번호를 건넸다는 사실이, 그게 그렇게 가슴 부풀어오르는 낭만적인 일로 보였던 거지. 하긴 그래. 어쨌든 그런 장면은 영화나 책에서 나올 법한 이야기이고, 입장을 바꿔놓고 생각해봐도 그게 레스토랑에서 날이면 날마다 벌어질 만한 그런 일은 아니잖아. 나는 정말 그런 것까지는 미처 깨닫지 못하고 있었어. 나야 그 일의 당사자이고, 그 쪽지를 건네받은 것도 바로 나였으니까. 하지만 다른 사람들이 보기에 어떨까 하고 생각해보니 꽤 충격적인 일이겠더라고. 안 그래? 그래서 내가 이번에는 영어로 웨이터에게 물었지. 하지만 너도 말했다시피 이탈리아 사람들에게 "두유 스피크 잉글리시?" 하고 물으면, 너 나 할 것 없이 매우 겸손하게 특유의 억양으로 "저스테 리틀 비트"라며 집게손가락 끄트머리를 살짝 보이면서 대답하잖아. 그 사람들은 "아주 조금 할 뿐"이라고 말하지만, 사실은 다 알아듣고, 프랑스 사람보다 말도 끝내주게 잘한다고. 그런 줄 몰랐어? 그렇다니까, 웨이터는. 나는 그 웨이터에게 영어로 물었어. 무엇보다 프랑스식 악센트를 티내지 않으려고 애쓰면서 말이야. 어쨌든 영어로 말할 때 우리 억양이 좀 그렇잖아. 웨이터에게 그 여자가 아직 그 자리에 있는지, 어떤 여자인지, 예쁜지 안 예쁜지 자세히 말해달라고 했어. 하지만 그 정도에서 멈췄어. 우스갯소리로 아버지와 새어머니, 그리고 남동생이 보는 앞에서 관심을 끌기 위해 아무렇게나 막 물어본 거야. 그냥 재미삼아. 그런 식으로 가볍게 이야기하면서 관심을 다른 곳으로 돌리는 편이 도움이 되었거든.

그날 저녁은 도저히 상상도 할 수 없을 만큼 상태가 나빴다니까. 진짜야. 얼마 전에 알렉상드린이 한 달 남짓 바람을 피웠거든. 나는 도저히 믿을 수가 없었어. 끔찍했지. 그녀를 바라볼 때마다 그 사실이 떠올랐단 말이야. 더 이상 생각하지 않으려고 안간힘을 써봤지만 아무 소용 없었어. 결국 증세가 심각해지더니 병적인 상태가 되더라고. 온통 그 생각으로 머릿속이 서서히 곪아 곧 터져버릴 것 같았어. 하루하루 피가 마르는 느낌이었지. 밤낮으로 명치끝이 무지근한 게 딱딱한 공이 하나 매달린 것 같더라고. 왜 있잖아, 네 속에 들어앉아 널 꽉 틀어쥐고 있는 그런 공. 곧바로 육체적 고통으로 나타나는 마음속 불만 같은 거. 무슨 말인가 하면 항우울제나 프로작 등을 처방받게 되는 그런 것 말이야. 그 일을 겪기 전에는 프로작 따위가 왜 필요한지 이해할 수 없었어. 전에는 일이 잘 풀리지 않아도 체면 차리는 데에만 급급해서 그 사실을 인정하지 않고—게다가 너도 알다시피 예전에 나는 그러다 결국 스스로 모든 게 뜻대로 잘 되고 있다고 믿어버리는 **자칭 해피가이**였으니까—고집스럽게 나는 행복하다, 나는 행복하다고 생각했기 때문에 그게 어떤 기능을 하고, 무슨 쓸모가 있으며, 어떤 화학적 효과가 있는지 이해하지 못하겠더라고. 사람들이 나에게 우울증이나 마음속 불만에 대해서 말하면 나는 그게 추상적인 이야기로만 들렸거든. 메독산産 포도주니 정신분석이니, 또 그런 말이니 하는 것들은 모두 의지가 박약한 사람들을 위한 것이라고. 나는 그런 것에는 무관심한 채 경멸하면서 완전히 편협한 사람으로 변해갔어. 나는 아무 노력도 하지 않고 가만히 앉아서 불행해질 수도 있다는 게 이해하기 힘들었어. 그리고 인상을 찌푸린 채 한순간에 10년이라는 세월을 허비할 수도 있다는 게, 어느 날 갑자기 환한 웃음으로 다른 사람에게 좋은 인상을 주고 싶다는 욕구가 사라져버릴 수도 있다는 게 이해하기 힘들었거든. 뭔가 일이 잘 풀리지 않는 사람들은 그런 상황에 굴복해버리고 말아. 요컨대 아무리 힘들어도 그래선 안 되지 싶었던 거야. 어떤 식인지 알겠지?

나는 지금껏 단 한 번도 프로작 따위를 처방받을 생각 같은 건 해보지 않았어. 사실 내가 생각해도 나는 필요 이상으로 자아가 강해서 어떤 일이 닥치든 늘 침착하게 모면하거든. 하지만 이제 깨달았어. 감당하기에는 너무 힘들고 벅찬 정신적 고통, 결국에는 스스로 단념하게 만드는 그런 고통이 있다는 것을. 그리고 서양의학은 그런 고통에 대비해 극복할 수 있도록 도와주는 약을 개발했다는 것을. 그러니 그 약이 꼭 필요하더라도, 아무리 힘겹더라도, 다른 방법이 없더라도 그로 인해 조금은 덜 불행하다고 느낄 수 있는데도 그것을 복용하지 않고 견뎌보라고 하는 건 잘못일 거야. 그건 조금도 수치스러운 일이 아니니까. 아니 포도주를 끊임없이 마시고 뭔가 일이 잘 풀리지 않고 있음을 여실히 보여주는 사람들을 더 이상 얕보지 않는 것은 너무 쉬운 일이야. 그들은 자신들이 할 수 있는 걸 할 뿐이라는 사실을 깨달았거든. 왜냐하면 가난한 사람들이 그 지경에 이르렀다는 것은 많은 불편을 겪어야 한다는 뜻이라는 것을 이제는 아니까. 그리고 누구나 자신의 고통에서 벗어나지 못한 채 괴로워할 수도 있다는 것을 분명히 알았으니까. 게다가 이제는 아무도 경멸하지 않아. 이번 일을 계기로 보다 인간다운 인간이 된 거지. 사실 나는 삼십 대가 되고 나서야 내가 세상 사람들과 하나도 다를 게 없으며, 누구나 똑같이 비참한 처지에 처해 있고, 나 스스로 다른 사람들과 수준이 다르다고 생각하는 명청이였다는 것을 깨달았어. 하기야 정신과 의사가 6월에 치료를 시작할 때부터 내게 했던 말도 바로 그런 거였어.

"이젠 다른 사람들보다 수준이 높다는 생각을 버리세요. 당신은 그들과 **더불어** 살아가는 거예요."

**더불어**라는 단어에 특히 힘주어 말하면서 말이야. 예전에 나는 다른 사람들에게 마땅히 할 말이 없었어. 그저 내가 이야기할 필요가 있을 때 누군가 들어주는 사람이 있을 것이라고 막연히 생각했지. 말했다시피 나는 **자칭 해피가**이니까. 하지만 이제는 이렇게 말할 수 있어. 내가 곤경에서 벗어날 수 있었던 것은 다른 사람들이 내 말에 귀를 기울이든 말든 수없이 이야기했기 때문이야.

그래, 나는 이제 그 사실을 큰 소리로 외칠 수 있어.

"여러분, 감사합니다! 여러분이 제 목숨을 구했어요. 오랜 세월 동안 여러분께 거만하게 굴었던 저를 용서해주세요. 이번 기회를 교훈삼아 다시는 이런 어리석은 짓을 되풀이하지 않을게요."

마침내 나는 아무 거리낌 없이 아무렇지도 않게 "잘 지내지?" 하고 물어보면, "아니, 전혀 그렇지 않아. 저쪽으로 가서 이야기했으면 하는데, 시간 좀 내줄래?" 하고 대답할 수 있게 되었어. 다른 사람들에게 내 이야기를 지나치게 많이 하고, 경우에 따라 일어날 수도 있는 내 문제에 대해 이야기함으로써 타인에 대한 내 말끔한 이미지를 깨버릴 수도 있다는 게 더는 두렵지 않았어. 그랬기 때문에 시간 가는 줄 모르고 그들과 서슴없이 이야기를 나눌 수 있게 되었지. 누구나 그렇듯이 말이야. 다른 사람들에게 문제가 생기면 내게 그랬던 것처럼 나는 아무 거리낌 없이 얼굴에 철판을 깐 채 쉴새없이 지껄여서 그들을 괴롭히게 되었어. 예전에 나는 다른 사람들로 하여금 만사가 순조롭게 진행되고 있다고, 나에게 문제가 생긴 지금 그들이 나에게 그러는 것처럼 다른 사람들 문제에 귀를 기울이고 있다고 믿게 했었거든. 아무런 양심의 가책도 느끼지 않고, 가끔은 그들 때문에 지겨울 때도 있다는 것을 철저히 숨긴 채 말이야. 마찬가지로 최근에 내 문제를 터놓고 이야기할 수 있었던 사람들 중에 내가 고민을 들어주어야 할 사람이 한두 명쯤 있는 것은 아닐까? 너 지금 내 말이 지겨운 건 아니지? 믿어도 돼? 하긴 사람들이 내 말을 귀담아 듣든지 말든지 무시하지만 말이야. 지금도 나는 말하고 있어. 말을 하지 않으면 달라지는 것은 아무것도 없으니까. 더구나 다른 사람들이 네게 기대하는 것은 네 문제로 인해 그들에게 피해를 입히지 않는 게 아니라, 정반대로 네 일이 순조롭게 잘 풀리기를 바라는 거야. 다른 사람이 네게 기대하는 것은 네가 가면을 벗어던지고, 본질적으로 그들과 똑같고, 그들처럼 궁지에 처해 있다는 것을 인정하는 거라고. 진정한 공유란 바로 그런 것이고, 그게 바로 인정 人情이야. 네가 아무 문제 없이 잘 지내고, 네 문제로 인해 다른 사람들에게 피해를 주지 않으려고 노력하는 만큼 넌 다른 사람들에게 호감을 얻을 수는 있겠지. 하지만 그렇게 되면 넌 그들의 일원이라고 할 수는 없어. 네 수준이 너무 높으니까. 너는 스스로 행복하다고 여기기 때문에 다른 사람들과 거리를 두고, 그들을 짜증나고 화나게 해. 그런데 그들은 오랫동안 너를 다른 사람과는 다르다고 여기고, 언젠가 너도 다른 모든 이들처럼 좌절하는 날이 오겠지 하고 은근히 즐기는 마음으로 기다리다가 네가 가면을 벗어던지면 그들은 너를 더욱 좋아하고, 네 문제에 깊은 관심을 가지면서 동정심을 느끼게 되는 거야.

아무튼 아까도 말했지만 나는 삼십 대가 되어서야 고통을 겪게 되었어. 아니, 보다 정확히 말하면 그 나이가 되어서야 알게 된 것이지. 다른 모든 사람들처럼 나도 고통을 겪을 수 있다는 것을 알게 되었어. 그리고 소위 말하는 나의 적당한 무관심, 어느 모로 보나 다분히 이론적이고 관념론적이며 허상에 불과한 다른 사람들과의 격차 따위의 이 모든 게 거침없이 날아오는 대수롭지 않은 주먹질 앞에서는 맥도 추지 못한다는 것을 알게 되었어. 삼십 대가 되어서야 비로소 어른이 된 거지. 너도 알다시피 지금껏 나는 큰 어려움 없이 살아왔어. 어렸을 때 정신적 충격을 받은 것도 아니고, 객관적으로 볼 때 내 인생에 극적인 순간이 있었던 것도 아니야. 또 부모로부터 버림을 받았거나 강간을 당하지도 매를 맞지도 않았고, 우리 부모님은 내 앞에서 심하게 다투지도 않았어. 아버지가 살인을 저질렀다거나 감옥에 갔다거나 술을 마신 것도 아니고, 어머니가 날 먹여 살리기 위해 몸을 판 것도 아니야. 나는 끔찍한 일, 살인, 학살, 추방을 당하거나 그런 일을 목격한 적도 없어. 지극히 평범하고 소시민적인 삶이라고 할까. 여동생 하나와 서로 사랑하고 상대를 존중하며 자식을 끔찍이 사랑했지만, 순조롭지 못한 결혼생활로 인해 이혼하기로 결심한 부모님이 전부야. "아이는 각자 한 명씩, 행운을 빌어. 우리가 서로 사랑했다는 것과 무엇보다 아이들이 정서적으로 불안해하지 않도록 각별히 신경 써야 한다는 걸 잊지 말기로 해." 부모의 이혼과 재결합 가정이라는 지극히 평범한 정신적 충격, 귀염받고 자란 아이 특유의 사소한 우울, 그런 건 살다 보면 잊혀지게 마련이야. 그런 것으로 엄살을 부릴 필요는 없지.

그렇기는 해도 사실 각자의 관점에서 저마다의 기준으로 보면 아주 어처구니없는 경험이야. 내가 지금 막 알렉상드린과 겪은 일처럼. 언젠가 그 일을 회상하며 웃게 될 테지만, 지금 당장은 청

천벽력으로 느껴지는 법이지. 아니 그보다는 오히려 어른이면 거쳐야 하는 당연한 인생행로라고 할 수 있어. **인생이란 그런 거니까.** 사실 이 표현 꽤 괜찮지? 인생이란 그런 것. 어쨌든 그런 일에는 전후 사정이 있을 것이라는 건 확실해. 게다가 나 조금 달라진 것 같지 않아? 하나도 안 변했다고? 그래, 물론 그렇겠지. 하지만 전보다 조금은 슬픈 듯한 눈동자 깊숙한 곳에 어려 있는 정체 모를 무언가가 미미하기는 해도 나는 더 이상 예전의 내가 아니라는 인상을 주게 되지. 그리고 조금은 감당하기 힘든 일을 겪었구나 하는 인상도 주게 되고. 안 그래? 나는 너무나 잘 알아. 우린 모두 나름대로 상처받은 존재라는 것을. 누구나 말이지. 하기야 이론적으로는 그럼으로써 네 자잘한 고통쯤은 가볍게 회복될 수도 있어. 하지만 그 일로 인해 네 고통 속에 모습을 드러내지 않은 채 잠복해 있던 수많은 것들이 화를 내기도 하지. 그래, 알렉상드린에게 배신을 당하다니. 끔찍했어. 악몽이었지. 그녀가 고동에서 돌아온 뒤로 나는 한 달 내내 잠을 이루지 못했어. 억지로라도 닥치는 대로 먹으려고 했고, 어떻게든 침대에서 기어 나오려고 했어. 꾹 참고 샤워를 하고 입을 옷을 고르고 거울 앞에서 치장을 하고, 다른 사람들에게 만사형통인 것처럼 보이려고 죽을힘을 다했어. 아니, 솔직히 기를 쓰지는 않았어. 그건 아니야. 그 모든 걸 기계적으로 했을 뿐이지. 내게 무슨 일이 벌어지고 있는 것인지 정확히 알 수 없었거든. 나는 충격의 여파에서 헤어나지 못하고 있었던 거야. 왜, 있잖아. 지진이 훑고 지나가면 몇 초 동안은 건물이 멀쩡하게 서 있다가 나중에서야 와르르 무너지는 거. 아니면 모가지가 잘린 후에도 더는 뛸 필요가 없고, 아무데도 갈 수 없다는 것을 받아들이기 전까지 수십 초 동안 계속해서 마당 안을 뛰어다니는 닭처럼 말이야. 나는 내가 힘차고, 지칠 줄 모르고, 거칠 것 없으며, 전혀 흔들림이 없다고 생각했어. 그리고 자존심이 강해서 고통 따위는 느끼지 않을 줄 알았지. 하지만 그 순간 나는 다른 사람들과 다를 게 없었고, 자존심이나 빈정거림은 더 이상 찾아볼 수 없이 사라지고 말았어. 제대로 한 방 맞은 거지. 오만하고 먹고살 만한 사람들이 처음 타격을 입었을 때처럼 과민반응을 보였어. 자동인형이 되어갔지. 평소 하던 대로 했지만 일손을 놓게 되더라고. 완전히 개박살난 거지. 고동의 그 빌어먹을 호텔방에서 나보다 키도 크고 섹시한 그놈과 놀아나는 마누라의 모습이 머릿속에서 떠나질 않았거든. 흑인에다 나보다 건장하고 야성미 넘치고 영어도 할 줄 아는 그자식은 식은 죽 먹듯이 그녀를 달아오르게 만들었어. 끔찍했지. 다른 사람들 앞에서 티를 내지 않기 위해 애쓰고, 절대로 배신 같은 건 당하지 않은 사람처럼 보이려고 미친놈처럼 쉴새없이 웃어댔다니까. 하지만 속마음은 갈가리 찢어지고 있었지. 이 세상에 나만큼 허둥대는 사람은 아무도 없는 것 같았어.

로만체의 그 레스토랑에서 웨이터와 이야기를 나누고 있었을 때의 내 정신 상태는 바로 그랬어. 절망에 빠져 있었다고나 할까.

무슨 말인지 알지? 그럼에도 불구하고 탁 까놓고 이야기해서 그 날 저녁 이탈리아에 있었다는 사실이 내게 행운을 가져다준 거 야. 파리를 떠나 그곳에 도착한 것은 그날 아침이었어. 그곳에서 주말만 보낼 예정이었지. 그 여행이 정신적으로 위로가 될 것이 라곤 기대하지 않았고, 내 상태로 봐서는 이탈리아가 도움이 될 것 같지도 않았거든. 왜냐하면 무슨 일이든 일어날 수도 있겠지 하는 것 이상으로는 전혀 기대하지 않았고, 뭔가 일이 생겨서 더 럽게 기분 나쁜 이 상태에서 날 벗어나게 해주리라고는 꿈에도 생각하지 못했거든. 아버지는 1년째 보지 못하고 있었는데, 내게 유럽에 간 김에 기분 전환 삼아 로만체에서 주말을 보내는 게 어 떻겠느냐고 제안하셨어. 그때 막 그곳으로 이사했거든. 아버지는 나를 꼭 보기 위해 일찌감치 두세 달 전에 메일로 그 이야기를 하 셨어. 유럽을 짧은 시간에 정신없이 다녀간다는 것은 눈 깜짝할 사이에 산더미 같은 일들을 처리해야 하고, 수도 없이 많은 사람 을 만나야 하기 때문에 식구들 볼 짬이 없다는 것을 아버지도 알 고 계셨던 거야. 아버지는 우리 부부 사이가 좋지 못하다는 것을 눈치채고는 메일에 이렇게 썼어. "9월 초에 알렉상드린과 파리에 가면 네 생각이 바뀔 수도 있지 않을까? 그렇게 되면 로만체에 와 서 우리와 함께 주말을 보내자꾸나. 그때쯤이면 그곳으로 이사 가게 될 게다. 시가지가 한눈에 내려다보이는 언덕 위의 썩 괜찮 은 집을 하나 봐두었거든."

아버지가 메일로 그 이야기를 꺼냈을 때 나는 지구 반대편에 있는 타낭보 사무실에 있었어. 머릿속은 다른 오만 가지 걱정들로 가득 차고 죄의식에 사로잡힌 채 말이지. 너도 알다시피 그때가 6월이었던 것으로 기억하는데, 이미 알렉상드린과 사이가 나빠질 대로 나빠져 있었던 때야. 우리는 몇 년을 한눈 한 번 팔지 않고 서로에게 충실했는데, 내가 5월 중순쯤에 두 아이를 내팽개치고 가씨한테 정신을 팔고 있었거든. 그녀는 뜨내기 가수인데, 자기 동네 주술사들에게 날 유혹할 수 있는 방법을 가르쳐달라고 물어보기까지 했다는 거야. 그런데 그 부적들이 실제로 효과가 있었던 모양이야. 돌이켜보면 그때 내가 왜 그녀에게 그랬는지 통 이해할 수 없거든. 그녀가 한 짓은 정상이 아니야. 상식에서 벗어났다고. 이를테면 생전 본 적도 없는 두어 푼짜리 칙칙한 비단 천 조각 때문에 아내와 아이들은 내가 도시 반대편에서 무엇을 하는지 전혀 의심하지 않은 채 아무것도 모르고 동물원에 가 있었고, 나는 그녀를 찾아가 부둥켜안고 다정한 손길로 애무해주었다니까. 그런데 문제는 내가 다른 여자에게 키스를 하고 그녀의 젖가슴이나 음부를 어루만졌다는 사실이 아니야. 내가 만나는 사람마다 붙들고 이야기를 해서 이미 너도 알고 있겠지만, 그보다 더 심각한 것은 그리고 나서 이틀 후에 알렉상드린에게 그 여자와 시시덕거린 사실을 털어놓으며 헤어지자고 말한 것이야. 그러고는 20분쯤 지나서 난데없이 내가 한 말을 취소하고 그녀에게 용서를 빌었어. 뭐, 그 이야기는 대충하고 넘어가기로 하지. 내가 그 일을 알리자마자 알렉상드린이 심리적으로나 육체적으로 건

잡을 수 없이 무너져 내린 건 말할 것도 없고, 그녀의 두 눈과 얼굴에는 끔찍하리만치 충격을 받은 표정이 역력하게 나타났어. 그녀는 온 집안을 불구덩이로 만들어버릴 태세였지. 그녀를 그 지경에 빠뜨리다니. 순간적으로 죽고 싶은 심정이 든 것은 말할 것도 없고, 내가 가정의 평화를 깨뜨렸구나, 돌이킬 수 없을 만큼 신뢰에 금이 간데다 결코 해서는 안 될 몹쓸 짓을 저질렀구나 하고 깨닫게 되었어. 세상이 끝나버릴 것만 같았고, 마치 지옥 불 속을 뚫고 지나가는 기분이었지. 그 외의 다른 말로는 설명할 수 없어. 그 생생한 악몽과 지워버리고 싶은 말을 내뱉어버린 결정적인 5초. 모든 것을 예전으로 되돌리거나, 악몽으로 끝나도록 번복하고 싶지만 부질없는 일이 되어버리고 만 운명의 그 순간 말이야. 그리고 꿈 이야기가 나왔으니 말인데, 바로 일주일인가 이주일 전에 너에게 했던 이야기는 굳이 꺼내지 않을게. 그 꿈은 정말 해도 해도 너무해. 꿈속에서 알렉스와 나는 서로 질세라 소리를 질러대는 거야. 그것도 몹시 흥분해서 두 눈을 질끈 감은 채 서로의 얼굴에 대고 동시에. 그보다 더할 수 없는 소통 불능 상태에서 계속해서 눈물을 흘리며 누가 이기는지 해보자고 서로 고함을 치는 거지. 우리는 서로 죽도록 미워해. 절대로 꿈속에서는 밝혀지지 않는 심각한, 어쨌든 아주 심각한 이유로 내가 죄를 지었다는 이유로 말이지. 우리는 세상이 끝나기라도 하는 것처럼 말로는 표현할 수 없는 불협화음을 일으키며 서로 아우성을 쳐대지. 그런데도 있는 힘을 다해 서로를 꼭 끌어안고 있는 거야. 폭

탄이 빗발치는 곳에서 덜덜 떨며 죽음을 기다리는 두 명의 고아처럼. 우리 둘 다 빠져나갈 길이 없다는 것을 알고 있거든. 그 꿈을 똑똑히 기억해. 아무것도 지어낸 건 없다니까. 한밤중에 그녀와 나란히 잠자리에 들었다가도 그 꿈 때문에 괴로워서 벌떡 일어났다고. 그 꿈이 어찌나 강렬하던지 너무나도 뚜렷한 게 꼭 실제 같았어. 아침에 일어나서도 여전히 떨리더라니까. 그 일이 벌어지는 동안 네가 들은 것도 이런 이야기이지? 내가 빼먹은 게 있으면 지체 없이 말해. 자세하게 덧붙여야 할 게 있다거나 사람들에게 들었을 그런 것들. 그러니까 네가 보기에는 중요한데 내가 이야기를 좀더 그럴듯하게 보이려고 일부러 숨긴다고 생각되는 것 말이야. 망설이지 말고 말해. 너에게 영향을 끼치고 싶은 마음은 조금도 없으니까.

어쨌든 그 가수 여자애와 사이가 벌어진 이유는 말하지 않을래. 지극히 사적인 이야기이고, 그 이야기를 하자면 길어질 테니까. 그리고 무엇보다도 널 내 편으로 만들고 싶지는 않아. 나는 알아. 네가 알렉스를 정말 좋아하고 둘이 잘 통한다는 것과 그녀도 그 일에 관한 이야기를 너에게 한다는 것을. 그건 굉장히 민감한 문제야. 다만, 네게 해줄 수 있는 말은 그런다고 네게 도움이 되지는 않겠지만, 나는 나대로 그럴 만한 사정이 있었다는 것, 그것뿐이야. 어쩔 수 없었다고. 날 그냥 비열한 자식으로 봐도 좋아. 앞장서서 모든 걸 망쳐버린 그런 놈으로 봐도 괜찮다고. 하지만 그런 일이 저절로 일어나는 건 아니야. 내가 할 수 있는 말은 그게 전부야. 나도 그럴 만한 사정이 있어서 그랬던 거라고. 나름 대로 그럴 만한 사정이 있다면 꼭 죄를 지었다고 볼 수는 없는 것 아닐까? 그렇기는 해도 그 순간에 알렉상드린이 그 지경이 된 것을 보면서 심한 죄책감을 느낀 나머지 내가 한 짓에 명백한 이유 같은 건 눈곱만큼도 있을 수 없다고 생각했어. 일이 잘못되어도 한참 잘못되고 있었던 거지. 나는 거짓말을 했다는 데 심한 죄의식을 느꼈고, 아내와 깨끗이 갈라서기도 전에 잠자리를 할 마음도 없었던 여자애 때문에 그녀와 헤어지겠다고 위협을 했으니 죄스럽기 짝이 없었지. 화를 내고 더구나 두 아이와 함께 별 탈 없이 부부로 살아온 지난 몇 년 간을 단 몇 초 만에 망쳐버렸다는 게 엄청난 잘못을 저지른 것 같았어. 그녀의 발치에서 다시 한 번 날 평생의 반려자로 받아달라고 용서를 빌며 애원하고, 그녀의 눈물과 절규로 인해 뜬눈으로 밤을 하얗게 지새우고 나서, 그녀가 결혼반지를 휴지통에 던져버리고는 찾을 생각은 꿈에도 하지 말라고 으름장을 놓는 것을 보고 나서 나는 이튿날 아침부터 열흘 동안 일하러 가지도 않고 한시도 그녀 곁을 떠나지 않았어. 그 일이 있은 후로 그녀가 자기 소지품들을 옮겨놓은 손님방의 침대 발치 바닥에 웅크리고 앉아 밤낮으로 그녀를 지켜봤지. 더 이상 잠을 이룰 수 없었거든. 그녀가 조금만 몸을 뒤척여도 유심히 살펴보았고, 그녀가 잠에서 깨면 용수철처럼 튕겨져 일어나서 날 내려다보며 던질 그녀의 말을 기다렸어. 그녀의 눈빛이 자기를 똑바로 쳐다보지 말라고 엄명하면 나는 시선을 내리 깔았고, 내 목소리가 그녀의 귀에 거슬릴까 봐 전전긍긍하면서 그녀의 허락을 받고 나서야 말을 걸었지. 그녀가 나가라고 명령하면 방을 나왔고, 자기 곁에 있으라고 하면 조심스러워서 감히 기쁜 내색을 하지도 못했어. 나는 복도를 서성이며 그녀의 지시가 떨어지기를 기다렸지. 응접실 소파에 등을 기대고 앉아 쉬지도 못했고, 텔레비전을 켜거나 책을 펼쳐 들지도 못했어. 단 한순간도 감히 내 생각 같은 건 해보지도 못했고, 한 가정의 아내이자 가정주부를 파괴해버린 추한 내 얼굴이 너무나 저속해 보여서 더는 거울을 들여다볼 엄두조차 내지 못했지. 나는 내가 마치 왕을 살해한 맥베스라도 된 것 같았어. 무고한 사람을 죽인 대가를 톡톡히 치르는 거라고 말이야. 과장이 아니야. 진짜라니까. 그 순간부터 두 달 반 동안 철저하게 나 자신을 희생하며 살았어. 마조히즘의 극치였다고나 할까. 하지만 나는 그러는 게 당연하다고 생각했어. 그녀가 보는 앞에서는 눈물이건 웃음이건 자제하는 것이 당연하고, 개자식이 되는 것이 당연하고, 그녀가 받을 고통을 생각해서 앞뒤 가리지 않고 아무 똥차에나 뛰어들어 바퀴 밑에 몸을 내던져선 안 되는 것이 당연하고, 그녀로부터 이런 말들을 듣는 것이 당연하다고 생각했어.

"네가 나한테 한 짓에 알맞게 네 인생을 끝장낼 방법은 딱 하나밖에 없어. 내 손으로 내 목숨을 끊는 거지. 하지만 너에게 그런 기쁨을 맛보게 해줄 순 없어."

그건 그녀가 날 멸시하는 말들 가운데 극히 일부분에 불과하다는 생각이 들었어. 나는 더 이상 뭘 어떻게 해야 좋을지 알 수 없었고, 그녀는 능욕당한 안주인이나 다름없었지. 그녀가 있던 방 칸막이 뒤편에서는 몇 시간이고 계속해서 울음소리와 훌쩍이는 소리가 들려왔고, 나는 그 때문에 죽고 싶은 심정이었어. 내 머리와 뺨에 느껴지는 그녀의 너그러운 손길과 꾸밈없는 미소를 위해서라면 어떤 굴욕이나, 어떤 충격도 참아낼 각오가 되어 있었어. 실제로 그 비극적인 사건이 벌어지던 날, 밤이 되기 무섭게 그녀는 나를 식칼로 위협하고는 전화로 그 여가수에게 어처구니없는 소리를 지껄이게 만들었어. 그 애가 그 순간에 아직 시내에 있었다면 그녀가 한밤중에 호텔로 찾아가 쇠몽둥이로 다리를 분질러 버렸을 거라고 말이지. 실제로 그 이튿날 아침 그녀가 자기 방에서 삼켜버리려고 했던 스무 알 남짓한 알약을 내가 억지로 입을 벌려 끄집어냈을 때는 피가 나도록 내 손을 깨물었어. 그녀는 그 일이 있은 지 30분 후에 그동안 우리가 주고받은 연애편지와 함께 찍은 사진들을 내가 보는 앞에서 몽땅 불태워버렸어. 내게는 불만을 표시할 권리가 없는 함께 살아온 수많은 세월이 담겨 있는 수백 장의 컬러사진과 흑백사진들을 말이야. 실제로 그 다음 다음 날 알렉상드린은 그때까지 그 일에 관해 전혀 모르고 있던 여섯 살짜리 딸애한테 20분도 넘게 전령 노릇을 하게 만들었어. 마치 나를 위해서 그러는 것처럼.

"아빠, 엄마가 나한테 가씨가 잘 있나 물어보래."

"아빠, 엄마가 나한테 아빠 언제쯤 거치적거리는 혹들을 떼어버리고 가씨를 받아들일 건지 물어보라는데?"

"아빠, '거치적거리는 혹들을 떼어버리는' 게 무슨 뜻이야?"

"그런데 있잖아, 아빠. 가씨가 누구야?"

그리고 실제로 그 다음번 토요일에는 아침나절 내내 말없이 남자에게 배신당한 여자를 주제로 한 '네가 내게 한 짓'이라는 슬픈 노래를 들은 후 점심 먹을 때쯤 친구한테 전화를 걸어서 아이들을 좀 데려가 달라고 부탁했어. 아무도 보는 사람 없이 그녀와 나만 집에 남게 되자 그녀는 내가 들어앉아 있던 화장실로 다가와 문을 마구 두드리며 소리를 지르는 바람에 나는 볼일을 다 보지도 못한 채 변기에서 일어나야만 했어. 그녀가 문을 열라고 고함을 지르는 통에 나는 문을 열 수밖에 없었지. 그녀의 말을 거역할 수 있는 처지가 아니었기 때문에 문을 연 거야. 게다가 나는 알렉스의 말을 거역해본 적이 없거든. 그 끔찍한 일이 일어나기 전에도 말이야. 어쨌든 무슨 일인지 조금은 의아해하면서 바지춤을 추스르며 문을 열었지. 그런데 바로 그때, 나는 보고야 말았어. 그녀는 솔이 달린 부분을 제거한 알루미늄 빗자루를 들고 있었는데, 백팔십도로 달라진 얼굴은 증오심으로 가득 차서 알아보기 힘들 정도였지. 그녀는 빗자루를 꼭 쥔 채 말했어. 아침 9시부터 정오까지 40번은 되풀이해서 들었을 그 슬픈 노래가 흐르는 가운데 말이야. 내 눈을 똑바로 쳐다보고 있는 그녀의 입 모양이 일그러져 있었어. 지금껏 단 한 번도 본 적 없는 그녀의 그런 표정을 보면서 나는 이런 생각을 하게 되었지. '사실 넌 알렉스를 몰라.

실제로 네 아내는 이방인이나 다름없다고.' 그녀는 내게 이렇게 말했어.

"각오해. 이제부터 대가를 톡톡히 치르게 될 테니."

나는 그 즉시 깨달았어. 날 기다리고 있는 것이 뭔지 말이야. 희한하게도 심장박동이 빨라지지는 않더군. 내면 깊은 곳에서는 이미 알고 있었던 것이 틀림없어. 무슨 일이 일어날지 본능적으로 알고 있었고, 심지어 요 몇 년 사이에는 결혼 초부터 우리 부부를 암암리에 규정짓고 있던 상황이 그런 식으로 구체화되리란 것을 다소나마 의식적으로 예상하고 있었지. 이를테면 난폭해질 가능성이 있는 그녀의 연약함 대對 비열함이 잠재된 내 죄의식 말이야. 그래서 나는 거부하고 싶은 생각도 없었고, 모른 척하려고 애를 쓰지도 않았어. 아무것도 묻지 않은 채 묵묵히 바지의 단추를 채우고는 "좋아, 마음대로 해."라고 말하면서 이를 악문 채 그녀를 향해 바투 다가갔지. 그러자 그녀는 기다렸다는 듯이 화장실 문턱에 서서 냅다 후려치기 시작했어. 손에 쥐고 있던 빗자루로 말이야. 어찌나 꽉 쥐고 있었는지 그 후로 며칠 간 팔뚝에 알이 배길 정도였다니까. 그녀는 내 목덜미며 그 언저리를 쉬지도 않고 후려치더군. 수영선수 같은 그 힘으로 말이지. 미친 듯이 날뛰면서 내 다리와 허리, 등에다 몽둥이찜질을 해댔고, 악마에 씌인 여자처럼 고환과 얼굴을 겨냥했어. 빗자루를 휘두를 때마다 "쓰레기, 썩을 놈, 똥 덩어리, 넌 똥이나 마찬가지야, 비열한 자식, 빌어먹다가 뒈질 놈. 넌 그래도 싸, 네 얼굴에 똥이나 싸버리라지. 넌 그래도 싸다고." 하면서 악다구니를 썼지. 한편 나는 죄책감에 사로잡혀 고통과는 또 다른 그녀의 매질과 욕설이 어떤 효과가 있는지 미처 느낄 새도 없이 그녀가 하는 대로 내버려두었어. 그러고는 몽둥이 뒤로 눈길이 마주칠 때마다 "그래, 나는 미친 여자랑 결혼한 거야." 하고 속으로 뇌까리며 쉭쉭 알루미늄 관 속으로 공기가 밀려들면서 내는 소리에 집중했지. 3, 4분 정도 지나자 빗자루가 두 동강이 나버렸어. 그녀는 내 얼굴에 두 동강 난 자루를 집어던지고는 책상 위에 놓여 있던 작은 나무 스탠드의 전원을 뽑더니 또다시 내 얼굴에 대고 으깨버렸지. 충격이 얼마나 컸던지 전구와 전등갓이 한꺼번에 부서졌는데, 위압적인 그녀의 동작이 흠잡을 데 없이 완벽해서 나는 아픈 줄도 몰랐어. 그녀는 날쌘 동작으로 바닥에 떨어진 파편들 중에서 플러그가 매달린 하얀 선을 집어 들더니 채찍질하듯 내 얼굴을 후려갈기기 시작했어. 전선을 무차별적으로 휘둘러대는 통에 플러그도 덩달아 위아래로 요동을 치기까지 2, 3분은 족히 걸리고도 남는 시간 동안 휘두르더니, 내겐 자신을 방어할 권리 같은 건 없고, 더 이상 여자들이 홀딱 반하지 못하도록 천사 같은 낯짝을 보기 흉하게 만들어놓아야 한다며 전선으로 내 얼굴을 찢어놓으려 들었어. 자, 내 관자놀이에 난 상처 좀 보라고. 여기, 환한 데서 보니까 뚜렷하지? 그게 바로 전선에 맞은 흉터 자국이야. 다른 것들은 다 없어졌는데 전선에 맞은 자국만 아직도 남아 있어. 나는 알렉스를 감싸기 위해 사람들에게는 정원에서 나뭇가지에 긁혀서 난 상처라고 둘러대면서 한 달 동안이나 그 사실을 숨겨왔어. 알로에 베라 덕분에 그럭저럭 흉이 덜 지게 할 수 있었지. 상처에는 알로에 베라가 최고라니까. 그러고 나서 이번에는 전선마저 피범벅이 되어 미끄러워 더 이상 손에 쥘 수 없게 되자, 내 턱을 향해서 라이트 훅을 두어 번 날리더니 주먹으로 배를 집중 가격해 바닥에 자빠뜨리고는 끝마무리로 턱과 등, 정수리를 발길로 걷어찼지. 그러는 동안 나는 방어도 하지 않고 등신, 머저리처럼 맞기만 했어. 그녀는 내 얼굴이 망가지는 것으로도 성이 차지 않아 죽기를 바랐고, 복부를 맞은 나는 몸을 잔뜩 웅크린 채 가쁜 숨을 몰아쉬며 얼룩말처럼 줄무늬가 새겨져 퉁퉁 부어오른 얼굴을 하고 타일 바닥에 쓰러져 있었지. 오른쪽 눈썹 부위가 찢어졌고, 입고 있던 티셔츠는 너덜너덜해져 피에 흠뻑 젖어 있었어. 나는 얼이 빠진 채 왼손 약지에 끼고 있던 결혼반지를 뚫어지게 쳐다보았는데, 그 꼴을 당해도 싸다는, 그녀가 그럴 만하다는 생각이 들더군. 나는 개자식이니까. 그래서 기꺼이 죽어주고, 천사처럼 순진해 보이는 낯짝을 망가뜨려줄 각오가 되어 있었지. 그렇게 7, 8분이 지나고 나서야 그녀는 마침내 내 얼굴이 괴상망측하고, 내가 대가를 톡톡히 치렀다고 생각했는지 매질을 멈추고 30~40초 가량 숨을 가다듬으며 잠시 그대로 서 있었어. 자신의 행동이 좀 지나쳤다고 생각하는 눈치였지. 그녀가 조용한 목소리로 내게 말했어.

"이젠 할 만큼 했어. 가서 따뜻한 물로 샤워해. 내가 도와줄게."

넌 모를 거야. 내가 얼마나 기뻤는지. 그녀가 이렇게까지 친절하게 말해주다니. 내가 샤워를 하는 동안 맨손으로 비누칠을 다 해주고, 베타딘과 과산화수소수를 바른 약솜으로 상처를 가볍게 닦아준 후 타박상을 입은 부위에 비아핀 연고를 발라주려 하다니 말이야. 넌 모를 거야. 그녀에게 얼마나 고마운 마음이 들었는지. 이젠 할 만큼 했다고 선언할 생각을 다 하다니. 나는 속으로 내가 저지른 잔혹한 짓으로 미루어볼 때 어려운 난관을 용케도 빠져나왔구나, 지금과 똑같은 성과를 얻어내기만 한다면야 세 번인들 되풀이하지 못할까라는 생각까지 했다니까. 그게 바로 그 순간의 내 정신 상태였고, 바로 그 장면을 통해서 마치 몽유병 환자처럼 의식이 분리된 상태를 비교적 정확하게 네게 전달할 수 있는 거야. 네게 지금 이야기한 것 중에 거짓말은 단 한 마디도 하지 않았어. 진짜라니까. 과장한 건 아무것도 없다고.

나는 그 후로 두 달 동안 거짓말은 눈곱만큼도 하지 않았어. 그렇다니까. 단 한 마디도 하지 않았단 말이야. 스스로를 멸시하며 그녀 앞에서 죽는 시늉까지 했고, 그녀를 위해 스스로를 형편없는 놈 취급했어. 하지만 아무 소용 없었지. 그 다음 날 아침이 되기 무섭게 욕실에서의 그 끔찍한 학살 따위는 까맣게 잊혀진 채, "이젠 할 만큼 했어."라고 했던 말은 깡그리 지워진 채 내 얼굴과 뺨에 느껴지는 관대한 손길이나 미소는 사라지고 없었어. 나는 그녀가 변하거나 진정될지도 모른다는 한 가닥 희망을 품고 그녀를 지켜보았어. 하지만 그녀는 창녀나 다를 바 없는 계집애 때문에 20분씩이나 드러내놓고 그녀와 헤어질 작정을 한 나를 도저히 용서할 수 없었지. 그녀는 자신이 당한 고통의 증거물이자 속죄양으로 내가 필요했던 거야. 그녀는 내게 부정에 대한 죗값을 하루하루 톡톡히 치르게 만들었어. 대충이 아니라고. 알렉스가 어떤 여자인지 알잖아. 그러니 내 귀에는 아버지가 말하는 언덕 위의 집 같은 건 건성으로 들릴 수밖에 없었지. 나는 로만체나 이탈리아 따위는 들은 척도 하지 않았어. 겨우 '아버지와 새어머니, 동생을 본 지가 오래되었구나.' 라는 정도로만 생각하고 있었지. 또 그쪽 식구들한테는 프랑스에 사는 것보다 그게 간편할 수도 있겠다. 이탈리아에서 이번 주말을 보내려면 파리에서의 수많은 미팅과 점심 식사 약속들을 정리해야겠다 등등 말이야. 물론 그곳에 도착한 날 저녁이 되어서도 나는 한순간도 내 인생행로가 달라질 것이라는 예상은 하지 못했어.

그러니 9월의 첫 번째 토요일에 로만체에 도착했을 때는 마음도 머리도 온통 벌집을 쑤셔놓은 것 같았지. 알렉상드린은 처음부터 내게 혼자 가도 상관없다고 했어. 한편으로는 내 아버지와 새어머니가 사는 집에 나와 같이 가고 싶은 마음이 조금도 없었기 때문이고, 다른 한편으로는 아이들 없이 파리에 잠깐 머무는 동안 자투리 시간을 이용해서 한숨 돌릴 겸 자기 언니나 친구들과 함께 시간을 보내고 싶었기 때문이지. 게다가 나도 그녀가 가고 싶은 마음이 손톱만큼도 없다는 것을 빤히 알면서도 그러자고 하지 않았다고 원망할까 봐 예의상 로만체에 함께 가자고 한 거였어. 그녀에게 그러자고 하지 않았다는 이유로 질책당하기 싫어서, 단지 그것 때문에 로만체에 함께 가자고 한다는 것이 바로 우리 부부 사이가 벌어질 대로 벌어져 있다는 것을 단적으로 보여주는 증거야. 그녀와 쉽게 소통한다는 것은 꿈도 꾸지 못할 일이지. 그녀는 항상 꼭 해야 할 것을 하지 않았다는 느낌을 갖게 만들었어. 뿐만 아니라 그녀에게는 그런 말을 할 수조차 없었지. 내가 불만사항을 이야기하기 무섭게 그녀가 반격했거든. 내가 주말에 로만체에 갔다고 해서 날 이기적인 놈으로 보지 말았으면 좋겠어. 내 자랑이 아니라 오히려 정반대야. 정말이라니까. 나는 알렉스와 부부로 사는 동안 그녀의 마음을 아프게 하지 않으려면 내 생각도 할 필요가 있다는 사실을 받아들이지 못했어. 나는 알렉스에게 홀딱 빠져 있었거든. 돌았었지. 미쳐도 아주 단단히 미쳤었다니까. 그 점에 관해서 그녀가 무슨 말을 하건, 너에게 뭐라고 이야기했건 간에 말이야―왜냐하면 상상이 가거든. 그녀는 틀림없이 이렇게 말했을 거야. 내가 자기를 진심으로 사랑한 적이 없다고, 그렇지? 그렇게 말했지?―그 점에 대해서는 유감이야. 뭐라고 할 말이 없어. 하지만 그녀는 누구보다도 잘 알아. 내가 그녀를 열렬히 사랑했다는 것을.

내 마음속 깊은 곳에서는 그러고 싶지 않은데, 그녀에게 로만체에 함께 가자고 한다는 것은 최근에 우리가 어떤 상태에 처해 있는지 상징적으로 보여준다고 할 수 있어. 나는 숨 돌릴 시간이 필요했어. 이유는 여러 가지야. 그렇다고 지금 그걸 일일이 다 말하기는 힘들어. 게다가 그건 너무 불공평한 것이 아닌가 싶어. 너에게 알렉상드린에 대한 험담을 늘어놓고 싶지는 않거든. 나는 사실상 내가 생각하기에 납득할 만한 이유들이 많아서 숨 돌릴 필요가 있었지만, 그럴 경우에 자존심이 상한 알렉상드린이 극단적인 반응을 보일까 봐 겁이 나서 솔직하게 그런 말을 할 엄두가 나지 않았어. 그래서 번번이 거짓말을 하게 되고, 내가 생각하는 것, 진짜로 내가 바라는 것과는 반대로 행동하게 되더라고. 물론 알렉상드린도 그러함을 느끼고 내가 자기를 속이는 것은 아닌지 의심했지. 하지만 나는 그럴 때마다 싸우기 싫어서 아니라고 했고, 그게 그녀를 미칠 듯이 화나게 만들었던 거야. 그러면 나는 진짜 아니라고 펄쩍 뛰면서 한없이 다정한 목소리로 이렇게 말했어.

"괜찮다니까. 나는 진짜 그러는 게 좋아."

그러면 그녀는 불성실한 내 태도에 화가 나서 잔뜩 인상을 찌푸렸고, 나는 기어 들어가는 듯한 목소리로 일관하며 그녀의 가시 돋친 말들과 적의에 찬 눈초리를 견뎌냈어. 그렇게 똑같은 상황이 매번 반복되었지. 정말 한심한 짓거리야, 그렇지? 대체 누구에게 잘못이 있는 걸까? 다정한 체하며 알렉상드린의 신경을 건드리는 위선적인 나야, 아니면 사나운 기세로 날 공포에 떨게 만드는 알렉상드린이야? 간단한 문제는 아니지? 그건 닭이 먼저냐, 달걀이 먼저냐를 놓고 따지는 거나 마찬가지야. 설령 나한테 잘못이 있다고 해도 그렇지—그 점에서는 드러내놓고 편파적인 내 입장을 이해해야 돼—보다 상냥한 여자와 살았으면 나도 지금보다는 훨씬 더 솔직해질 수 있었을 거야. 하긴 그쯤 되면 세세한 것까지 일일이 따져보지 않을 수 없어. 각자의 인격과 인생 내력, 어린 시절, 다시 말해서 가정환경은 어떠했으며, 교육 수준은 어떠하고, 심한 충격을 받은 일이 있는지 등 말이야. 어쨌든 그건 지금할 이야기는 아닌 듯해. 다 때와 장소가 따로 있는 법이니까.

그래서 나는 9월 초에 마음이 천 갈래 만 갈래 찢어진 채 혼자서 로만체에 가게 된 거야. 내가 먼저 아내를 속인 죄로 지금껏 다른 사람의 일로만 여겼던 고통을 경험하게 되었거든. 하루아침에 오쟁이 진 남편이 되었단 말이야. 왜냐하면 알렉상드린은 순전히 앙갚음을 하려는 마음에 복수심에 불타올라서, 그리고 나한테 배신당했다고 분통해하는 것으로 끝낼 수 없었기 때문에, 한 달 전에 고동에 있는 그 빌어먹을 놈의 호텔방에서 모발리 놈과 가벼운 입맞춤만 나누고 끝낸 것이 아니었거든. 그것만큼은 내 말을 믿어도 돼. 어쨌든 입맞춤이라고 하더라도 분명 입에만 한 건 아니었다고. 나 참, 이런 이야기까지 하게 되다니 어이가 없어. 모발리 놈을 말하는 게 아니라…… 저런! 또 시작이네. 나는 참 형편없는 놈이야. 대체 내게 무슨 일이 일어난 것인지 통 모르겠어. 웃기지도 않지만 자제하기 힘들어. 너에게는 미안하지만, 말이라도 해서 풀려고 그러는 거야. 게다가 너무 심각하게 생각할 필요는 없잖아?

나는 심신이 누더기처럼 해진 채로 로만체에 도착했지만, 문화적 배경이 바뀐다는 것은 늘 사람의 마음을 사로잡기 마련이지.

너도 알다시피 별로 중요하지는 않아도 차이가 확 나는 그런 자질구레한 것들에 나는 매우 민감한 편이잖아. 사람들에게 내가 갔던 나라에서 유난히 기억에 남는 게 뭔지 이야기하면, 조금은 어이없어하면서 나를 바보 비슷하게 보거나 속물 취급하기가 일쑤야. 하지만 애석하게도 이탈리아는 우리나라와는 영 딴판이야. 진짜야. 과장이 아니라니까. 아주 사소한 것만 봐도 금방 알 수 있어. 우리가 아무리 거기서 거기라고 외쳐도 이탈리아와 프랑스는 하늘과 땅이야. 천지 차이라고. 그렇다고 내가 아무 근거도 없이 선동을 하려는 것은 아니야. 이탈리아도 미술관이나 기념 건축물 같은 곳은 따분하기만 해. 그렇다니까. 속물근성을 버리고 마음에서 우러나 하는 이야기야. 좋아하지 않는 건 아니야. 물론 나도 한없이 존경해. 대단히 훌륭하다고. 건축이나 미술에 안목이 전혀 없지 않거든. 나는 미술사에 관한 직관 같은 것을 가지고 있어. 중요한 시기들도 줄줄이 꿰고 있고, 건물 외관이나 양식, 화풍만으로도 연대를 정확히 추정할 수 있다고. 하지만 모르겠어. 그런 것을 보려고 미술관에 가서 다른 관람객에게 방해가 되지 않도록 경건한 마음으로 발걸음을 옮기면서 촌스럽게 보일 위험을 감수한 채 그림마다 최소한 3분씩 유심히 살피다 보면 내 속의 뭔가가 딱딱하게 굳는 느낌이야. 일방적으로 따라야 하고, 절대 방해해서는 안 된다는 점 때문에 이내 따분해지고 마는 거지. 게다가 조토나 수많은 프라 어쩌고 하는 것들,[1] 대성당, 왕비 궁전, 알바 알토, 벨라 크로체, 골리앗, 작자 미상의 부조들, 라파엘로의 천장 벽화 같은 것들이 멋진 것은 사실이지만, 나는 따분하기만 해. 이탈리아에서 내가 좋아하는 것은 그런 게 아니야. 나는 도착한 날이 좋았어―이탈리아에 가본 지 10년 만이었거든―비행기의 조그만 창문을 통해 내려다볼 때부터 시작되었다고 할 수 있지. 저 아래의 이탈리아 나무와 벌판, 도로, 공장들을 바라보면서 속으로 이런 생각을 한다는 것 자체가 좋았어. '조금 후면 이탈리아에 도착해 이틀하고도 반나절을 보내겠구나. 그러고 나면 내 생각도 달라질 테지. 익숙한 곳이 아니니까. 게다가 덤으로 여행까지. 흠, 이게 웬 횡재람. 이틀 동안 이것저것 소소한 것들을 살펴봐야지. 그런 것에 관심 있는 사람은 나 말고는 아무도 없지만, 나는 그런 것만 봐도 뿅 가니까.' 남들이 뭐라고 하든지 간에 이탈리아는 모든 점에서 프랑스와는 근본적으로 다르고, 그 사실만으로도 이미 모험을 한다는 생각이 들었거든. 너도 알다시피 나는 별것 아닌 것에도 호기심과 상상력을 발휘하잖아. 나는 그렇게 까다로운 사람이 아니야. 한 마디로 끝내주게 운이 좋은 편이지. 어쩌면 순진하게 아무것에나 쉽게 감탄을 하는지도 몰라. 그렇지만 그런 점 때문에 이득을 보는 거라고.

이미 말했다시피 그래서 속으로 이런 말을 뇌까리는 거야. 이탈리아를 꿈에 그리는 이상향처럼 생각하면서. '드디어 이탈리아에 도착했구나'―어쨌든 이탈리아가 별것 아닌 건 아니잖

---

1) 이탈리아어의 'fra'는 '형제, 수도사'라는 뜻이다. 이탈리아어에는 앞에 fra가 붙는 이름이 많다.

아?—어딘가 **다른 곳**에 도착했다는 사실만으로도 이미 엄청난 일이었지. 그 순간부터는 발걸음을 옮길 때마다 놀라게 돼. 이른바 어디서나 볼 수 있고, 사적인 감정이 개입되지 않은 사소한 것들이 상설 공연으로 변하는 거야. 이를테면 비행기 계류장이나 도로, 태양의 색깔, 공기 냄새, 처음 마주치는 이탈리아 사람들, **이탈리아에 있는** 이탈리아 사람들, 이탈리아 기업의 명칭이 적힌 간판들, 이탈리아 오리지널 브랜드들. 자동차나 기계 같은 것들 말이야. 너도 알다시피 이런 것들이야말로 한 나라의 창조적·경제적 자치 능력을 나타낸다고 할 수 있어. 공항 셔틀버스의 디자인이라든가, 동료와 잡담을 나누는 운전기사들이 끼고 있는 공기역학을 고려한 선글라스 같은 것들 말이지. 게다가 이탈리아의 운전기사가 운전대를 잡고 백미러를 보며 계기판의 버튼을 누르는 행동은 프랑스 운전기사보다 훨씬 여유로우면서도 느긋하다고. 그들이 끼고 있는 선글라스나 본능적으로 여유만만하고 절제된 동작들과 **이탈리아에서는** 어디를 가든 흔히 볼 수 있는 운전기사의 나직하면서도 듣기 좋은 말솜씨만으로도, 자연스러운 그들의 **존재 자체**만으로도 중요한 교훈을 얻게 돼. 그리고 그 안에서 다른 사람은 아무도 찾아볼 생각도 하지 못하는 진정한 문화적 차이들을 확연하게 느끼게 되는 거야. 무슨 미술관이나, 이름도 모르는 시칠리아 마을의 유명한 관습에서보다 말이지. 그럴 때는 속으로 이런 말을 하는 거야. "이탈리아 사람들은 우리보다 덜 경직되어 있구나. 우리보다 훨씬 솔직하고 사려 깊으며 체격도 건장하고,

자신들의 라틴문화를 잘 수용하고 있구나. 흔히 이탈리아 사람들을 가리켜 허풍쟁이라고 하지만, 그들은 자신들의 무절제함에 대해서 다른 사람들이 뭐라고 생각하건 우리나라 사람들만큼 신경을 쓰지 않는 것뿐이구나. 그들은 모호한 태도를 취하지 않는구나." 또 이런 생각을 하게 되지—결국에는 어쨌든 이런 생각을 하게 되더라고— '속임수, 수다, 마피아, 베를루스코니, 비능률적인 공공 서비스, 가볍기 짝이 없는 TV 방송, 에로스 라마조티, 축구 세계에 팽배해 있는 인종차별 등 이탈리아 사람들은 프랑스에서 수도 없이 풍자만화의 대상이 되고 있어. 하지만 그들이 우리보다 훨씬 기개 있고, 훨씬 개성 강하며, 개도 훨씬 많고, 우리보다 훨씬 자기만족도가 높구나.' 그건 이탈리아와 프랑스의 문화가 전 세계에 미치는 영향력만 비교해봐도 금방 알 수 있어. 그렇다고 내가 15세기 이탈리아의 예술이나 단테, 오페라 이야기를 하려는 것은 아니야. 그 점에서는 당연히 우리가 이탈리아를 따라가지 못해. 그들은 미학적으로 모든 면에서 우리보다 150년은 앞서 있다고. 솔직히 말해서 인상주의나 철학자들 빼고는 예술의 관점에서 볼 때 정도의 차이는 있지만 우리는 항상 이탈리아 양식을 보고 베끼는 거대하고 금욕적인 모방자였잖아? 물론 로마 사람을 말하는 게 아니야. 그들은 제외하고 말하는 거야. 내 생각에 로마 사람들은 전세계에 미친 영향력에 관해서는 지배 면적이나 통치 기간 면에서 인류 역사상 어느 종족보다 탁월했어, 안 그래? 내 말은 그런 게 아니라 실질적이고도 진정한 대중문화를 두고 말하는 거야. 파스타니 베스파, 피자, 에스프레소 같은 것 말이야. 너도 알다시피 전세계 어딜 가도 없는 데가 없잖아. 또 미국이나 영화계, 배우 세계 같은 그 모든 곳에 이탈리아 이민자가 미치는 영향력을 염두에 두고 하는 말이야. 그쪽 부문에서도 이탈리아 사람들은 각자의 개성으로 미국 사람들의 역사와 문화에 자신들이 이루어놓은 위치에서 당당히 힘을 겨룰 수 있을 테니까. 누구나 인정하는 것처럼 미국에서 생동감 없는 문화는 통용되지 않아. 가장 효율적이고도 보편적인 것들이 통합되니까. 그런데 우리는 어떻지? 라파예트 백화점은 예외로 치고…… 아, 루이뷔통, 크리스챤 디올, 이브 생 로랑, 폴 보퀴즈, 샤또 마고 포도주가 있다고? 그래, 좋아. 하지만 애석하게도 경쟁하는 것을 두고 대중문화라고 할 수는 없어. 물론 한때 세계 도처에 식민지를 둔 적은 있지. 그렇지만 솔직히 말해서 '대중의 집단의식' 차원에서 볼 때 구체적으로 무엇을 남겼지? 나는 프랑스를 비난하고 싶지는 않아. 그런 게 아니라고. 나는 우리나라를 사랑해. 내가 프랑스 사람이라는 것에 만족한다고. 하지만 할 말은 하자는 거지. 그것뿐이야. 그리고 우리나라가 세계에 미치는 영향력을 두고 우리끼리 왈가왈부하는 짓은 당장 그만둬야 한다고 생각하는 것뿐이라고. 프랑스 요리의 질에 대한 이야기도 마찬가지이고. 이러다가는 뚱보가 되고 말 거야. 그렇지만 너도 봤다시피 이탈리아에는 형편없는 식당이 드물어. 내가 보기에 좋은 식당과 형편없는 식당의 비율이 프랑스와는 정반대야. 이탈리아 식당은 프랑스보다 서비스가 뛰어날 뿐만 아니라 음식의 양도 푸짐해. 내가 이탈리아에서 처음 가본 대중음식점은 파스타, 제과류, 커피, 고기 요리, 해산물 등이 모두 훌륭하더라고. 반면 프랑스에서는 누구나 인정하는 것처럼 좀 외진 곳에 있는 식당은 영 꽝이야. 구역질나는 빵에다 시들어 빠진 샐러드는 비닐 쪼가리처럼 질겨. 프렌치드레싱은 기름과 식초가 분리되어서 반투명한 상태야. 손바닥만한 스테이크에 락스로 세척한 물병이며, 디저트에서는 냉장고 특유의 냄새가 진동해. 게다가 커피는 꼭 숭늉 같고, 종업원은 식당이 어떻게 되거나 말거나 늘 부루퉁한 얼굴을 하고 있잖아?

아무튼 그날 그 레스토랑에서는 모든 게 그런 대로 괜찮았어. 밖에는 포근한 어둠이 깔려 있는가 하면 낮에는 흠잡을 데 없을 만큼 햇살이 눈부셨거든. 아침에 공항에서 택시를 타고 아버지 집으로 가는 길에는 마음이 차분해지면서 피로가 다 풀리더라니까. 아버지 집은 또 어떻고. 아주아주 기분 좋게 놀랐다고나 할까. 나는 그저 그런 평범한 집이겠거니 생각했거든. 왜 있잖아, 흔히 볼 수 있는 거리에 있어서 전망도 특별할 게 없는 그런 집. 아래에서는 난투극이 벌어지고, 자동차 불빛과 보도와 이웃집을 따라서 자동차들이 즐비하게 주차되어 있는, 음침한 뒷골목에 있는 그런 집 말이야. 그런데 전혀 그렇지 않았어. 집은 허름했지만 **전망 좋은 방**이 따로 없더라니까. 너, 그 영화 봤어? 시내에서 2분 정도 거리인데도 어느새 전원 한복판에 와 있는 거야. 택시는 높이 솟은 철책 앞에서 나를 내려주고, 마치 성에 다다르기라도 한 것처럼 벨을 누르니 철책이 자동으로 스르르 열리는 거야. 거기서부터는 가장자리에 실편백나무와 포도나무를 비롯한 과실나무가 죽 늘어선 길을 따라가면 돼. 튼튼한 담장이 쳐진 17세기 건물이 나타날 때까지 말이야. 테라스다운 테라스에서는 로만체 전체가 내려다보여. 붉은색 지붕들과 황톳빛의 건물 외관, 성당의 둥근 지붕과 궁전들. 그리고 오른쪽에는 중앙박물관이 있어. 저 멀리로는 산들이 보이는데, 늦여름 지중해의 햇살을 받아 반짝이는 거야. 하늘에는 구름 한 점 없고. 하나같이 너무 조화로워 눈에 거슬리는 점 하나 없었어. 굉장했지. 완벽한 건 또 있어. 아버지가 모는 오토바이 뒤에 타고 함께 도심에 있는 상가로 장을 보러 갔었어. **프로시우토** 햄이랑 과일도 있고, 아치형의 옛 수도원 건물 안에 자리잡고 있는 슈퍼마켓과 금빛이 감도는 **빵가게**에 향수, 조그마한 상자 등 그야말로 생활의 지혜가 엿보이더군. 상인들이 차오! 차오! 하고 인사를 하는데 우리나라보다 덜 인색해 보이는 표정이었어. 시작이 아주 좋았다고나 할까. 무의식적으로 그런 느낌이 들었어. 그날 저녁 그 레스토랑에 있을 때 와자지껄 떠드는 소리와 이탈리아 사람들의 표정, 그들의 스타일에 고통스럽기만 하던 내 마음이 누그러지는 게 느껴졌어. 그들은 옷차림이나 구두, 상표에 우리보다 엄청 신경을 많이 쓰거든. 너도 눈치챘겠지만 말이야. 그렇지? 실내에는 따뜻하고 매혹적인 불빛이 감돌았어. 나는 천천히 여유를 가지고 식탁보와 테이블 위에 독특한 방식으로 접어놓은 냅킨, 접시, 작은 종이 봉지에 담긴 막대 모양의 건빵, 탄산수 병의 라벨, 웨이터가 작은 나무 받침에 담아 가져온 분홍빛을 띤 고기 등을 찬찬히 살펴보았지. 유쾌하고 생기 넘치며 명랑하고 마음을 편안하게 하는 실내 분위기에 완전히 압도된 것만 같았어. 아주 익숙하고 호의로 가득 찬 공간에 있다는 느낌이 들었지. 다시 말해서 뭔가를 분명하게 깨달았다고는 할 수 없지만 대체적으로 만족스러웠어.

자, 그럼 하던 이야기로 돌아가서―내가 자꾸 옆길로 새면 얼른 말해줘―식사를 마칠 무렵 웨이터가 알리스라는 여자의 전화번호가 적힌 명함을 건네더라고. 그런데 여자의 외모에 대해서는 뭐라고 똑 부러지게 이야기해주지 않는 거야. 그러니 나야 누구를 말하는 건지 통 모를 수밖에. 내가 앉은 뒤쪽 테이블에 여러 명이 합석을 했던 것은 분명히 기억해. 그런데 그 자리에 따로 온 여자가 있었는지는 기억이 나지 않아. 내가 우스갯소리로 그녀가 예쁜지 어떤지 재차 물어봐도 웨이터는 여전히 대답을 하지 못했어. 정말로 대답하지 못하는 거야. 웨이터도 그런 상황에 굉장히 흥분했는지 웃느라 그녀에 대해 정확한 말을 할 수 없었던 거지. 이상한 것은 그 순간에 내가 느낀 감정이야. 내게 젊은 여자가 자기 전화번호를 건네는 게 익숙한 일이라고는 하지 않겠어. 하지만 내가 여자들에게 호감을 주기 때문에 이런 일들이 일어날 수도 있다. 그러니까 이건 있을 수 있는 일이다라는 것쯤은 알아. 어느 정도는 부지불식간에 이런 식으로 확인받을 것을 알고 늘

대기하고 있다는 생각마저 들거든. 나는 항상 어느 정도 여자들이 내게 호감을 가지고 있다는 것을 보여줬으면 하고 의식적으로 기대하고 있는 거지. 그러니까 내 말은 기습 효과 같은 건 없었다는 이야기야. 잠깐, 이런 말을 한다고 해서 내가 잘난 척하는 것으로 보이고 싶지는 않아. 나는 그냥 꾸밈없이 말하는 것뿐이야. 물론 기분은 좋았어. 그런 식의 일은 늘 사람을 우쭐하게 만드는 법이니까. 내게는 모르는 여자의 전화번호를 건네받을 수 있는 특별한 능력이 있다는 걸 누구보다도 잘 알아. 그런 게 평범한 일이라고 여기지는 않는다니까. 그래도 나는 웨이터나 아버지, 새어머니, 남동생 눈에 비치는 것만큼 그게 그렇게 굉장한 일인 것 같지는 않았어. 정말이지 그 네 사람은 여전히 못 믿겠다는 눈치였다니까! 그들은 반신반의하는 눈으로 나를 바라보더라고. 속으로 이런 생각을 하는 듯한 표정을 지으면서 말이야. '야, 너 참 대단하다! 이런 일이 있을 수 있다는 건 꿈에도 생각하지 못했네.' 마침 웨이터가 테이블 위에 명함을 내려놓았을 때 우리는 운명과 우연에 대해서 이야기를 주고받고 있던 참이라 더더욱 그랬지. 나는 그런 건 왈가왈부할 필요도 없다는 듯이 확신에 찬 어조로 말하던 중이었을 거야.

"우연 같은 건 없어. 우리에게 일어난 일들은 모두 어떤 의미를 갖고 있지."

정말 그렇게 말했다니까. 아버지야말로 바로 얼마 전에 나에게 그 사실을 상기시켰는데 새까맣게 잊고 있었던 거야. 제정신이 아니지? 요컨대 내가 꼭 하고 싶은 말은 바로 이런 일들을 통해서 사람들은 저마다 자신만의 틀 속에 갇힌 채 살아간다는 것을 어렴풋이나마 짐작할 수 있다는 거야. 운이 좋게도 내가 그다지 애쓰지 않아도 여자들에게 호감을 줄 수 있다는 건 알아. 하지만 그게 다른 사람들한테는 아주 이례적인 일에 해당된다는 것을 잊고 있는 거지. 그 네 사람은 내가 무슨 영웅이나 되는 줄 알더라고. 완전히 별난 놈 취급을 당했어. 나는 좀 으쓱해지기는 했지만 홍분해서 마구 날뛰지 않고 마음을 가라앉혔지. 가만 있어도 환심을 살 수 있다는 사실이 또 한 번 입증되었다는 게 그저 기뻤을 따름이야. 그 이상의 뭔가를 상상할 마음 같은 건 조금도 없었어. 하기야 그 이야기는 이미 네 사람에게 했지. 나는 무슨 말이든 해야만 했기 때문에 이런 식으로 이야기할 수밖에 없었어.

"뭐, 기분은 좋네요. 재미있잖아요. 한데 그 여자, 내가 응할 거라고 생각하다니 이해가 안 가는데요. 그 여자, 참 겁도 없네."

너도 알다시피 그렇게 해서 나는 내심 그녀가 대담한 여자인게 틀림없다고 생각한다는 걸 깨닫게 된 거야. 그런 짓을 하다니 말이야. 게다가 나는 예의 그 관념론적인 망상에 사로잡혀서 덮어놓고 그게 다 이탈리아에 있어서 그렇겠거니 생각했어. 또 남자한테 한눈에 반해서 전화번호를 알려주다니 과연 이탈리아 여자답다고 속으로 생각했지. 사실 평소에는 그러면 볼장 다 본 거라고 여겼거든. 그런 일은 한 번도 생각해보지 않았어. "세상에, 뭐 저런 헤픈 여자가 다 있어!" 하면서 말이야. 그런 건 꿈에도 생각해본 적이 없다고. 그런데 반대로 대담하고 섹시하며 여자답고, **이탈리아 사람답다고** 여겨지는 거야. 그렇지만 맹세코 그럴 수는 없었어. 게다가 그 순간에 나는 진심으로 절대로 전화하지 말아야겠다고 생각하고 있었거든. 설령 내 마음속 깊숙한 어딘가에 바람둥이 기질이 꿈틀거리고 있다고 해도 말이지. 나는 아무 거리낌 없이 전화해서 그런 기회를 틈타 재미깨나 봤을 그런 녀석들이 부러웠어. 나야 그런 건 그저 기분 좋은 찬사로만 여겼지. 비록 오쟁이 진 놈이기는 하지만 여자들의 관심을 유발시키는 내 능력은 여전하구나 싶어서 안심이 되었다고나 할까. '야, 그만 좀 해라. 그만 해. 그만 웃기고 차라리 잠이나 자지그래. 넌 네 슬픔이나 부부 문제부터 진정시켜야 해. 지금은 바보 같은 짓을 할 때가 아니란 말이야. 어쨌든 넌 그럴 용기도 없을걸. 게다가 테이블위에 놓여 있는 전화번호. 그런 건 확 끌어당기는 맛은 있지만 더 볼 게 없어. 그저 속 빈 강정이라고.'

어쨌든 나는 2, 3분 동안 계속해서 그 일로 우스갯소리를 지껄이다 화제를 돌리고는 명함을 주머니에 넣었어. 그 여자한테 전화를 걸려고 했다기보다는 자기도취적인 반사 행동에 가까웠지. 나 자신을 믿어볼 요량이었어. 앞으로 로만체에서 보내게 될 48시간 동안, 그리고 요 몇 년 동안 충실한 남편이었다가 거짓말쟁이에 용서할 수 없는 죄인, 오쟁이 진 놈, 사랑의 파괴자로서 그 순간 이후로 영원히 신임을 잃게 된 아내 앞에서 기어코 명예를 회복해야만 한다는 강박관념에 사로잡힌 채 보내게 될 내 삶에 신선한 자극이 될 수도 있을 이틀 동안 말이야. 우리는 재빨리 계산한 후 웨이터에게 고맙다는 말을 하고는 걸어서 집으로 돌아왔어. 집에 오니까 머릿속의 근심 걱정이 말끔히 사라지더라고. 나는 줄곧 알렉상드린을 생각하고 있었을 뿐만 아니라, 그날 아침 공항으로 출발하기 직전에 마지막으로 싸웠던 일이 계속 마음이 쓰였거든. 그날 싸운 이유에 대해서는 더 이상 말하지 않겠어. 한마디로 나는 사내 행세를 해서라도 그녀를 되찾고 싶었던 거야. 그 모발리 녀석 흉내라도 내서 내 정신적인 상처가 사라지기를 바랐다고. 하지만 보기 좋게 실패했지. 절대로 육체적인 걸 말하는 게 아니야. 아니라고. 내가 보이고 싶었던 것은 몇 마디 말과 무뚝뚝한 표정이었어. 그러다 본래 내 모습으로 돌아오기는 했지만. 내 본성과는 거리가 멀었으니까. 하지만 그것에도 다 사연이 있어. 그때 우리는 우리와 제일 친한 친구네 집에서 지내고 있었는데, 나는 그때까지 잘 참고 있다가 그레구아르 앞에서 막 무너져 내린 참이었지. 내가 발코니에서 찔끔찔끔 눈물을 흘리고 있을 때 알렉스와 루가 저녁 먹을 시간이 채 되기도 전에 도착한 거야. 나는 그레구아르 면전에서 맥없이 무너져버렸어. 그 순간에 날 도와줄 수 있는 건 그것밖에는 없었으니까. 그리고 여자들이 들어왔을 때도 애써 눈물을 감추려 하지 않았어. 왜냐하면 그건 친구들이 지켜보는 앞에서 알렉상드린에게 보내는 일종의 메시지였거든. 그녀는 날 도와야 하고, 내게로 돌아와야 하며, 내가 대가를 치르는 것을 중단해야 함을 인정하도록 강요하는 메시지 말이야. 그리고 그녀의 마음을 사로잡은 그 모발리 놈과의 복수극도 말이야. 그렇게 되면 둘이서 아무 일 없었다는 듯이 새 출발을 할 수도 있을 테니까. 내가 감추려는 기색 없이 눈물을 훔치는 것을 보면서 알렉스는 쏘아보기만 할 뿐 경솔한 내 행동에 화를 내지 못했어. 그래서 루는 사태를 진정시키기 위해 알렉스를 데리고 동네 레스토랑으로 저녁을 먹으러 갔어. 나야 잠깐이나마 고통을 덜었다고는 해도 그녀가 돌아오면 무슨 안 좋은 일이 벌어질까 봐 전전긍긍하면서 그레구아르와 함께 쓸쓸한 저녁을 보냈지. 아마 그래서였을 거야. 알렉스를 기다리지 않고 그냥 자버리기로, 다음 날 아침 잠에서 깨면 그녀에게 있는 대로 인상을 쓰기로 마음먹은 건. 이번에는 내가 확실히 기선을 제압해서 그녀가 먼저 내게 싫은 내색하는 것을 피하려고. 이를테면 다른 방법을 써보려고 했거든. 그랬더니 알렉스는 내가 뻣뻣하게 구는 걸 아주 못마땅해했어. 대판 싸웠지. 나는 어떻게 해서든지 그녀석처럼 보이기 위해 기를 쓰면서 계속해서 그 잘난 모발리 놈처럼 굴었어. 내 기세에 힘입어 내 행동이 조금이라도 그럴듯하게 보이라고 말이지. 나는 쾅 소리가 나게 문을 닫고 공항으로 향했어. 복수심에 이글거렸지만, 결국에는 울고 있는 알렉스를 아파트에 버려둔 채 나왔다는 것에 죄책감을 느꼈지. 다녀오겠다는 말도 하지 않았거든. 지긋지긋했으니까. 이것이 바로 그날 있었던 일이야. 요컨대 내가 기대한 것과는 정반대의 결과가 되어버린 거지. 간단히 말해서 여전히 성격 차이가 문제였어. 그녀와 나 사이의 만성적인 소통 불능이 다시 한 번 문제가 되었다고. 그 때문에 로만체에 와서도 나는 기분이 좋지 않았어. 그런 식으로 한심하게 공항으로 떠난 것을 사과하고 싶었지. 나는 그녀에게 말하고 싶었어. 그날 오후 프라티 아르티지아니 매장에서 그녀에게 선물하려고 고급 로션을 샀다고. 나도 기분이 썩 좋은 건 아니지만 그녀를 열렬히 사랑한다고. 이제는 훌륭한 남편이 될 것이며, 나도 감정을 자제하겠노라고. 그녀가 집요할 정도로 기대한 것은 그녀가 나와는 생판 다른 놈이랑 고동에서 놀아남으로써 내가 어린애처럼 고통으로 몸부림치는 거였으니까. 그자식은 운동선수처럼 가슴이 떡 벌어진데다 마음에도 없으면서 그딴 식으로 그녀랑 할 짓만 했기 때문에 날 훨씬 더 초라하게 만들었다고. 하지만 나는 책임감 있는 어른답게 모든 걸 꾹 참고 넘길 것이며, 그녀는 날 믿은 것과 우리 앞에 한평생이 남아 있는 걸 다시는 후회하지 않을 거라고. 그래서 나는 한껏 흥분하여 1분 1초라도 빨리 그녀에게 내 선의를 전달하기 위해 잠자리에 들려는 아버지한테 휴대전화를 빌려서 모두에게 잘 자라고 인사를 하고는 사람들을 피해 테라스로 나갔어. 어슴푸레했지만 실편백나무 꼭대기가 저 아래 로만체 시내의 불빛을 받아 선을 그어놓은 것처럼 어둠 속에서 또렷하더라고. 한데 파리에 전화를 걸었더니 막상 알렉스는 소름끼칠 만큼 싸늘한 태도로 대하는 거야. 그쯤 되면 사람 미치는 거지. 어쩔 도리가 없더라고. 나는 1시간하고도 15분이나 전화기를 붙잡고 나에게 죄가 없다는 것을 증명해보려고 했지만 허사였어.

별도리가 없는 거지. 그녀는 내가 제시하는 증거를 하나하나 분석하면서 날 거짓말쟁이 취급을 하고는 온갖 무자비한 말을 동원해서 내가 사람도 아님을 입증해 보였어. 그렇게 되니까 결국에는 나 자신도 그런가 보다 싶게 되더라고. 늘 그래왔던 것처럼. 그 때문에 나는 기분이 상할 대로 상해서 그대로 죽어버리고만 싶고, 죄의식에 온몸이 칭칭 감겨 그 상태에서 영영 벗어날 수 없을 것 같은 기분이 드는 거야. 그녀의 말은 더 이상 나에게 할 말도 없고, 곰곰이 생각을 좀 해봐야겠으며, 더 이상 날 사랑한다는 확신이 서지 않는데 그럴 필요가 있느냐는 것이야. 그러고 나서 전화를 끊었어. 나는 그녀가 진짜로 그렇게 생각하고 있지 않다는 것을 잘 알아. 그녀는 나를 사랑하고, 우리의 사랑 이야기가 이렇게 말도 안 되게 끝날 수 없다는 것을 너무 잘 안다고. 나는 그 모든 것을 알고 있는데도 나도 모르게 그만 울음이 터져 나오는 거야. 왜냐하면 너무 심하니까. 그녀는 내게 한 달 반 동안 쉬지도 않고 대가를 치르게 하고 있으니까. 심지어 그녀와 그 모발리 놈이 놀아났어도 쓸데없는 분쟁을 피하려는 마음에 그녀에게 부드러운 말로 도와달라고 부탁했는데도 필요 이상으로 고통받게 하는 그런 대가마저 치르게 하고 있으니까. 떠나기 전 주에는 부드럽고 너그럽게 대해달라며 칭얼대는 내 부탁에 그녀는 나를 향해 이렇게 대꾸했어.

"네 일은 네가 알아서 해. 네 몸은 네가 건사하라고. 나는 네 엄마도 보모도 아니야."

나는 지금껏 그처럼 외롭고 그 정도로 궁지에 내몰린 듯한 느낌이 든 적이 없었어. 그래서 조금이라도 고통을 줄여보려고 혼자 숨죽인 울음을 터뜨린 거야. 결국 깨닫고 말았거든. 더 이상 해답이 없을 때, 너무너무 견디기 힘들어지고 막다른 길에 내몰렸을 때 할 일은 그것밖에는 없기 때문이지. 너도 알다시피 나도 삼십 대가 되어서야 우는 법을 다시 배웠어. 나는 발아래 깜박이는 로만체의 불빛, 실편백나무, 깜깜한 하늘을 바라보면서 눈물을 흘렸어. 그러고는 사랑하기에 더없이 좋은 환경을 앞에 두고도 사랑하는 여자와 사이좋게 지낼 수 없다는 것은 어처구니없는 일이라고 속으로 생각했지.

나는 막다른 처지에 몰렸다는 생각에 실의에 빠져서 30분이 넘게 테라스에 있었어. 머리를 식히기 위해 아무 생각도 하지 않으려고 애써보았지만 별 소용이 없더군. 이제는 아예 적의로 가득 찬 시선으로 나를 바라보는 알렉상드린과 고동에 있는 그놈의 호텔방에서 모발리 놈과 섹스할 때 쏟아냈을 그녀의 거친 숨소리는 너무 대조적이야. 나는 그 장면을 상상해보는 거야. 놈은 침착하고 냉정하며 그런 일에 익숙하고 거의 무심한 반면에, 그녀는 처음 느끼는 신선함과 그자식의 완벽한 팔, 가슴에 온몸이 마비될 지경이었겠지. 나는 한 달 전부터 하루에도 수십 번씩 속으로 이런 생각을 해. 이건 매우 흔해 빠진 일이고, 지금 이 순간도 세상 어디에선가 1초에 한 명꼴로 여자들이 남편 몰래 부정을 저지르고 있다고. 요컨대 인간은 동물에 불과하다고. 나는 이런 생각을 하면서 냉정하게 이성을 찾으려고 노력하지. 이건 단지 두 사람의 몸뚱이, 피부, 살, 혈액, 점막이 서로 맞닿는 것뿐이라고. 서로 열광적으로 움직여대는 두 개의 해골이 X-레이, 스캐너, 그리고 유독 열이 많은 부분이 붉게 나타나는 적외선 레이저에 찍힌 장면을 상상해보는 거야. 왜 있잖아. 깊이 드러난 이뿌리에 턱뼈와 움푹 팬 눈구멍이 연출하는 병적인 강박 웃음. 나는 이렇게 생각하려고 애쓰는 거야. 그로 인한 비극 같은 건 없으며, 깔깔거리고 웃어줄 수도 있다고. 알렉상드린은 세상 모든 이들이 그렇듯 살과 뼈로 이루어진 사람이지 신이 아니며, 그녀가 지구상에서 제일 예쁘고 최고로 섹시한 것도 아니고, 그녀보다 쭉쭉 빵빵한 여자는 얼마든지 있다고. 그리고 그녀는 지구상의 수십 억 여자들 가운데 한 명일 뿐이라고. 나는 속으로 이런 말을 하는 거야. "그녀가 뭔데 날 이 꼴로 만드는 거지? 대관절 무엇 때문에 자신을 멸시하는 거냐고! 빌어먹을. 나는 그렇게 하찮은 놈이 아니란 말이야! 그런 식으로 그녀를 신격화하는 짓은 그만 멈추지그래?" 나는 그녀의 가치를 극도로 상대화시켜서 생각해보려고 하지만 어떡해야 좋을지 모르겠어. 알렉상드린은 나에게 너무 대단한 존재이거든. 키가 굉장히 크고, 매우 여성스럽지만 말도 못하게 쌀쌀맞고, 무척 냉정하며, 지나치게 엄격하고, 아주 도도하며, 굉장히 똑똑하고, 매우 까다로우며 예측 불능에다 변덕이 심하고, 엄하며, 경직되어 있고, 신랄하며, 매사에 끊임없이 불만을 터뜨리고, 굉장히 잘난 체하며, 공격적이고, 그다지 너그럽지도 않아. 그녀가 하도 이랬다저랬다 하는 바람에 나는 그녀가 다정하게 대해주기만을 초조한 마음으로 기다리느라 너무 많은 시간을 소비했어. 이 모든 이유로 너무 오랫동안 이루 말할 수 없는 불안과 고통 속에서 그걸 간절히 바랐던 거야. 그녀를 도저히 이해할 수 없는 불안하기만 한 상황 속에서 말이야. 그녀와의 섹스는 재미있는 놀이라고는 할 수 없어. 비극이었지. 내게는 전적인 불안의 매개물이 되어버렸다고. 그래서 섹스를 하면서 가볍게 즐길 수 없었어. 알렉상드린은 단 한 번도 즐거워한 적이 없었단 말이야. 섹스를 하면서 재미있게 놀아본 적이 없다고. 그녀의 바기나가 떠올라. 내가 속속들이 알고 있는, 몇 년을 두고두고 독차지했다가 예고도 없이 남한테 빼앗겨버린, 세상 그 무엇보다도 사랑했던 그것, 수많은 세월이 흐르는 동안 언젠가 단 3일뿐일지라도 나 아닌 남의 것이 될 수도 있다는 생각은 한순간도 해본 적 없는 그것 말이야. 그것만은 안 돼. 제발, 그건 안 된다고! 다른 건 괜찮아. 뭐든 상관없단 말이야. 하지만 그건 안 돼. 그녀는 그걸 하면서 그처럼 재미있어하지 않았단 말이야. 그녀가 그걸 하면서 재미있어하지 않는다는 게 날 그토록 놀라게 만들었는데, 그것 때문에 내가 그토록 고통스러워했는데, 그게 나한테 그토록 큰 압박감으로 작용했는데, 그녀의 엄숙함 그 이상으로 말이야. 요 몇 년 동안 우리 사이에 자리잡고 있던 모든 긴장이 구체화된 건 대부분 바로 그 때문이야. 그래서 그 더러운 모발리 자식이 그녀를 후끈 달아오르게 만들어 그자식의 손길을 한 번 더 받기 위해서라면 무슨 짓이든 했을 그 방법을 배운다는 것, 그게 날 수없이 절망하게 만든 거라고. 하긴 그자식이 그녀에게 한 짓에 비하면 그건 아무것도 아니지만—어쩌면 그녀가 날 기쁘게 하려고 그런 것일지도 모르지만, 그녀는 나중에 그자식이 그렇게 끝내준 건 아니었고 내가 그렇게 서툰 것도 아니었다고 인정하기까지 했어—그자식은 새것이 주는 도취감을 온몸으로 구현했잖아. 그리고 그건 내가 아니었어. 그녀는 안 돼. 그건 너무 잔인한 일이었어. 적어도 그녀의 일탈이 그녀로 하여금 날 조금이라도 동정 어린 눈으로 바라보게 했으면, 날 향해 다정한 몸짓을 하게 할 수 있었으면 몰라도 말이야. 말하자면 적어도 그 일이 그녀를 진정시켜서 나에게 상냥하게 굴도록 만들었다면 몰라도 말이지. 오히려 그 반대였다고. 그녀는 전보다도 훨씬 더 퉁명스럽게 굴었단 말이야! 그녀는 날 더 이상 용서하지 않았어. 석 달 전에 자기와 헤어지기를 바랐을 뿐만 아니라, 그녀 말에 의하면 내가 일부러 칭얼거려서 자신의 '미사여구'를 망쳐놓았다는 거야. 그리고 무엇보다 그자식이 아니라서 날 용서하지 않은 거야. 그렇게 해서 나는 터치라인 밖으로 밀려났구나, 그녀는 이젠 날 사랑하지 않는구나 하는 느낌이 나를 가장 절망하게 만들었어. 그래, 그녀의 행동에 그 중대하고도 엄청난 의미를 부여한 것은 그 위에 실린 인격과 카리스마였지, 행동 그 자체는 아니었어. 그자식과 갈 데까지 갔으면서도 단순히 가벼운 입맞춤을 나누고 성기를 만지작거리며 논 것에 불과했으니 그녀가 나보다 막대한 심리적 우위를 차지한 거지. 물론 나도 알아. 부부 사이에 틈이 생긴다고 해서 죽지 않는다는 것쯤은. 하지만 그건…… 그래, 죽을 만큼의 고통이었어. 그게 단지 그 문제에 대해서 내가 유난히 민감한 반응을 보이기 때문에 그런 것만은 아니야. 그녀 아닌 다른 여자, 즉 보다 평범하고, 보다 익살맞고, 불안감을 덜 주고, 보다 온화한 것 이상으로 그냥 어디서나 볼 수 있는 **보통** 여자였다면 내가 느끼는 고통이 조금은 덜 했을 거야. 이런 말을 하다니 어처구니없지만 진짜 그렇단 말이야. 물론 나는 얼굴을 정통으로 한 방 맞은 거나 다름없었어. 타격을 입었겠지. 어느 정도는 인상을 구겼을 거야. 어쩌면 눈물을 조금 흘렸을지도 모른다고. 사람들은 아무렇지도 않게 돌아가면서 한 마디씩 할 테지. 그녀는 나에게 자기가 사랑하는 건 바로 나라는 사실을 일깨워준 것일 거라고. 그녀가 달콤한 말로 아양을 떨 테니 두고 보라고. 그리고 잠자리를 자주 하다 보면 그런 것은 차츰 사라질 거라고. 알렉상드린이 장난을 치지 않았던 것은 그녀가 원래 그런 사람이기 때문이야. 그리고 이 하찮은 에피소드가 지나칠 정도로 심각하고 중대하게 내 머릿속에 자리잡은 것은 그녀가 날 정신적으로 죽이거나 살릴 수 있는 절대 권력을 가지고 있었기 때문이지. 그건 다름 아닌 예측과 상상력의 문제야. 또 타인을 대하는 태도의 문제이기도 하다고. 아주 여자답고, 굉장히 분별력 있으며, 지나치게 어른스럽고, 찬바람이 돌 정도로 쌀쌀맞으며, 매우 엄격하고, 걸핏하면 화를 내며, 까다롭기 그지없고, 고집불통에 인상이 강렬하며, 툭하면 뻣뻣하게 구는 알렉상드린. 위압적이면서도 매혹적인데다 옆 사람까지도 쉽게 불안하게 만드는 성격의 알렉상드린. 함께 살아오면서 수없이 나를 제 발밑에 깔아뭉갠 알렉상드린. 그 누구에게도 그런 대접을 받은 건 전무후무한 일이기 때문에 굉장히 의연하고 오만하기 이를 데 없는 나. 그녀는 날 자기 마음대로 부릴 수 있다는 것을 너무 잘 알고 있었어. 그것 또한 우리 관계가 정상이 아니라는 것을 단적으로 보여주는 예이기도 해. 그녀는 나를 자기 마음대로 부렸고, 나는 거절하면 그녀에게 미움을 받을까 봐 그냥 내버려두었어. 그러는 것이 그녀의 신경을 거스른다고 해도 내가 복종하면 그녀가 기뻐한다고 생각했기 때문에. 나는 그처럼 관대하고 절절매며, 나라는 존재를 발견하기 힘들었어. 그렇다고 그녀가 내가 존재하기를 바랐다고 생각하는 것은 아니야. 우리 사이에는 그런 게 늘 절묘하게 열정적으로 결합되어 있었어. 절대로 무심함은 아니야. 너도 알다시피 나는 해가 지날수록 그녀가 하는 대로 내버려두었어. 아이들조차 뒷전이었다니까. 언제나 알렉스가 우선이었어. 이래도 알렉스, 저래도 알렉스, 늘 알렉스 타령이었지. 나는 항상 어린아이가 자기 엄마를 쳐다보듯 알렉스만 바라보았어. 나는 그녀 곁에서 얼쩡거리는 게 자랑스러웠고, 그녀가 하는 일은 모두 훌륭하다고 생각했으며, 그녀를 섬기는 마음으로 사소한 몸짓 하나까지도 주의 깊게 살펴보았어. 내 생각에 그녀는 최고로 옷을 잘 입는 여자였고, 화장도 제일 잘 했지. 누구보다도 품위 있으며, 매사에 좋고 싫음이 분명하고, 생활의 지혜 면에서도 감각이 뛰어났어. 집에 오는 손님을 최고로 대접할 줄 알고, 집을 가꾸는 일에도 정성을 들였거든. 게다가 그녀는 말도 잘하고, 똑똑하며, 지적이고, 자유분방하며, 섹시하고, 성적 매력이 철철 넘치며—나에게는 바라지 않았으니 더더욱 이상적이지—춤도 잘 추고, 최고의 요리사이며, 가장 훌륭한 어머니이기도 했어. 나는 그녀가 성적으로 흥분시킨다고, 처음 했을 때보다 더 자극적이며, 나이를 먹으면 먹을수록 점점 더 흥분시킨다고 생각했던 만큼 **어머니**라는 호칭을 붙이기는 뭐 하지만 말이야. 내 생각에 최후의 결정을 내리는 것은 그녀였어. 하긴 나는 그런 여자 품에 있다는 게 자랑스러웠던 만큼 항상 나 대신 결정하고 말하게 내버려두었지만 말이야. 그녀가 놓친 점과 내게 자신의 부드러운 면을 보여주기를 소홀히 했듯이 객관적으로 봤을 때 서툴렀던 점을 눈치채게 한 적은 없었어. 결혼 첫날부터 끈질기게 반복되었던 그녀의 나쁜 행동들, 예를 들어 24시간 부루퉁한 얼굴을 하는 것, 사사건건 내게 훈계를 하는 것, 누구 못지않게 긴장감을 조성할 줄 아는 것, 일을 복잡하게 만드는 것, 뻔뻔하게도 나에게 협박을 하고 죄의식을 느끼게 하는 것, 아무 근거 없이 고통스럽게 만드는 그녀의 말들, 나를 소름끼치게 하는 적의에 찬 시선, 늘 실수투성이라고 툭하면 나를 일깨우는 것, 만족하는 법 없이 늘 욕구불만인 것, 지나치게 까다롭고 상냥함이라고는 눈 씻고 찾아보려야 찾아볼 수 없는 것, 다정한 말이나 애정 어린 시선을 건네본 적 없는 것, 변덕스럽고 예측 불가능하며 뭔가를 이루려는 의지가 박약한 것, 만성적인 비관론자이면서 오만하고 난폭하며 툭하면 죽일 듯이 화를 내는 것, 요컨대 내 마음 깊숙한 곳에서 그녀를 비난했던 그 모든 점을 그녀가 눈치채게 한 적은 단 한 번도 없었다고. 그만큼 나는 그녀를 문제삼으면 그녀가 내게 원한을 품을까 봐 두려웠어. 설령 내가 터놓고 그녀의 태도를 문제삼았다고 해도 그녀는 고집스럽게 자신의 말이 옳다는 것을 증명하려고 했을 게 뻔해. 그리고 싸움이 날지도 모른다는 지레짐작에 피곤해져서 나는 결국 그녀에게 "자기 말이 맞아."라고 말하고, 속으로도 '그녀가 옳아.'라고 생각하면서 입을 다물고 말았을 거야. 비록 내가 천성적으로 오만하고 자아가 강하다고 해도 나는 조무래기가 엄마 말을 따르듯이 그녀의 말이라면 무조건 따랐어. 그로 인해 많은 세월이 흐른 후 나는 속이 썩어 들어가고 말았지. 아무에게도 내가 불행하다고 시인하거나 자백할 엄두를 내지 못한 채 말이야. 나 자신의 행복을 결정짓는 매개변수들에 대해서 단 한 번도 의문을 제시해본 적 없이 행복하기로 마음먹고, 그렇게 보이기로 결심했던 거지. 내 기분이 좋아진다든가, 내 정신적 안정 따위에는 의문을 가져볼 생각조차 하지 않았어. 나는 늘 네게 이렇게 말하지. **아무 문제 없어. 아무 문제도 없다고.** 내 눈에는 다른 모든 커플이 알렉스와 나, 우리 커플보다 훨씬 따분하고, 명석하지도 않으며, 열정도 없고, 멋져 보이지도 않았어. 그런데 이럴 수가! 다들 우리보다 얼마나 안정감 있고 조화롭게 보이던지. 게다가 실제로도 원만한 성생활을 하고 있는 것 같더라고. 우엘벡의 《플랫폼》에 나오는 인물에 대해 장황한 설명을 늘어놓느라 다른 커플들을 바라보다가 그제야 깨달았어. 그들은 애정을 가지고 별 탈 없이 섹스를 한다는 것. 개인적으로 '무사태평하게'라는 말을 덧붙여야겠지. 그쯤 되면 넌 이렇게 말할 거야.

"대체 무엇 때문에 그러고 있었던 거야? 아무도 너에게 그렇게 살라고 억지로 시킨 적도 없는데. 대체 무슨 대가를 치르느라 그러고 혼자 불안에 떨면서 스스로를 가둬버리는 거지?"

또 넌 내게 이런 말을 하겠지. 나에게도 인격이라는 것이 있고, 나 자신을 과소평가할 이유 같은 건 없다고. 그럼 나는 이렇게 대답할 거야. 네 말이 옳다고, 하나부터 열까지 모두 맞는 말이라고. 하지만 그러자면 알렉스가 어떤 여자인지 그녀에 대한 이야기를 하지 않을 수 없어. 그녀도 나 때문에 정신이 나갔고, 그로 인해 그녀는 나에 대한 중독 증세를 보이며 공격적으로 변해갔고, 그녀가 나에게 완전히 중독되었다는 것을 그녀가 보는 데서 최소화하려고 하다 보니까 나 스스로를 과소평가할 필요가 있다는 걸 느꼈다는 사실을 네게 이해시키기 위해서는 말이야. 그녀를 존중하는 의미에서 알렉상드린이 좋아하지 않을 말은 굳이 네게 하고 싶지는 않아. 그건 정상이 아니야. 완전히 돌은 거지. 우리는 서로 열렬히 사랑했지만, 서로에게 상처를 주면서 비정상적으로 사랑한 거야. 결국에는 사도 마조히즘에 가까워지고 말았다니까. 둘 중 한 사람이라도 그 악순환의 고리를 끊었어야만 했던 것은 아닐까? 최근에 내가 속으로 "결국 우린 너 나 할 것 없이 두 얼굴, 즉 우리 힘으로는 어쩔 수 없는 두 표상表象을 마주하고 있었던 거야."라는 말을 한 것을 보면, 내 심리 상태가 그 일을 단적으로 증명한다는 것을 알 수 있어. 그런 식으로 부족한 이야기를 벌충해보았자 우리 두 사람의 일과 무관한 누군가, 다시 말해서 '정상적인' 누군가에게 그런 말은 아무 의미가 없다는 걸 알아. 내가 명확하게 해명하지 않고 있다는 것은 알고 있다고. 하지만 다시 한 번 말하는데 세세한 부분까지 일일이 말하고 싶지는 않아. 시간이 많이 걸릴 테니까. 내가 말할 수 있는 것은 부부간에 의기를 투합할 뭔가가 없었다는 거야. 내 문제는 바로 그거지. 너도 알다시피 나는 웬만해서는 사람 사이의 관계를 대립이나 지배라는 말로 표현하지 않잖아. 그런데 알렉상드린의 경우는 달리 표현할 말이 없어. 그 누구보다 사랑하는데도 말이야. 나는 알렉상드린과의 사랑이 전쟁이기도 했다는 생각은 하지 않았어. 그런데 어쩌면 그녀가 내게 기대했지만 얻을 수 없었던 것은 내가 남자답게 싸우는 것이었을지도 몰라.

게다가 그녀가 고동으로 떠나기 전날 내가 그녀에게 뭐라고 했는지 알아? 나는 그녀가 그 모발리 놈과 그런 짓을 저지를지도 모른다는 것을 직감적으로 느끼고 있었거든. 반드시 그런 날이 오리라는 걸 느꼈던 거지.


우리는 타낭보에 있는 우리 집 욕실에 있었어. 나는 몸치장을 하고 있는 그녀를 바라보고 있었지. 욕조 바닥에 누워 있었는데 성기가 딴딴하게 부풀어올라 있었어. 나는 그동안의 우리 이야기가 마무리될 때까지도 얼빠진 놈처럼 그녀 때문에 발기를 했단 말이야, 알아? 그녀는 그때 미용실에서 막 **브라질리언 왁싱**을 하고 온 참이었어. 왜 있잖아. 대음순의 음모를 거의 하나도 남김 없이 제거하는 것 말이야. 몰라? 물론 나는 나와 아이들도 없이 바캉스를 떠나는 전날 그녀가 그렇게 제모하는 게 나쁘다는 생각은 조금도 하지 않았어. 날 위해 한 건 아니었지만. 그녀는 그 여가수와의 일이 있은 후 3개월 동안 내가 다가가는 것을 거부했으니까. 자랑스러운 일은 아니지만 내가 그녀에게 뭐라고 했는지 알아? 나는 이렇게 말했어.

"알렉스, 내가 한 짓 때문에 네가 고동에 가서 바람을 피운다고 해도 나는 이해할 수 있을 거야. 별것 아닐 테니까."

네게 말했다시피 그 순간 나는 내가 지은 죄를 만회하기 위해서 무슨 말을 하고, 어떤 생각을 해야 할지 몰랐거든. 내가 배신한 일을 그녀가 잊을 수 있고, 날마다 내게 그놈의 지겨운 죄책감을 일깨워주는 그녀를 말릴 수만 있다면 무엇이든 감당하겠다는 각오가 되어 있었어. 그렇게 해서 나는 말과 행동, 막연한 예측과 실제 상황 사이에 큰 차이가 있다는 것을 실감하게 되었지. 나는 떠버리에 불과하다는 것을 깨달았어. 그녀가 고동에서 돌아온 지 일주일 후 8월로 접어들던 그날, 우리 집 안뜰에서 아이들과 함께 두 개의 바스켓 사이에서 마음을 졸이며 그녀의 수첩을 뒤지다가 깨달았지. 그녀는 영어로 말을 건 나 아닌 다른 남자, 그자식을 향한 욕정에 사로잡혀 있었어. 육상선수 같은 놈의 체격과 입, 페니스가 그녀를 완전히 돌아버리게 만들었다는 사실을 알게 된 그날만큼 고통스러웠던 적은 지금껏 살아오면서 단 한 번도 없었다고. 놈은 무심한 척했고, 그곳에서 소식을 보내오지 않아 그녀를 기다리게 했고, 소식을 기다리느라 그녀로 하여금 수없이 많은 밤을 뜬눈으로 지새우게 했고, 놈을 찾아 밤낮을 가리지 않고 고동 일대를 샅샅이 뒤질 수도 있다고 말할 정도로 그녀를 미치게 만들었어. 나는 심증이 확실히 가는 그 수첩을 열어보았어. 일주일 동안 눈치챌 수 있었던 모든 것이 그 수첩 안에 있을 것이고, 더불어 내가 알면 안 된다는 것을 알고 있었으니까. 나 아닌 다른 놈을 향한 사랑의 말을 읽고, 또 읽었어. 어느새 나를 향해서는 무심함과 거리감만이 묻어나는 말들과 함께, 그리고 괴로워서 더는 먹지도 잠을 이루지도 못하는 그녀의 강박관념이 묻어나는 말과 함께 말이야. 나는 그 글을 읽는 바로 그 순간 연기처럼 **사라져버리는** 줄 알았어. 진짜 사라져버리는 줄 알았다니까. 이제는 그 말을 완벽하게 이해할 수 있어. 다른 말 같은 건 있을 수 없다고. 그건 마치 가슴에서부터 일어나는 순간적인 폭발과도 같아. 그 즉시 충격과도 같은 것이 온몸을 훑고 지나가면서 곧바로 모근에까지 도달하는 그런 폭발이었다고 할까. 혈관에 숨어 있다가 순간 분비되어 일시적으로 통증을 멈추게 하는 일종의 엔도르핀처럼 말이야. 나는 순식간에 머리끝에서부터 발끝까지 나른해졌어. 이를테면 파란 하늘, 정원의 바나나무, 길거리에서 뛰노는 동네 개구쟁이들이 떠드는 소리가 된 듯한 느낌이야. 그건 온 우주가 순식간에 네 머릿속에서 터져버리는 것과도 같아. 아니, 보다 정확히 말하면 네가 우주 공간에서 폭발하는 것과 같아. 마치 아무 일도 없었다는 듯이 하늘은 파랗고, 바나나무들은 살랑살랑 저녁 미풍에 흔들리고, 동네 꼬마 녀석들은 여전히 축구를 하는 그런 세계 말이야. 그렇게 되면 네 몸은 더 이상 작동을 하지 않아. 그 순간 너는 깨닫지. 누구나 고통으로 울부짖을 수 있고, 주변의 모든 것을 파괴할 수도 있으며, 앞뒤 가리지 않고 달려가 아무 차에 뛰어들 수도 있다는 것을. 그런 일이 영화 속에서만 일어나는 것이 아니며, 배우들의 연기가 아님을 깨닫게 되는 거지. 너는 살아 있음으로써 인간의 극단적인 감정과 네가 상처받기 쉬운 존재임을 발견하게 되는 거야. 문제가 생기기 이전에 했던 너의 빈정거림은 사라지고 대신 심한 모욕을 당하게 되는 거지. 나는 아이들을 데리고 혼자 있었어. 석양이 지고 있었지. 저녁노을이 황홀하더군. 하늘이 온통 선홍빛으로 타오르고 있었어. 알렉상드린은 쇼핑을 하러 나가고 없었고, 나는 욕조 바닥에 계속 누워 있지 않기 위해 꼭두각시처럼 아이들과 농구를 하다가 또 돌차기를 하는 등 연신 그렇게 시간을 보냈어. 마음속으로 이런 생각을 하면서 말이야. '나는 확고한 자기 보존 본능이 있어.' 나는 순식간에 어둠이 깔린 농구 바스켓 아래에서 미친놈처럼 이리저리 뛰어다녔어. 미친 듯이 깔깔거리는 것으로도 모자라 아들아이가 한 점을 넣거나 딸아이가 돌차기 판 위를 틀리지 않고 왕복하기가 무섭게 열렬히 박수갈채를 보냈지. 그게 바로 현실을 외면하는 나만의 방식이었어. 나는 아이들이 집 안으로 들어간 뒤 깜깜한 어둠 속에 혼자 남아 쉬지 않고 미친 듯이 농구를 했어. 30초마다 대문으로 쏜살같이 달려가 알렉상드린이 돌아오는지 은밀히 감시하며 미친놈처럼 잠시도 쉬지 않고 몸뚱이를 놀렸다고. 내가 사랑했던 불륜을 저지른 여자의 얼굴과는 너무나도 동떨어진 그녀의 얼굴을 보게 된다는 마조히스트적인 기대감으로 말이야. 지금 생각해 보면 일이 척척 들어맞은 거지. 내 생애 최악의 순간이었어. 그곳에 가본 적이 없는 나로서는 편견 없이 고동을 단순히 관광 도시로만 생각하고 있었거든. 그때까지 나는 고동 하면 떠오르는 것이 시시한 기념엽서의 사진, 울긋불긋하게 장식된 사원들, 금박 입힌 불상, 레몬 향이 나는 고급 요리, 이종격투기 정도밖에는 없었다고. 그런데 고동을 생각하기만 해도 치를 떨기 시작했어. 본격적으로 반감을 갖기 시작한 거지. 마치 방구석에 틀어박혀서 상대하기에는 너무 강한 경쟁자, 하지만 결국 네겐 아무런 해도 끼치지 않고, 너의 초라한 적개심 따위에는 아랑곳하지 않고 평화롭게 자신의 삶을 살아가는 그런 경쟁 상대를 증오하듯이 말이야. 고동은 내게 너무 심했어. 내가 사는 타낭보 섬과 같은 촌구석에서 볼 때는 더더욱 말이지. 너도 알다시피 그곳과는 7,000킬로미터나 떨어져 있잖아. 만약 파리에 살았다면 이런 말은 하지도 않아. 부득이하게 그런 일이 생겼더라도 그녀가 잠시 이국적인 도시에 끌린 거라고 생각했겠지. 하지만 내가 타낭보에 살다 보니 고동이라면 진저리를 치게 된 거야. 싱가포르나 자카르타, 쿠알라룸푸르 같은 아시아의 거대 도시들을 잘 알거든. 그곳에는 이미 가봤어. 알렉상드린과 함께 여행을 간 적도 있고. 우리는 둘 다 그곳에 매료되었지. 엄청 좋아했어. 나도 알아. 그 말이 의미하는 바가 무엇인지 안다고. 요컨대 그 도시들은 세계의 중심이야. 유럽에서는 우리의 그 잘난 자기 민족중심주의 때문에 알아채지 못할 뿐이야. 하지만 막상 네가 그곳에 가면 금방 깨닫게 될 거야. 차원이 다르다는 것을. 사람들이 네게 그렇게 말해주지 않았거나, 그런 이야기를 들으면서도 네가 정말로 믿지 않았다는 것을 말이야. 유럽에 사는 네가 오히려 세상 물정에 어둡다는 것을 깨닫게 될 거라고. 그런 도시들은 엄청나. 완전히 도시 지향적이고 최첨단 기술로 무장한데다 초현대적인 동시에 난잡한 데가 있어. 국제적인 도시라고도 할 수 있지. 얼간이 뚱보 아저씨들이 매춘 관광을 하러 가는 곳이 아니야. 전혀 그렇지 않다고. 그곳은 이주해서 살고 있는 귀족 출신의 앵글로색슨 젊은이들과 건전한 관광객들, 그리고 자신들의 젊음을 마음껏 표출하면서 살기 위해 세계 각지에서 몰려든 건강한 젊은이들로 넘쳐나. 그곳에서는 다양한 언어를 들을 수 있고, 세계 최고의 요리를 맛볼 수도 있어. 극도로 비현실적이고 엄청나다고. 네온사인에 음향시설이 갖추어져 있는 간이식당들, 거대한 쇼핑센터, 거리마다 넘쳐나는 사람들, 소리, 냄새, 습기, 툭하면 천둥과 번개가 치는 하늘, 공해 속에 열대 습기를 잔뜩 머금은 짓누르는 듯하고 위압적인 하늘이 꼭 영화 같은 분위기라니까. 그곳은 정상적인 도시라고 할 수 없어. 연애하기 딱 좋은 그런 곳이지. 짧은 만남과 열정, 다시 말해서 정욕과 일시적인 열정을 불사르기에 정말 적합한 곳이라고. 네 삶을 바꿔놓을 수도 있고, 인생을 달라 보이게 할 수도 있는 은밀한 장소야. 엄청나다고. 정말 대단한 곳이란 말이지. 그곳에서 7,000킬로미터나 떨어져 분쟁이나 일삼는 타낭보 촌에서 볼 때 세계의 중심이나 마찬가지라고 할 수 있어. 그러니 내게 너무 심했지. 그 동남아 도시들은 깊은 인상을 준다고. 네 자신이 얼마나 초라하게 느껴지고, 네가 촌구석에 처박혀서 죄의식을 달래고 있는 동안 그곳에서 바람을 피운 마누라의 짓거리가 얼마나 네 능력 밖의 일이었는지 여실히 깨달으려면 꼭 그곳에 가봐야만 해. 그녀는 나도 그녀만큼 홀딱 반한 엄청난 그곳에서 나 없이 그 짓을 한 거야. 고동에서 바람을 피운다는 것은 보통일이 아니야. 그들은 그곳에서 함께 나이트클럽과 레스토랑에 갔고, 또 함께 릭샤와 지하철도 탔어. 그들은 손을 잡은 채 지나가는 다른 행인들과 어깨를 부딪히며 함께 거리를 활보하기도 했지. 그녀는 그 자식의 전화를 기다리느라 밤잠도 이루지 못했고, 식욕까지 잃었어. 그녀는 놈이 곁에 없으면 제정신이 아니었어. 그녀는 그 자식을 다시 만나기 위해 살았고, 자기 호텔방 침대에서 그 자식의 누드 사진을 찍기도 했어. 그녀는 수첩에 쇼간 경기를 보러 가서 아슬아슬한 절정의 순간에 화장실에서 놈과 정사를 벌인 것이 황홀

했다고 적어놓기까지 했어. 그런 것들이 그녀를 흥분시키는 거야. 그녀는 그곳에서 그 자식과 함께 사방에다 자기 자신을 투영했어. 그녀에게 고동은 곧 그 자식이었거든. 그들은 둘이서 함께 보낸 시간 동안 세상의 왕이 된 것처럼 행세하며 별별 짓을 다했어. 그녀는 나 없이 그녀의 정욕의 역사, 일시적인 열정의 역사를 체험한 거야. 그녀는 에어컨이 가동되는 그놈의 호텔방에서 그 자식의 완벽한 육체와 무심함에 홀딱 반했지. 그러는 동안 밖에서는 지구촌의 심장이 힘차게 고동치고 있었어. 그러니까 오늘 나에게 고동 이야기는 더 이상 꺼내지 마. 유럽 극장의 최신 개봉 영화를 그곳에서는 단돈 5달러만 주면 길거리에서 15분 만에 상표도 알 수 없는 복사판 DVD로 구울 수 있다는 이야기도 하지 말라고. 이제 내게 고동은 마치 지구촌 중심 한복판에서 성교를 하는 두 거인들처럼 영어로 정사를 벌이는 알렉상드린과 그 모발리 놈처럼 여겨지니까.

나는 고동이라면 치를 떨었어. 엄밀히 말해서 나에게 아무런 해도 끼칠 마음이 없었고, 나 같은 건 안중에도 없었던 그 모발리 놈에게 치를 떨었기 때문이지. 그 모발리 놈과 나의 유일한 공통점은 사흘 밤 동안 호텔방에서 그녀와 정사를 벌였다는 거야. 나는 내게 아무 짓도 한 적 없는 모발리라는 나라를 떠올리기만 해도 기분이 불쾌해졌고, 건장한 체구의 잘생긴 영어권 흑인들만 봐도 속이 메스꺼웠어. 그들이 나이트클럽에서 춤을 추며 입맞춤을 나누었던 R&B 음악만 들어도 구역질이 났고, 마로니즈 펑커

69

스의 **스피닝 투게더**Spinning 2gether라는 노래는 특히 더 토할 것같이 심한 메스꺼움이 느껴졌어. 그 노래는 그녀가 집에 도착한 바로 그날 여행 가방의 짐을 채 풀기도 전에 CD 플레이어에 걸어놓았던 곡이거든. 아직도 그곳에 있는 듯 멍하니 무표정한 눈길로 나를 쳐다보며 동정심 어린 미소를 지어 보이고, 마치 고동의 그 빌어먹을 놈의 고급 나이트클럽 댄스 플로어에서 놈이 그녀를 리드하며 빙그르르 돌렸던 순간을 떠올리기라도 하듯이 무력하고 짜증 섞인 한숨을 내쉬면서 말이야. 내가 이런 말을 하는 데에는 다 이유가 있어. 그 노래에 맞춰서, 그러니까 그날 그녀가 여행 가방 안의 소지품들을 꺼내면서 멍한 표정으로 춤을 추는 동안 나도 그 노래에 맞춰서 춤을 춰보려고 했단 말이야. 나는 팬티 차림이었어. 그녀를 뜨겁게 반겨주기 위해 내가 할 수 있는 한 그녀에게 환한 미소를 지어 보이려고 애를 썼지. 아직 그 빌어먹을 놈의 수첩 따위는 들춰보지 않았는데도 그녀가 다른 남자를 생각하고 있다는 것을 알고 있었어. 그녀의 어색한 미소와 넋 나간 듯이 내쉬는 한숨이 날 위한 게 아니라는 것을 이미 느꼈던 거지. 그녀가 '스피닝 투게더'를 틀어놓은 동안 초라하기 짝이 없는 우리 집 주방 타일 바닥 위에서 그녀의 마음에 들기 위해 얼빠진 놈처럼 애쓰는 내 모습을 같잖게 생각하는 그녀의 행동에서 충분히 감지할 수 있었어. 그리고 몇 시간이고 **브로자사운드 TV**Brozasound TV에 나오는 잘생긴 R&B 흑인 댄서들을 어설픈 몸짓으로 흉내내는 내 모습을 우습게 여기는 그녀의 태도에서 알 수 있었다고 해야 할까?

끔찍한 예감이 들면서 실의에 빠지기 시작했는데도 어색하고 무한한 미소로 애써 무마하며 그녀가 흡족할 수 있도록 섹시하게 보이기 위해 할 수 있는 온갖 짓을 하는 내 모습에 필시 동정심을 느낀 게 분명한 그녀가 나를 향해 다가오더니 이런 말을 했어.

"자, 내 손을 잡고 한번 돌려 봐, 어서."

무시하는 듯한 그녀의 억양과 말투에서 눈치챘고, 또 부지불식간에 파악했으면서도 나는 얼빠진 놈처럼 덜덜 떨면서 그녀의 말대로 그녀를 잡고 돌렸지. 다른 놈을 향한 애수 어린 그녀의 시선과 미소를 동물적인 감각으로 읽으면서 그녀를 돌렸던 거야. 그놈만큼 훌륭하게 그녀를 돌리려고 시도한다는 것은 이기면 2배를 받고, 지면 전부를 잃는 내기와 다를 바 없음을 뻔히 알면서도 그녀를 돌려봤어. 대담하게 그녀를 향해 다가가서 그녀의 손을 잡고, 미친놈처럼 계속 미소를 지어 보이며 얼빠진 놈처럼 그녀를 돌리는 일에만 집중했지. 그렇게 15초쯤 지나자 그녀가 무슨 말을 했는지 알아? 그녀는 한숨을 쉬면서 가만히, 하지만 단호한 몸짓으로 내 품에서 벗어나더니 무시하는 태도로 입을 비죽거리며 눈길을 돌리면서 이렇게 말했어.

"날 내버려 둬."

그보다 더 끔찍한 것은 나는 그 말을 듣고 실의에 빠졌는데도 춤추는 것을 멈추지 않았다는 거야. 나는 주방 타일 바닥 위의 죄 많고 오쟁이 진 남자에다 어중간한 키에 몸무게도 어중간한 가련하고 초라한 백인 사내에 불과했어. 그래도 어쨌든 팬티 차림으로 계속해서 춤을 추었지. 내 꼬락서니가 딱 가끔 사육장의 목 잘린 암탉 같았어. 알렉상드린은 그 노래를 스무 번은 족히 틀었을 거야. 그러는 그녀의 시선과 넋 나간 한숨 소리를 나는 스무 번씩이나 멀리해야만 했어. 그녀에게 나 아닌 다른 놈이 있으며, 부정해보았자 소용없다고 그녀의 발치에 달려들어 울부짖지 않기 위해서 말이야. 그리고 그녀가 사랑에 빠졌다는 게 수만 리 밖에서도 느껴질 뿐더러 타낭보 같은 촌구석에 있는 집으로 돌아와야 했다는 사실에 날 원망했음을 인정하라고 하지 않기 위해서이기도 했지. 다시 말해서 그녀가 비행기에서 내릴 때부터, 전면이 유리로 된 타낭보 공항의 대합실에서 얼간이처럼 그녀가 내리는 것을 유심히 지켜봤을 때부터 그게 다 보였다는 것을 인정하라고 울부짖지 않기 위해서 말이야. 도도하고, 매몰차고, 섹시하고, 쌀쌀맞고, 완강하고, 날씬한 그녀가 검은 선글라스를 끼고 나는 한 번도 본 적 없는 애수에 찬 R&B 스타 같은 차림의 옷을 몸에 딱 달라붙게 입고 속을 알 수 없는 부루퉁한 얼굴로 평소보다 굉장히 느린 걸음걸이로 비행기 트랙을 내려왔어. 그녀는 눈을 내리깔은 채 아이들과 내가 기다리고 있는 대합실 쪽으로는 눈길 한 번 주지 않았어. 누군가를 찾으려는 듯한 모습도 보이지 않았지. 그대로 비행기에 타고 있다가 출발지로 되돌아가 그 빌어먹을 놈의 아시아 도시가 주는 도취감에 젖어 있고 싶은 딱 그런 사람의 걸음걸이로 말이야. 거기서 그녀는 놈의 마음을 끌기 위해 섹시한 속옷을 사러 갔어. 그녀는 사흘 밤 동안 에어컨이 켜져 있는 그 빌어먹을 놈의 호텔방에서 R. 켈리처럼 옷을 입고 춤을 추는 그 모발리 자식에게 영어로 혀를 밀어넣어 키스를 하게 했고, 젖가슴을 빨게 했으며, 클리토리스를 손가락으로 애무하게 했고, 온갖 체위를 구사하면서 몸속으로 밀고 들어오게 했어. 그녀도 그 자식 못지않게 만지고, 키스하며, 온갖 체위를 구사하면서 물고 빨았지. 그녀가 나에게 "날 돌려봐."라고 한 것과 아이들과 함께 안마당에서 농구를 했던 일은 내 생애 최악의 순간이었어. 그녀가 도착한 그날 석 달 전의 내 비열한 짓을 용서받기 위해 그녀에게 불러주겠다고 수없이 말했던 그 노래를 불렀던 순간보다 더 끔찍했어. 내가 그녀보다 더 잘 기억한 것은 아니었지만, 일주일 내내 방 안에 틀어박혀 가사와 발음, 멜로디를 외우느라 부르고 또 불렀던 포르투갈의 아름다운 사랑 노래를 그날 밤 욕실에서 그녀가 돌아온 것을 환영한다는 뜻으로 얼간이처럼 열창했던 그 때보다도 훨씬 더 참혹했다고. 그녀의 눈을 똑바로 바라보면서 내가 그녀에게 한 짓을 회상하려니 울고 싶은 마음이 들더군. 그래서 언젠가 그녀가 가성으로 노래하는 내 목소리가 꽤 듣기 좋다고 한 말이 떠올라 커티스 메이필드 식으로 높은 가성을 써서 그녀를 위해 가능한 한 숨을 참아가며 불렀던 그 순간보다도 더 끔찍했단 말이야. 단, 그날 밤 그녀는 여전히 그 모발리 놈의 굵직한 목소리에 젖어 있었을 것이란 사실만 제외하고. 그녀의 수첩에는 '흑인' 특유의 음색이 자기를 몹시 흥분시켰다고 적혀 있었거든. 물론 인정할 건 인정해야 하는 것이 내가 커티스 메이필드가 아니기 때문이기도 했지. 아무튼 그날 밤 내 높은 가성이 갑자기 그녀의 마음에 들지 않게 되었다는 것은 빼고 말이지. 내 노래가 끝나고 그녀는 내게 무한한 웃음, 새빨간 거짓말 같은 인상을 주는 민망스러운 웃음을 지어 보였어. 이번에는 최후의 일격을 가하듯 상냥하게 이런 말을 하면서 말이야.

"잘했어. 고마워. 그러니까 진짜 자기 같은데. 그런데 조금 더 낮게 불러야 할걸. 그럼 훨씬 더 좋을 텐데."

이튿날 얼마나 내가 그녀에게 애착을 가지고 있고, 우리의 신뢰 관계를 회복하기 위해 억지로라도 행복한 모습을 연출하고 싶은지 그녀에게 보여주고 싶은 마음에 연인처럼 그녀와 함께 레스토랑에 가서 술을 한 잔 마시고 춤을 추리라 마음먹은 그날 밤은, 자정 무렵에 그녀를 아프게 했던 그 모든 일이 떠올라 진심 어린 눈물을 흘리는 내게 그녀는 눈길도 주지 않고 카이피리나와 코코넛 펀치가 놓여 있는 테이블 위로 손수건만 삐죽 내밀었던 그날 밤보다도 훨씬 더 끔찍했어. 바에서 나온 지 1시간 후 디스코텍으로 향하던 중에 나는 차 안에서 그녀가 말없이 멍한 표정으로 넋 나간 듯 한숨을 수천 번도 더 내쉬는 것을 온몸으로 느껴야만 했어. 내가 얼간이로 보이기에 충분할 만큼 부드럽고 나직한 목소리로 정말 아무 문제 없는지 서너 번쯤 물어보았어. 그때 그녀는 얼굴을 돌리더니 너무나 힘 빠지게 만드는 눈길로 나를 빤히 쳐다보면서 "잘 들어. 5분 간격으로 계속 괜찮은지 물어보는 짓 따위는 그만두는 게 좋을걸. 계속해서 그러면 있는 대로 짜증이 나서 정말로 기분이 나빠질 거야. 그러니까 제발 귀찮게 좀 하지 마. 내가 아무렇지도 않다고 하면 정말 아무렇지도 않은 거야."라고 딱 한 번 대꾸한 그 순간보다도 훨씬 더 끔찍했다고. 그리고 내가 그녀의 여행 수첩에서 그 모발리 놈의 존재를 발견하고 그녀를 방해하지 않기 위해 틀어박혀 실의에 빠져 있던 일주일 동안, 그녀를 방해하고 싶지 않았던 것만큼이나 그 여가수와의 일이 터졌을 때 그녀가 어떤 기분이었을지 확실히 알게 되었고, 따라서 그녀가 날 완전히 용서한다는 것은 불가능한 일이라는 것을 분명히 깨달았지. 때문에 혼자서 실의에 빠져 있던 그 일주일 동안 더는 얼씬거리지 않았던 우리 침대 가장자리 그녀 곁에 앉아서 내가 비록 알고 있고 확신한다고는 해도, 또 내가 증거를 가지고 있다고는 해도 그녀가 그렇다고 말하지 않는 한 전적으로 믿을 수는 없었기 때문에, 그리고 듣기 괴로운 진실보다도 이제는 한마음이 아니라는 의혹이 더욱더 고통스러웠기 때문에 결국 그녀에게 진실을 말하라고, 누군가 있다고 말하라고 그녀의 입을 통해서 진실을 들어야겠다고 애원하고야 말았던 또 예의 그 토요일 오후보다도 훨씬 더 끔찍했다고. 그날 나는 보지 않아도 빤한 일로 복수라도 하듯 태연한 얼굴로 사디즘의 극치를 이루며 수십 번이나 아니라고 부정하는 그녀를 보며 내 자신이 점점 눈물과 고통으로 얼룩진 넝마로 변해간다는 기분이 들었어. 그래서 정정당당한 승부가 아니라는 것을 알면서도 결국 비장의 카드를 쓰고야 말았지. 그녀를 설득하던 끝에 나는 이렇게 말했어.

"그럼, 아이들 목을 걸고 맹세해. 아무도 없다고."

그날 이미 모든 것을 말해주는 얼마간의 침묵이 흐른 후 그녀는 해방감을 억제할 길 없는 미소를 지었어. 집에 돌아온 이후 처음으로 보이는 진정한 미소, 마침내 그녀에게 드러내놓고 그놈의 모발리 자식을 생각할 수 있도록 해주는 미소였어. 그녀가 그런 미소를 지으며 "아니, 그건 못 해. 아이들은 안 돼. 그래, 누군가 생겼어."라고 말한 그날 오후, 비로소 짐을 벗었다는 듯이 행복한 웃음을 머금으며 가만히 말하는 그녀의 말을 듣고 있자니 나는 심장에 대포알 세례를 받은 듯했어. 나는 침대에서 굴러떨어져 가슴을 치며 울부짖었어. 나도 모르게 바닥에 나자빠진 거라고. 그러고는 꼭 영화 속에 나오는 것처럼 떨리는 손으로 양 뺨을 감싸쥐고 "안 돼에에!!" 하고 두세 번 연달아 고함을 질렀지. 연출을 한 것도, 연극을 한 것도 아니었어. 눈 깜짝할 사이에라도 내 몸짓이나 고함이 시시한 텔레비전 드라마의 잔인무도한 장면을 연상케 할 수도 있다는 생각조차 하지 않았는데 말이야. 나는 바닥에 쓰러져서 머리카락을 쥐어뜯으며 얼굴이 일그러지도록 움켜쥐고 울부짖었어. 뺨과 이마의 피가 일시에 모두 빠져나가는 것 같았지. 말하자면 감당하기에는 그 모든 것이 너무 큰 고통이었어. 아무 관련도 없는 너를 붙들고 이런 식으로 일일이 열거하고, 어처구니없을 만큼 소소한 것들까지 이야기할 만큼 극심한 고통 말이야. 그러니 아버지 집 테라스에서 알렉상드린과 절망적인 통화를 끝낸 직후에 내 상태가 어땠을지 조금은 알 수 있겠지?

까딱하다가는 시커먼 강물 속으로 뛰어들겠다 싶어서 더는 아무 생각도 하지 않으려고 애쓰면서 로만체 시가지와 실편백나무를 바라본 거야. 그리고 나니까 영화 시나리오 작가들이 아주 터무니없는 이야기를 지어낸 것만은 아님을 보여주는 그런 일이 벌어지는 거야. 그건 그렇게 해서 일어난 일이라니까. 절대 과장이 아니야.

테라스에 있다가 새벽 1시가 넘자 잠을 자야 할 것 같아 자리에서 일어났어. 한 손에 아버지의 휴대전화를 들고 있어서 다른 한 손을 무심결에 주머니에 넣었는데 생각지도 않던 게 손에 잡혔어. 레스토랑 명함 말이야. 진부한 이야기를 하는 것 같아서 미안하지만 인생이란 게 원래 묘한 법이거든. 우연 같은 건 정말 없다니까. 진짜야. 네가 단 2분만이라도 세상만사가 흘러가는 일에 관심을 가지고 보면 자연스럽게 점성술이나 주술, 운명 철학, 신비학, 그리고 네가 바라는 쪽으로 기울게 된다니까. 나에게 단 **이틀**이 주어졌을 뿐인데 이런 일이 벌어졌다고 생각해 봐. 그 전날 나는 알렉상드린과 파리에 있었고, 하루 반나절이 지나면 다시 알렉상드린을 만나서 타낭보로 돌아가 아이들과 일상에 묻혀 살아가게 되는 거지. 7월 말에 그녀가 고동에 간 것을 제외하고는 그녀와 떨어져 보기는 그때가 처음이야. 처음으로 혼자 맞는 밤에 이런 쪽지를 받게 된 거라고. 희한하지? 넌 그런 생각 안 들어?

그러니까 내가 그러려고 그런 건 아니라는 이야기야. 요 몇 년 결혼해서 사는 동안 나는 아내를 단 한 번도 속인 적이 없어. 그러다 보니 내 마음대로 할 수 없는 상태가 되고 말았지. 어떤 여자든 아무리 진지한 마음이라고 해도 나에게 눈길조차 주지 못하도록 나는 유혹에 빠지는 걸 철저하게 차단했어. 그렇지만 그럴 기회가 전혀 없었던 것은 아니라고. 그러다 보니 우선은 그날 저녁에 명함받은 것을 계기로 내 마음에 어떤 파장이 일었는지 모르겠고, 둘째는 무슨 마음이 들어서 그 여자에게 전화하고 싶어진 것인지 통 모르겠단 말이야. 지난번 타낭보에서 그 여가수와의 일 때문에? '한 번 금단의 사과를 맛보고 나니 또 먹고 싶어지더라.' 뭐 그런 것? 생존 본능? 수호천사의 손길? 복수? 자만심? 이런저런 게 조금씩 맞물려서? 오늘은 아무것도 배제하지 않겠어. 단지, 내가 이야기할 수 있는 것은 그다지 오랫동안 나 자신에게 문제 제기를 하지 않았다는 점이야. 나는 전화기를 들고 집 안으로 들어가서 사람들이 깰까 봐 세탁실로 숨어들어가는 거야. 다림질 테이블, 플라스틱 대야들, 세제통, 세탁기 등이 있는 한가운데로 가는 거지. 게다가 그 창고는 창문도 없이 백열전구 하나만 달랑 켜져 있었을 뿐이니 그날은 그야말로 일생일대의 추억거리로 남는 거지. 자, 그렇게 해서 나는 침착하게 명함에 적힌 전화번호를 누르는 거야.

틀림없이 대여섯 번쯤 벨이 울리고 나서 그녀가 전화를 받았을 거야. 나는 이렇게 생각했어. 모르는 사람 테이블에 전화번호를 건네는 여자라면 토요일 밤 새벽 1시에 잠자리에 들었을 리 없고,

그녀의 밤은 아직 시작도 하기 전이라고. 나는 이런 상상도 했어. 그녀는 수많은 남자 친구들에게 둘러싸여 나이트클럽이나 뭐 그런 곳에 있을 거라고. 그래서 내가 하는 말이 잘 들리지 않을 거라고. 내가 평소에 여자를 낚으려고 애쓰는 놈이 아니다 보니 실망스러운 마음에 별의별 오만 가지 생각을 하게 되었던 거지. 불현듯 전화를 하는 사람이 누구이든지 간에 과감하게 맞서고 싶은 기분이 드는 거야. 바람둥이 돈 후안 행세를 하든 무엇을 하든 연기를 하고 싶은 거지. 전화벨이 대여섯 번쯤 울리자 또 이런 생각을 하게 되었어. 그녀는 음악 소리 때문에, 아니면 술을 과하게 마셔서 벨 소리를 듣지 못하는 거라고. 전화기의 음성 안내 메시지가 나오기를 기다리는데 바로 그때 누군가가 전화를 받았어. 그런데 막상 연결이 되고 나니 테크노 리듬도, 경적 소리도, 친구들의 웃음소리도 들리지 않는 거야. 전혀, 아무 소리도. 단지, 내 전화 때문에 깬 것이 분명한 듯 매우 거칠고 탁한 여자 목소리로 "여보세요?" 하는 거야. 나는 영어로 정신을 잃지 않고 당당하면서도 가능한 한 침착한 남자다운 목소리로 물었지.

"알리스 맞죠? 영어할 줄 알아요?"

그녀는 악센트가 섞이지 않은 발음으로 '그냥 조금'이라고 답했어. 나는 '그냥 **조그만 것뿐**'[2]이라는 생각을 하면서 2, 3시간 전

---

[2] 'Just a little bit'라는 대답에 'Just a little bite'라는 생각을 한다고 하면서 작가가 말장난을 하고 있다. 프랑스어의 'bite'는 영어의 'bit'와 발음은 같지만 남자의 성기를 뜻하는 은어이다.

에 레스토랑에서 명함을 건네받은 남자라고 말했지. 내 느낌상 상대방이 당황해서 말도 하지 못하고 깜짝 놀라 환한 미소를 지으며 조금 어색해하는 것 같더라고. 그래서 내가 잠을 깨운 건 아닌지 단도직입적으로 물었더니 그렇다고 하는 거야. 미안하다고 하자 그녀는 괜찮다고 했어. 깊이 잠들어서 실제가 아닌 꿈속에서 전화벨이 울리는 줄로만 알았다는 거야. 레스토랑에서 돌아와 이내 곯아떨어진데다 내가 그렇게 늦은 시간에 전화를 할 리 없을 듯해서 꿈을 꾸고 있는 건 아닌지 약간 의아해하고 있었다더군. 그런 일이야 이런 식으로 시작되기 마련이지. 전화선 저쪽에 **누군가**가 있다. 누군가 내 말을 들어주는 사람이 있다, 그렇게 말이야. 게다가 그녀는 지체 없이 자기가 한 행동 때문에 내가 난처했을 거라고 하면서 "무슨 마음이 들어서 그랬는지 모르겠어요. 한 번도 그래 본 적이 없거든요."라며 웃으면서 말했어. 나는 이번에는 보다 **여유 있는 카사노바**로 돌변해서 그녀의 행동에 기분이 상했다기보다는 많이 당황했다고 했지. 네게 그녀와 나눈 이야기를 되풀이하지는 않을게. 하지만 20분에서 25분 정도 통화했을 거야. 통화하는 동안 어색함 같은 건 조금도 느끼지 못한 채 농담을 주고받으며, 서로의 궁금한 점을 물어보면서 기본적인 정보 두세 가지를 교환했지. 그녀는 나보다 한참 어리고, 몬테 출신으로 로만체 대학에서 신경심리학을 공부하기 위해 올해 잠시 와 있다는 거야. 프랑스어는 한 마디도 못한다고 했어. 그리고 남자 친구가 몬테에 살고 있는데, 며칠 후면 그곳으로 가서 아주 눌러

살 계획이라더군. 나는 프랑스인이고, 나이는 그녀보다 열 살 많으며—내가 나이 들었다고 느낀 건 처음이야. 그것 때문에 기분이 묘해지더라니까—결혼을 했고, 아이가 둘이며, 지구 반대편에 살면서 직장에 다닌다고 했어. 그리고 로만체에는 이틀 동안 아버지와 새어머니, 남동생을 만나려고 지나가는 길에 잠시 들렀고, 1년에 한 번밖에는 만나지 못하며, 잠깐 다니러 왔다고 했지. 그리고 레스토랑에 나와 함께 앉아 있던 분들이 가족이라고도 덧붙였어. 그녀는 내가 결혼을 했고, 아이가 둘이라는 것을 믿지 못하는 눈치였어. 내 모습을 보면 많아야 스물일곱 살로밖에는 보이지 않는다더군. 나는 그녀에게 떠나기 전에 한번 만났으면 좋겠다고 했지만 그건 그냥 예의상 한 말이었어. 그 순간에 내가 진짜 만나고 싶었던 것인지는 잘 모르겠어. 내일 뭐 하냐고 묻는 그녀에게 부모님과 로만체 근방을 둘러볼 예정이라고 했지. 어쩌면 돌아와서 전화를 할지도 모르겠다고 막연하게 말했어. 내가 원하는 것이 무엇인지 더는 모르겠으니까. 나는 잠을 자러 가고만 싶었고, 더는 내키지 않아서 결국 이렇게 말했지. 내 전화를 기다리지 말라고. 어쩌면 월요일에 공항을 떠나기 전에나 보게 될 거라고. 이런저런 이야기를 주고받다 보니 흥분되었지만 만나자는 약속은 하지 않은 채 전화를 끊었어. **용두사미처럼 흐지부지되었다고** 나 할까. 하다하다 나중에는 별말을 다 하지? 그리고 나는 방으로 갔어. 침대 위 한쪽에 막 풀어놓은 소지품들이 보였어. 잠자리에 들어 눈을 감았지. 마음에 이는 동요가 그처럼 편안하게 느껴지기는 처음이었어. 마음속 동요 덕분에 잠시나마 고통을 잊고 잠이 들었지.

이튿날에도 늦여름의 하늘은 여전히 짙푸른 빛을 띠고 있었어. 온화한 날씨 덕분에 마음이 한결 가벼웠어. 자리에서 일어나 샤워를 하고 식구들과 아침 인사를 나눈 후 테라스에서 식사를 했지. 토스카나 실편백나무, 황톳빛을 띤 건물 외관, 붉은색 지붕들, 커피, 버터 바른 빵, 잼, 모닝커피, 광고가 따로 없더라니까. 이탈리아에 있으니 살 것 같은 기분이 들었어. 나는 식사 중에 그 여자에게 전화를 걸었다고 말했어. 가벼운 마음으로 그녀를 데리고 놀고 싶다고. 거창한 의미는 두지 않고 선수처럼 그녀를 데리고 놀고 싶다고. 바람기가 다분하고, 자신을 절제할 줄 알며, 흔들림 없는 냉혹한 선수처럼 말이야. 뭐라고 하는 사람은 아무도 없더라고. 아버지와 새어머니는 아무 말도 하지 않았어. 두 분은 내게 뭔가 문제가 있다는 것을 눈치채셨거든. 이런 걸 어떻게 받아들여야 할지 누가 알겠어. 식구들은 숨을 죽이고 내 상태를 걱정했어. 내 상태가 거의 신경성 우울증에 가깝다는 것을 느낀 거야. 그저 안쓰럽게 생각할 뿐 속수무책이었지. 식구들로서는 할 수 있는 최선을 다한 거야. 나는 그만 하면 충분하다고 했지. 그들로서는 할 만큼 한 거라고, 내 이야기를 들어줘서 고맙다고 말이야. 결국 일요일에 로만체 근처를 둘러보기로 한 계획은 무산되었지만, 대학 캠퍼스 옆에 있는 올림픽 수영 경기장을 한 바퀴 돌아보았어. 그것만으로도 기분 전환이 되더군. 이탈리아의 종합 경기장은 그리 만만한 곳이 아니야. 게다가 이탈리아에서는 스포츠를 우습게 여기지 않는다고. 메달 집계로 보면 우리가 그들보다 1, 2위 앞서지만, 우리나라 대부분의 훌륭한 선수들은 프랑크족의 후예들이 아니야. 내 말은 백인이 아니라는 거지. 반면에 이탈리아는 전 종목이 백인 선수들로 이루어져 있어. 축구 국가대표팀을 보라고. 열한 명의 선수 전원이 이탈리아 사람이거나 이탈리아계 혈통의 백인이야. 프랑스는 선수 열한 명 중에 많아 봤자 백인은 네 명뿐이라고. 그렇다고 내가 인종차별을 하는 건 아니야. 뛰어난 축구선수가 백인이든 흑인이든 무슨 상관이야. 나는 수준 높은 흑인 선수들이 있어서 오히려 멋지다고 생각하거든. 심지어 우리의 개방적인 이미지를 고려하면 더욱더 가치 있다고 생각해. 인종차별을 하는 게 아니야. 나는 그냥 스포츠에서는 이탈리아의 백인들이 우리나라 백인 선수들보다 뛰어나다는 사실을 뒷받침하는 근거들을 지적하고 싶었을 뿐이야. 어쨌든 이탈리아는 이민자를 환영하지 않아. 이탈리아 사람들이 원래 외국인을 싫어한다는 것은 잘 알고 있지? 예를 들어 수영장에 가봐. 백인들밖에 없어. 수영장에서 건들거리는 애들은 우리나라처럼 이민자들이 아니라 이탈리아 백인들이야. 영국처럼 인도나 자메이카 출신의 불량배들이 아니라 빈민 지역의 백인 젊은이들이라고. 프랑스에서는 역현상이 나타나고 있는데도 무슨 이유로 그건 그렇다고 말하는 것을 꺼리는지 모르겠어. 게다가 이탈리아 사람들이 이민자에 대해 양심의 가책을 느낄 필요는 없다는 생각이 들어. 그들은 자신들의 그 유치한 인종차별주의와 이민자에 대한 거부감을 있는 그대로 받아들이고 인정하니까. 게다가 종종 아주 치졸한 위협을 하면서까지 자신들의 영역을 표시하잖아. 그 문제에 관해 우리만큼 폐부 깊숙이 양심의 가책을 느끼지는 않는다고. 이번에도 내 말을 의심스러운 눈길로 보지는 말아줘. 나는 관찰을 하는 것뿐이니까. 그러고 나서 내가 본 것을 말하고, 소소한 차이점들을 가능한 한 정확하게 지적하는 거야. 나는 정치적 발언을 하는 게 아니라 직설적으로 말하는 것뿐이라고.

아무튼 수영장 말이야. 왜 있잖아, 파라솔 밑에 앉아 있는 수영 코치들. 선글라스를 끼고 비치 샌들에 컬러풀한 반바지를 입은 사람들과 프랑스에서는 보기 힘들 만큼 믿을 수 없을 정도로 머리를 짧게 자른 사람들. 그러니까 약간은 **마이애미의 두 형사**에 나오는 마약 밀매조직의 보디가드들처럼 말이야. 꾸밈없이 느긋한 태도에 겉치레를 타고나 일반인들과 자연스럽게 접촉하는 거. 너도 봤지? 이탈리아에서는 사람들 사이에 접촉이 쉽게 이루어진다는 거. 레스토랑의 종업원과 손님들, 버스 운전기사와 승객들, 경찰관과 오토바이 운전자들. 다시 말해서 이탈리아 사람들은 우리보다 훨씬 더 스스럼없이 말을 걸어. 약간은 제3세계 사람들처럼 예의바르고 정중하게 경계심이나 두려움 같은 것 없이 말이야. 마치 가까운 친척에게 말을 걸듯 스스럼없이 이야기를 나누지. 아버지와 새어머니, 남동생은 수영장으로 수영을 하러 갔고, 나는 열 살 때처럼 다이빙 풀 쪽을 탐나는 듯이 바라보고 있었어. 내가 어디선가 다이빙대를 본 건 열 살 때였는데, 나에게 해수욕을 가자고 하면 나는 이렇게 물었지.

"거기에 다이빙할 만한 바위가 있나요?"

나는 2, 5, 7, 10미터짜리 점프대가 있는 멋진 풀이 좋아. 그곳에서는 정신 못 차리고 돌진하곤 하지. 게다가 주위에 사람들이라도 있으면 여봐란듯이 뽐내게 되는 거야. 다이빙을 하는 사람은 하나도 없었어. 온통 파랗고 깨끗하기만 한 풀장에는 누구든 마음대로 들어갈 수 있었지. 그래서 나는 곧장 5미터 점프대로 올라가 스완 다이빙을 했어. 2미터 높이에서 공중회전을 한 다음 뒤로 한 바퀴, 그러고 나서 연달아 두 바퀴를 회전했지. 타월에 길게 누워 있던 젊은 사내 녀석들이 날 바라보는 시선이 느껴졌어. 수영 코치들이 고개를 끄덕이며 감탄하더군. 요컨대 나는 겉치레하기 좋아하는 나라에서 여봐란듯이 허세를 부린 게 꽤나 자랑스러웠어. 너도 알다시피 프랑스 같으면 뒤에서 이러쿵저러쿵 쑥덕거리는 소리를 들을 만한 행동이잖아.

"놀고 있네. 대체 자기가 뭐나 되는 줄 알고 저러는 거야?"

하지만 이탈리아는 그렇지 않아. 내가 이탈리아 사람들에게 감탄을 하고 경의를 표하는 건 바로 그 점이야. 이탈리아 남자들은 진짜 사내다운 투지가 있거든. 내가 겉으로는 태연한 척하면서 한 15분간 시범을 보였을 때 한 녀석이 벌떡 일어나 선글라스를 벗어던지고는 의기양양하게 다이빙대를 향해서 걸어가더니 곧바로 7미터짜리 점프대로 올라가는 거야. 너도 알다시피 7미터는 꽤나 높잖아. 녀석이 아래를 내려다보는 것으로 봐서는 익숙지 않은 게 분명했어. 두려움을 온몸으로 거부하는 듯한 태도에서 알 수 있었지. 점프대로 올라간 녀석은 풀장 쪽으로 등지고 돌아서서 높이를 가늠하는 척하면서 곁눈질로 힐끗 다른 모든 이들처럼 내가 보고 있는지 확인하고는 잠시 머뭇거리더니 뒤로 한 바퀴 공중회전을 했어. 멍청한 자식, 7미터에서 그런 식으로 뻣뻣하게 단순한 회전을 하다니. 입수도 형편없었어. 하기야 그 정도 높이에서는 그래야 하지. 자칫 실수라도 하는 날에는 척추뼈가 부러지기 십상이니까. 녀석의 공중회전은 별 볼일 없었지만 다른 사람에게—바로 나—본때를 보여주려고 다이빙을 할 만큼 투지가 있었어. 너도 알다시피 나는 이런 식의 반응을 무척 좋아해. 어리석은 짓이라고 생각하는 사람들도 있겠지만 나는 그 황소 같은 우직함이 의젓해 보이거든.

너에게 이런 이야기를 하는 이유가 뭐냐고? 그건 수영장에 있는 동안 좋았다는 이야기를 하고 싶어서야. 날씨는 구름 한 점 없이 맑았고, 시간이 멈춰버린 듯했어. 나는 타월에 누워 혼자 선탠을 하면서 한없이 드넓은 하늘을 바라보며 50년대 이탈리아 영화의 흑백 장면들을 생각했어. 물, 태양, 따스한 바람, 찰랑거리는 풀장의 물소리, 청록색이 감도는 물빛, 그리고 쏟아지는 이탈리아어의 감탄사들. 이 모든 것이 한데 어우러져서 둘도 없는 나의 치료제 역할을 했어. 구릿빛으로 그을린 촉촉한 피부, 수영복 차림에 긴 머리채, 왕王 자가 새겨진 복근과 군살이 전혀 없는 뽐낼

만한 상반신, 다시 한 번 꽃미남임을 자각한 나는 오랜만에 처음으로 자아의 배터리를 재충전하고 있었지. 그 모발리 놈을 잊은 채 말이야. 나는 그 사실에 열광했어. 그래서 자연스럽게 전날 밤 알리스와의 일을 다시 한 번 곰곰이 생각해봤지. 완벽하게 자유로운 이번 일요일이 어떤 식으로 끝날지 전혀 모르겠다는 생각을 하면서 말이야. 나는 만일의 경우에 대비해서 팔굽혀펴기와 복근 운동을 했어. 아버지와 새어머니, 남동생이 수영을 끝내고 내가 있는 곳으로 와 우리는 샤워를 하고 옷을 갈아입었지. 아버지가 휴대전화의 전원을 켜자마자 메시지가 들어왔는데, 간밤에 보낸 것으로 아버지가 미처 모르고 있었던 거야.

"자, 받아라. 아무래도 너한테 온 것 같구나."

아버지는 그 상황을 어떻게 이해해야 할지 여전히 모르겠다는 표정으로 말하고는 내게 휴대전화를 내밀었어. 알리스가 보낸 문자 메시지에는 이렇게 적혀 있었지. "먼 데 있는 게 아니면 지금 볼 수도 있지 않을까요?" 그녀의 이런 끈기가 내 마음을 움직여서 결심을 하도록 만드는 거야. 나는 그녀에게 문자를 보내 이번 일요일에는 시내에 머물 거라고 알려줬어.

짤막한 문자 메시지를 주고받으며 그녀와 나는 오후에 다시 전화하기로 약속했지. 부모님과 택시를 타고 집으로 돌아와 테라스에서 느긋하게 점심 식사를 했어. 그리고 식사를 마친 후 다른 사람들은 낮잠을 자는 동안 나는 여유롭게 시간을 보냈지. 중요하기는 하지만 내용을 이미 다 파악하고 있는 시험을 앞두고 있을 때처럼 말이야. 천천히 꼼꼼하게 이를 닦은 후 천장을 바라보며 침대 위에서 뒹굴거렸어. 그러다가 흰 셔츠와 흰색 바지를 입고 욕실의 거울을 들여다보며 점검을 했지. 데오드란트를 파리에 두고 왔기 때문에 땀이 나지 않도록 일부러 동작을 천천히 하면서 말이야. 나는 자제심이 별로 없는 편이어서 쉴새없이 소변을 보거나, 수도 없이 손을 씻고 껌을 씹기도 했어. 그러는 사이 부모님이 일어나 나는 두 분께 알리스를 만나러 갈 준비를 하던 참이라고 말했지. 미안하지만 몇 시쯤 집에 돌아올지는 잘 모르겠다고 아무런 양심의 가책도 없이 통고하듯이 말이야. 나도 알아. 우리가 함께 보낼 이틀의 시간 때문에 내 마음이 한껏 부풀어 있다는 것을. 하지만 나에게는 그런 것이 필요해. 나는 이번 일을 계기로 내 기분 내키는 대로 행동하는 법을 확실히 터득했어. 그럴 필요가 있을 때에는 내 생각만 하는 방법을 습득한 거야.

나는 5시에 전화를 걸었어. 그리고 아버지 집에서 10분 거리인 전날 그 레스토랑 바로 건너편에 있는 작은 공원에서 만나기로 약속을 했지. 그 자리에서 대뜸 알리스에게 인상착의를 설명해보라는 건 생각할 수도 없는 일이야. 나는 모두의 말없는 시선을 받으면서 집을 나왔어. 3분의 1은 반대, 3분의 1은 동정, 그리고 나머지 3분의 1은 힘내라고 격려하는 그런 시선을 받으면서 말이야. 나는 실편백나무가 늘어서 있는 좁은 흙길을 천천히 걸어 내려갔어. 찬란한 오후가 저물고 있었지. 구름 한 점 없이 맑은 하늘, 차츰 길어지는 그림자. 나는 이탈리아가 좋아. 더 이상 거창한 생각 따위는 하지 않고, 그저 본능에 따를 뿐이야. 내 마음이 홀가분해지도록 그냥 내버려두는 거라고. 만사가 순조롭고 일이 잘 풀린단 말이지. 셔츠와 APC 배기 진을 입은 내 모습이 멋지게 느껴졌어. 요컨대 나는 내 삶을 사랑하고 비교적 운이 좋은 편이야. 적어도 나는 살아 있고 전율을 느끼니까. 또한 살면서 이런 일도 생기니까 투덜거릴 필요가 없어. 나는 근심 걱정 없이, 그렇다고 지나치게 흥분하지도 않으면서 걸어간 거야. 지난 몇 달 동안 겪은 감정의 동요로 인해 머리에 쥐가 나고, 날개가 부러졌는데도 말이지─형편없는 은유법을 늘어놓은 것을 용서해줘─어딘지 잘 모르는 곳을 지나 두세 번 방향을 바꾸어 완만하게 경사진 주택가로 접어들자 오른쪽에 그녀가 말한 공원이 보이더군. 큰길 맞은편 40미터쯤 떨어진 곳에 양방향으로 질주하는 자동차들 사이로 보일 듯 말 듯한 여자가 눈에 띄었어. 그녀는 흥분해서 이리저리 날뛰는 베이지색 개를 끈으로 매서 붙들고 있었지. 동시에 그녀도 나를 알아보았어. '바로 저 여자군.' '나에요.' 내가 그녀를 향해 미소짓자 그녀도 날 보고 웃었어. 그녀는 풍만하고 요란하게 치장하는 전형적인 이탈리아 여자들과는 전연 딴판이었어. 키는 비교적 작은 편이었고, 마르고 호리호리한데다 가슴도 빈약했지. 검은색 조리 샌들에 무릎이 쑥 나온 잿빛 트레이닝 바지와 어깨 끈이 달린 셔츠를 입고 있었고, 손목에는 색색의 은팔찌 두세 개를 끼고 있었어. 그게 다야. 한 손에는 개 끈이, 또 다른 한 손에는 담배를 들고 있었지. 숱이 적은 머리는 매우 짧게 잘라 삐죽삐죽했어. 개를 꽉 붙들고 있는 그녀의 동작이 민첩하고 활력 넘치며 거침없고 명확해 보였지. 가녀린 외모와는 달리 강단이 있어 보였어. 자기가 원하는 것이 무엇인지 아는 여자라는 생각을 하게 만들었지. 국적 불명의 펑키하면서도 보이시한 차림 때문에 대마초나 엑스타시, 춤과 테크노 음악이 어우러진 요란한 파티, 노숙, 역 광장, 그리고 섹스를 비롯한 온갖 종류의 계획들이 그녀에게는 그다지 놀랄 일이 아닐 거라는 생각이 들었어. 그녀는 감정적으로 쉽게 동요할 리 없으며, 그러기 어려울 거라는 생각이 들었던 거지. 하지만 그게 쉽든 말든 나는 신경 쓰지 않아. 이왕 내친김에 좀더 가보는 거지. 게다가 그런 여자의 마음에 들었다는 것이 내가 생각해도 놀라울 따름이야. 알렉상드린이 늘 말하던 대로 머리끝에서 발끝까지 중산층 냄새가 풀풀 나는 완전 구제 불능인 내가 말이야. 그러니 그저 놀라울 수밖에. 하지만 한편으로는 이런 생각도 들더군. '그야 뭐, 그녀는 그러지 않고는 배길 수 없을 테니까.' 길을 건너 점차 다가가자 그녀의 윤곽이 또렷해졌어. 이런 식으로 비교하는 것이 이상하겠지만, 그녀의 눈길에 어린 표정에서는 어딘지 모르게 오토바이를 타고 앉은 말론 브랜도의 그 유명한 사진이 연상되는 거야. 아마 영화 〈더 와일드 원〉이었을 거야. 왜 있잖아. 사람을 빨아들이는 듯한 풍부하고 또렷한 표정과 예리한 눈매, 두툼한 입술, 뾰로통한 얼굴, 무기력한 듯하면서도 매순간 기회를 노리는 표정 등 자신의 매력을 확신하는 것 같은 표정 말이야. 내가 한 50미터 거리에 이르자 우리는 서로를 알아본 것처럼 인사를 나누었어. 그러다 보니까 눈 깜짝할 사이에 그녀의 미소, 안색, 그 눈길에 잠재되어 있던 이미지가 되살아나는 거야. 나는 레스토랑에서 자리에 앉기 전에 그녀의 얼굴을 언뜻 봤지만 금세 고개를 돌렸었거든. 머릿속에 알렉상드린의 얼굴밖에는 떠오르지 않았고, 그녀에 대한 근심으로 정신이 혼미한 상태였으니까. 알리스의 미소는 눈부셨고, 관대했으며, 쉽게 마음을 터놓을 수 있을 것 같은 느낌을 주었어. 나무랄 데 없이 고른 치열―정말 나는 그렇게 가지런한 이는 본 적이 없어. 치약 광고 모델로도 손색없을 정도야―에 초록색 눈동자, 탐스럽고 발그스름한 입술, 속살이 훤히 비칠 만큼 말간 피부, 가지런히 다듬은 가느다란 눈썹에 공들인 얼굴빛. 그녀는 굉장히 예뻤어. 비교도 할 수 없을 만큼 예뻤다니까. 그러기 쉽지 않지만 과장이 아니야. 잡지에서나 봤을까. 마치 덴마크 여자나 미국 여자, 아니면 영화배우 같았다니까. 윤곽이 또렷한 진 세버그처럼 말이야. 하지만 굳이 머리로 이해하려고 애쓰지도 않았는데, 그러기에는 인상이 너무 강렬했으니까. 그녀에게는 흔히 볼 수 있는 아름다움이나 매력은 없었어. 남다른 멋이 있었다고 할까. 처음 보는 여자가 남자의 테이블에 보란듯이 자기 전화번호를 놓고 갔는데, 막상 만나고 보니 너무 예쁘더라 하는 이야기는 영화에서나 나올 법하잖아, 그렇지? 나는 속으로 말했어. "도저히 이 모든 것이 설명이 안 돼. 아무 이유 없이 생긴 일이라고 하기에는 모든 것이 너무 비현실적이라고."

　우리는 자연스럽게 이야기를 나누기 시작했어. 그녀의 개가 공원 안을 이리저리 헤집고 뛰어다니는 동안 벤치에 앉아 있었지. 우리는 서로 영어가 서툴렀지만 중간에 이야기가 끊어지는 법 없이 아주 밀도 있고 원활하게 막힘없는 대화를 나누었어. 아무렇게나 차려입은 듯하지만 공들인 티가 나는 외모로 볼 때 그녀 역시 중산층임을 알 수 있어. 그렇기 때문에 한쪽이 하는 말의 **하위의미**―느닷없이 신조어를 써서 미안―가 말하는 즉시 다른 쪽에 의해 포착되고, 마치 소소한 도전을 걸어올 때마다 맞받아치는 것처럼 말하는 족족 받아들여져서 숨김없이 해독되는 거지. 스스럼없이 마음이 통하는 거야. 서로 직감적으로 알 수 있었어. 상대방에게서 자신과 닮은 점을 발견하게 된 거지. 한 핏줄이나 다름없으니까. 그녀도 의식이 있는 사람이야. 그게 무슨 말이냐 하면, 그녀도 나처럼 천성적으로 세상일에 거리를 둔다기보다는 미묘한 터치를 통해 의도적으로 넌지시 드러낸다는 뜻이야. 그럼, 넌 이렇게 말하겠지. 누구나 다 그렇다고. 하지만 **의식 있는** 사람들이 두는 거리, **그것이야말로** 제대로 된 거리야. 무슨 말인지 알겠지? 결국 제대로 된 거리와 의식에 대한 내 견해에 따를 것 같으면 우리는 일치하는 셈이야. 엄청난 자기만족은 제쳐 두고라도, 의식 있는 사람들이 두는 거리야말로 제대로 된 거리라는 생각이 들어. 내 말은 대화를 나누는 동안 내가 그녀를 탐색하는 것과 마찬가지로 그녀도 보이지 않게 치밀하고 예리한 눈길로 나를 살펴보고 있음을 느낀다는 거지. 서로에 대한 육체적인 끌림을 넘어서 천박하게 누가 더 매력적인가를 따지는 것 이상으로 그녀도 나라는 사람을 알고자 애쓰고 있음을 느끼고 있는 것이지. 나에게 센스가 없다고 몰아세우면서 앞으로도 계속 그러기를 바라는 그녀의 마음이 더욱 커지고 있음을 느낀다는 거야. 그녀도 나처럼 때로는 용의주도하게, 때로는 의구심을 적당히 얼버무리면서 자신이 특별히 좋아하는 타입에 없어서는 안 될 매개변수를 머릿속으로 하나씩 표시해두고 오늘 이 공원, 이 벤치에서 그와 같은 경우에 직면하게 되었음을 나만큼이나 놀라워하는 거지. 그녀는 발랄하고, 생기 넘치며, 유쾌하고, 예민하며, 비판적이지만 그렇다고 자기중심적인 사람은 아니야. 자기가 예쁘다는 것을 외면할 줄 알아. 질문을 하기가 무섭게 과장하지 않으면서 재치 있는 답변을 하기도 해. 시간이 흐르면서 나는 서서히 그녀의 이목구비가 예쁘다는 것을 깨달아갔어. 참 희한해. 눈앞에 미인을 두고도 꼭 나중에서야 그 사실을 깨닫게 된다니까. 그 순간에는 이야기를 주고받느라 분위기를 유쾌하게 만드는 무엇인가가 있다고 느꼈을 뿐이야. 정확한 이유는 모른 채 기분이 좋다고 느끼는 거지.

우리는 서로에 대해서 아무것도 아는 것이 없어. 다시 만나지 못할 거야. 피차 아무것도 잃을 것이 없지. 그래서 더 이상 아무것도 숨기지 않았어. 나는 그녀에게 무덤덤하게 말했지. 알렉상드린, 타낭보에서의 내 일탈 행위, 아내와 헤어지려고 했지만 실패로 끝난 일에 대해서 말이야. 죄의식으로 인해 겪은 심적 고통과 균형을 잃어가는 삶에 대해서도 말했어. 고동, 모발리 인, 아내에게서 버림받고 오쟁이 진 남편이 되었다는 일신상의 고통과 하루하루 숨통을 죄어오는 우울증, 그럼에도 불구하고 건재한 내 자아에 대해서도 모두 말이야. 나는 그녀를 보면서 많이 웃었어. 그녀가 귀를 기울일 줄도 알지만, 다소곳하게 차례를 기다리지 못하고 성급하게 말허리를 자른다는 것을 알아차렸거든. 그렇다고 흥분해서 열을 내고 싶지는 않아. 나는 그럴 기력이 남아 있지도 않거니와 언쟁을 벌일 사람들은 얼마든지 있으니까. 그러고 나서 얼마 후에는 우리가 만난 이유를 잊어버렸기 때문에 토론이 벌어져 대화가 풍성해졌지. 그 모든 것이 지나치리만치 공손하게 말이야. 나는 왼손은 그녀의 목덜미에 두르고 오른손은 그녀의 허리에 얹고는 단호하게 그녀를 향해 몸을 기울여 키스를 했어. 마치 그러는 것이 당연한 일이었다는 듯이. 백인 여자와 키스를 해본 게 대체 얼마 만인지 몰라. 한동안 백인 여자들은 쳐다보지도 않았어. 결국 그녀들과 성관계를 갖는다는 생각은 아예 하지도 않게 되더라고. 그만큼 내 머릿속에서는 알렉상드린이 한시도 떠난 적이 없었는데, 이는 내가 그녀를 간절히 원한다는 이야기야. 그녀는 깊은 인상을 심어주어 내가 그녀만 바라보고, 그녀만 원하도록 만들었어. 그렇게 나는 그녀 앞에만 서면 자신감도 능력도 사라지고, 그녀를 마음껏 소유하지 못한다는 것이 고통스러울 뿐이었어. 그토록 그녀는 내가 서툴다는 것을 일깨워주고, 잠자리에서 무능하여 그녀를 만족시키지 못한다는 것을 뼈저리게 느끼도록 한단 말이지. 그녀는 내게 있는 대로 인상을 쓰면서 그 이야기를 꺼내기가 무섭게 함부로 말을 한다니까. 그렇게 그녀는 내게서 달아났고, 나는 해를 거듭하면 할수록 고통과 욕정에 빠져들었어. 보기와는 다르게 막상 내 입술 사이에서 느껴지는 알리스의 입술은 훨씬 얇고, 내 손 안의 그녀 얼굴과 목도 훨씬 가녀린 느낌이야. 내가 입술을 떼자 그녀는 얼굴을 붉히더니 미소를 지으면서 나를 빤히 쳐다보더라고. 아무래도 첫 축포가 터진 후에 내 쪽의 진실성 여부를 타진하려는 것이겠지. 나와 똑같은 색깔의 눈동자에 나처럼 백인인 여자와 키스를 하다니. 느낌이 참 묘하더군. 바로 코앞에서 보니까 그녀의 얼굴은 두말 할 것도 없이 라틴계야. 단박에 알 수 있지. 눈가와 우아한 콧날, 얼굴선이 영락없는 르네상스 시대 그림에 나오는 금발의 라틴계 마돈나고. 상투적인 표현인 것은 알지만 사실이야. 꼭 거울 속을 들여다보는 것 같더라니까. 불현듯 근친상간에 가까운, 말하자면 나 자신에게로 돌아온 듯한 기분이 들면서 마음이 편안해졌어. 마치 어린 시절의 추억을 떠올릴 때처럼 안심이 되는 거야. 스스로를 완벽하게 컨트롤할 수 있다는 말이지. 알리스는 날 불안하게 하지 않으니까. 그녀가 나보다 열 살 아래라는 사실은 아무 상관 없어. 단지, 그 때문에 그런 것은 아니라고. 말해두지만 그녀는 **백인**이야. 알렉상드린보다 키도 작고, 더 어리고, 훨씬 가냘프고, 상냥하고, 쾌활하다고. 그녀를 마주하고 있을 때면 나는 더 이상 딱 고만한 키에 고만한 체중, 근육이라고는 찾아볼 수 없는 키 작은 백인 사내가 아니야. 그녀 앞에서는 근육질의 건장한, 무엇보다도 키와 몸무게가 거의 나와 엇비슷한 완강한 흑인 여자에게 맞춰보려고 기를 쓰면서 수많은 세월을 지내온 그런 사내라고. 이제 나는 아무도, 어떤 여자도 두렵지 않아. 누가 되었든 얼마든지 상대해줄 수 있다고. 그녀와 마주하고 있으면 아무 문제 없이 정상적인 남녀 사이가 되는 거야. 자기 자신도 즐겁게 하면서 상대가 지닌 비장의 카드를 적극 활용할 생각부터 하게 되는 그런 관계 말이야. 평온한 상태에서 서로를 유혹하는 게임을 펼치다 보니 나는 어느새 올바른 방향으로 접어들고 있는 거야. **제자리로 돌아온 거지.** 넌 상상도 할 수 없을 만큼 이 모든 것이 나를 편안하게 해. 나로서는 손해볼 것이 없었지. 처음 본 여자와의 키스 같은 흔해빠진 일이 나에게는 이례적인 일이거든. 너도 알다시피 열여섯 살 이후로 내가 키스해본 여자들은 다섯 손가락으로 셀 수 있을 만큼 드물어. 믿을 수 없다고? 진짜야. 다섯 손가락으로 셀 수 있을 정도라니까! 다시 말하지만 그럼에도 불구하고 그럴 기회는 얼마든지 있었어. 말하자면 나는 저지당한 카사노바야. 충실한데다 이상주의자지. 나는 낭만주의자라고. 내 말 믿어도 돼. 그렇지만 나는 포르노 배우가 될 수도 있을 정도로 성적인 문제에서 헤어나지 못하고 있어. 보는 여자마다 성적 매력이 넘치는 것 같거든. 그 정도로 내 정욕과 활력이 충만하여 넘치기 일보 직전이야. 그만큼 나는 그 점에 만족스럽지 못하단 말이야. 아무리 그래도 나에게 여자는 단 한 명뿐, 아니 좀더 정확히 말해서 단 한 명씩 여러 차례라는 생각으로 문제를 풀어가야 하는 거야. 내 짧은 연애사가 이미 그것을 증명하고 있지—서른 살이 넘도록 15년 이상 커플로 지냈는데, 경험한 여자라고는 단 둘밖에 없었다니 대단하지 않아?—나는 쉽게 바람피울 수 있는 사람이 아니야. 어쩔 도리가 없다고. 내 나이 또래의 사내들은 대부분 이런 것에 무감각해. 그들은 숱한 여자들에 무수한 입술, 수많은 혀, 엉덩이, 젖가슴을 맛봤거든. 그들은 여자의 육체를 수없이 많이 경험해서 그런 일에 나만큼 전율을 느끼지 않는다고. 하지만 나는 여전히 맥을 못 추고 있어. 내게 처음 본 여자란, 아니 일반적으로 여자란 축제이자 모험이야. 내 앞에 바쳐진 여자의 몸은 언감생심 꿈도 꾸지 못하는 보배 중의 보배라고. 어쩌면 내가 순진한 것인지도 모르지. 하지만 그러면 어때? 나는 나의 이런 순진무구함을 보란 듯이 내보일 수도 있어. 그런 나 자신이 너무 대견스럽다고. 그녀가 나를 위해 남겨둔 귀중하고도 행복에 넘치는 순간들을 생각하면, 이 나이 먹을 때까지 순결함을 간직하고 있었다는 것이 너무 기쁘단 말이야.

그래서 나는 그녀와 키스를 했어. 머릿속에서는 한바탕 난리가 났는데, 실제로 해보니까 불안하기는커녕 아무렇지도 않은 거야. 그래서 깨달았지. 여자를 바꾸는 게 내게도 맞는구나 하고. 그럴 필요가 없는 거지. 애인을 수두룩하게 둔 내 나이 또래의 무감각한 갑부들만큼이나 나에게도 맞는 거였어. 어떤 면에서는 그들에 비해 순진하다는 이점이 있는지도 몰라. 그래서 이토록 열광하

97

고, 이토록 온전한 감동을 맛보는 것인지도 모른다고. 나는 많은 것을 해줄 각오가 되어 있어. 그만큼 함께 살았던 여자들에게 내가 해준 것이 제대로 받아들여졌다는 느낌을 받은 적이 거의 없다는 이야기이지. 그 정도로 나는 줄 것이 많아. 진도를 좀더 나가볼까 하는 생각이 드는 거지. 나는 천부적으로 타고난 내 관능성을 넘어서―그렇다고 자기 자랑을 하자는 것은 아니야―육체적 쾌락, 다른 사람의 육체를 향한 관심, 육체 행위를 통해 나를 즐겁게 하려는 의지, 에로티시즘 등이 너무 좋아. 내가 느끼는 것이 바로 그런 거야. 내 내면에 자리잡고 있는 것은 바로 그런 거라고. 그건 마치 스포츠와도 같아. 내가 타고난 꾼이 될 수도 있다는 느낌은 항상 있었어. 나는 오래도록 내가 만나는 두 여자가 좋은 사람은 못 된다는 생각을 해왔어. 그러다가 우리가 서로에게 느끼는 거부 반응에 대해 내게 혹독한 대가를 치르게 하는 너무나 가혹한 알렉상드린의 눈길을 받으면서 결국 나에게 문제가 있는 것이라고 믿게 되었지. 그 때문에 나는 서서히 고통을 받으며 죽어갔어. 빌어먹을. 하지만 섹스할 때 각자 자기 자신에 대해 책임을 져야 한다는 것은 기본 상식 아니야? 나는 지금 그 여가수와 그런 짓을 하게 된 주원인에 대해 말하는 거야. 나는 다른 여느 남자들처럼 여자에게 전율을 느끼게 할 수 있다는 것을 확인해보고 싶은 욕구가 있었어. 적어도 나를 만지고 싶고, 나와 키스하고 싶은 욕망을 불러일으킬 수 있다는 것을 스스로에게 확인해 보이고 싶었던 거야. 절박하고도 사활이 걸린 욕구 말이야. 너도 알다시피 알렉스는 나와 키스하는 것을 좋아하지 않았으니까. 그녀는 키스를 무척 좋아하는 나와 달리 나와의 키스를 거부했어. 물론 지금 내가 한 이야기는 굉장히 편파적이라고 할 수 있어. 어디까지나 그것은 내 관점일 뿐이니까. 알렉상드린이야 내가 불리한 쪽으로 이야기할 것이 뻔해. 하기야 내 이야기가 반드시 나에게 유리하다는 법도 없지만. 어쨌든 여자에게 성적 쾌락을 줄 수 없는 남자 역을 맡는다는 것은 쉬운 일이 아니야. 그럴 경우 잘못은 늘 남자한테 있으니까, 그렇지?

내가 어디까지 말했더라? 거시기, 거 뭐냐. 내가 결백하다는 이야기를 했었는데, 그게 뭐였지? 아, 맞다. 내 관능성. 내가 그랬지. 내 관능성을 넘어서 결혼생활, 억제된 내 욕망, 금욕적인 부부생활을 하는 동안 마음속에서 키워낸 그 모든 환상들이 다른 사람의 육체를 경험하고 싶은 충동을 불러일으킨 것 같다고. 그 정도로 나는 이런 순간을 꿈꿔왔고, 그만큼 나는 무의식적으로 혼외정사를 벌일 각오를 하고 있었던 거야. 말도 안 되는 이야기라는 것은 알지만 내 경우에는 그래. 어쨌거나 알리스와 키스를 하는 동안 늘 하던 대로 했을 뿐인데도 스스로 완벽하게 준비되어 있음을 깨달은 것은 사실이야. 나는 내 직관을 믿어. 내 손은 자연스럽게 알리스의 목에서 머리카락으로, 가슴으로, 허리로 옮겨 갔어. 내 손길에 자신을 내맡기는 그녀의 태도에는 만족하는 기색이 역력했지. 나는 이런 상상을 했어. 그녀는 틀림없이 내가 이런 일에 익숙하고, 나 역시 숱한 애인을 거느리고 있다고 생각할 거라는 상상 말이야. 하지만 나는 그녀에게 말하고 싶어. 그건 오해라고. 나는 그녀가 생각하는 그런 무감각한 난봉꾼이 아니며, 내 나이 서른이 넘도록 그런 식으로 여자를 애무해보기는 그녀를 포함해 겨우 다섯에 불과하다고. 또 한 가지 분명한 것은 그녀가 어린 나이에도 불구하고 내가 여자를 경험한 것보다 남자 경험이 많다는 거야. 그녀는 나의 애무와 키스를 마음에 들어 하는 눈치야. 그녀의 숨이 점점 가빠지고 팔에 힘이 들어가는 것을 보면 알 수 있지. 그리고 고마워하는 눈빛에서도 느낄 수 있어. 하지만 그와 동시에 자신은 무수히 많은 여자들의 뒤를 잇는 또 한 명의 여자에 불과하고, 그저 스쳐 지나갈 남자 때문에 자제심을 잃고 싶지 않다고 생각하면서 팅기는 요즘 여자애답게 조금은 망설이고 있다는 것을 느낄 수 있었어. 그럼에도 불구하고 열기는 점점 고조되었지. 키스를 주고받고, 서로를 자극하며 공원 벤치 위 우리는 우리 둘만의 세상에 빠져 있었던 거야. 느닷없이 서로의 마음속 깊은 곳까지 들여다보게 되었지만, 그래도 우리는 키스를 하기 전과 똑같이 밀도 있고 풍성한 대화를 이어나갔어. 우리는 서로 감고 있던 팔을 풀고 자리에서 일어났지. 마치 어린 시절에 맛본 흥분 같은 건 잊은 지 오래된 두 명의 성인 남녀처럼. 하지만 내 마음속 깊은 어딘가에서는 다시 중학생 시절로 돌아가 있는 듯한 느낌이 드니, 참 희한하지. "나 방금 여자랑 키스했다!" 이렇게 말이야. 하지만 나이를 먹으니까 뭐가 달라도 다르기는 해. 경험이 별로 없는데도 예전보다는 안정된 느낌이 드니 다행이지. 하지만 그럼에도 불구하고 내가 열여섯 살 때 어땠는지 곰곰이 되짚어보게 되고, 그때나 지금이나 생판 모르는 사람과 키스를 한다는 것은 매우 기이하면서도 부자연스러운 일이라는 생각을 하지 않을 수 없는 거야. 우리는 개를 좀 진정시키기 위해 걷기 시작했어. 녀석은 방해꾼처럼 보이기 싫은지 의연한 미소를 지으며 자꾸 나에게 달려들었거든. 도중에 철책 저편에 있는 꼬마 아이들이 공을 넘겨달라고 하기에 알리스에게 내가 민첩하고 능란한 솜씨로 인사이드 킥을 찰 줄 안다는 것을 보여줌으로써 허세를 한번 부려보았지. 하지만 그녀가 피워보라며 담배를 내밀었을 때는 창피한 줄도 모르고 대신 말아달라고 부탁했어. 나는 담배를 제대로 말 줄 모르거든. 말하자면 우리는 이제 서로 통하는 사이가 된 거지.

무엇보다도 어쩌면 내 인생에서 너무나 힘든 순간에 그녀가 내 앞에 나타나준 것에 대해 감사를 표한 것 이상으로 그녀가 이탈리아 여자라서 좋다는 생각이 들어. 물론 모니카 벨루치나 베르사체 같은 상투적인 스타일과는 한참 거리가 멀지만 말이야. 어설픈 말장난 같아 미안하지만, 나는 그녀의 내면에 녹아 있는 이탈리아가 좋아. 아니, 그보다는 그녀에게서 느껴지는 이탈리아에 대한 내 생각이 좋아. 꿈결과도 같은 구원의 이 늦여름 햇살, 내 마음을 달래주고, 나를 다시 일으키고, 나를 다시 **살아나게** 하는 이 햇살, 이 자유의 빛, 달콤한 혼자만의 휴식, 정지된 시간, 제 빛을 되찾은 색채, 완벽하리만치 온화한 대기, 매혹적으로 전개되는 일들. 이제 그것은 곧 그녀가 될 거야. 본인이 원하든 원하지 않든 말이야. 우리가 영어로 말하는 것도, 때에 따라서는 서로 알아들을 수 있게 스페인어로 말하는 것도 좋아. 서로 공통된 모국어는 없지만 상대방의 눈을 바라봄으로써 얼마든지 꼭 필요한 이야기를 주고받을 수 있고, 입맞춤을 나눌 수 있다는 그런 식의 발상이 좋아. 또 나는 이런 유럽적인 만남이 좋아. 나는 머릿속으로 다른 모든 이들처럼 나를 꿈꾸게 했던 클라피슈 감독의 영화 〈스페니시 아파트먼트〉를 생각하고는 속으로 이렇게 말하지. 비록 내 나이 서른이 넘었지만 나에게도 내 몫의 젊음과 인생이 있고, 그리 늦은 것은 아니라고.

초저녁에 나는 그녀를 집까지 바래다주었어. 로만체 시내를 가로질러 걸어가는 동안 내내 나는 될 수 있는 한 차분하게 세세한 것까지 기억해두려고 애썼어. 나중에 이 모든 것이 한낱 내 존재 이유에 대한 강렬한 추억과 단순한 향수에 불과해졌을 때 보다 의식적으로 그 순간을 음미하지 못했음을 한탄하게 될 것을 지금부터 알고 있었으니까. 하지만 행복을 의식적으로 음미한다는 것은 불가능한 일이야. 현실이란 진부한 얼굴을 한 채 온갖 쓸데없는 것들과 결점들로 무장하고도 별도의 기억 여과장치가 없어서 언제나 우리를 앞지르게 마련이니까. 확실한 것은 그 순간에는 무언가 좋은 일이 일어나고 있음을 막연하게나마 느끼지만 제때에 그걸 겪어내느라, 심지어는 제대로 맛보기 위해 지나치게 매달린다는 거야. 너도 이미 눈치챘겠지만 행복이란 늘 지금 이 순간이 아닌 과거가 남기고 간 선물이잖아, 그렇지? 누군가의 집에서 이런 글을 읽었던 기억이 나. "햇살이 적당하고, 만사가 순조롭다고 억지를 부리지 않을 때, 그 순간이 바로 행복이다." 맞아. 잃어버린 시간은 시간에 불과할 뿐, 흐르는 시간과 붙들고 싶은 시간 사이에는 엄청난 괴리가 있다는 말이지. 확신하건대, 그래서 인간은 짝을 이루려고 하는 것일 거야. 행복한 순간들을 찾기 위해 끊임없이 지나간 과거를 뒤적일 것 없이 그러한 순간들을 최대한 연장시키기 위해서 말이야. 시간이 환상에서 깨어남에도 불구하고 언젠가 동경해 마지않던 여자와 더불어 매사를 옴짝달싹 못 하게 만들려고 말이지. 왜냐하면 행복은 곧 여자를 의미하니까. 안 그래? 랭보는 〈감각〉이라는 시詩에서 "여자와 함께 있을 때처럼 행복하다."라고 말했어. 행복을 여자와 동일시하는 데에는 자기 확신적인 부분이 꼭 필요하다는 말이야. 사실 여자는 행복이 아니야. 절대 행복이 가능할 수도 있음을 암시할 뿐이지. 여자는 행복의 매개물이야. 처음에야 행복을 구현하지만 손에 넣기 무섭게 추가 욕망을 야기하는 일종의 중재자란 말이지. 잠깐, 좀 더 알아듣기 쉽게 말해볼게. 내게 행복이란 굳이 그 정체를 확인해서 행복하다 싶을 때 그 순간의 느낌을 낚아챌 필요가 있다면, 내가 몇몇 음악을 듣고 있을 때, 혹은 하늘이 유난히 내 마음에 드는 빛깔을 띠고 있을 때 느끼는 절대 감정 바로 그거야. 그런 순간들을 보다 구체화시키기 위해 누군가와 공유할 필요성을 느낄 때마다 내 머릿속에 떠오르는 것은 이상적인 여자에 대한 생각이야. 그럴 때마다 나는 속으로 이렇게 말하지. 같은 순간에 나와 똑같은 감정을 느끼거나 이해할 수 있는 미지의 여자가 어딘가에 있어 그런 행복을 구체화시킬 수 있을 것이라고. 행복은 그런 여자, 그런 감정 같은 것이라고 봐. 다시 말해서 행복은 비물질적인 것이며, 존재하지 않아. 행복, 장래 같은 것은 완벽하면서도 영원한 미지수야. 어쨌든 넌 세상에 단 하나뿐이야. 네게 꿈이 있는 한 유일한 존재라고. 그런데 만약 너에게 한동안 행복을 꿈꾸고 생각하게 한 그런 여자를 만날 기회가 주어진다면, 비록 그녀가 그런 것과는 아무 상관 없을지라도 그것만으로도 대단한 일이야.

우리가 보도 위를 걸어가는 동안 내가 전혀 모르는 여자를 마치 연인처럼 안고 있다는 것을 깨달았어. 불현듯 알아차린 거야. 10년이 넘도록 아내와 부부로 살고 있고, 결혼해서 아이도 둘이나 있으며, 그녀에게 물심양면으로 언약했고, 숱한 세월 동안 나와 내 가족의 생활비를 벌고 있으며, 이제는 서른을 훌쩍 넘어 책임감 있는 남자의 삶을 살아가고 있다고. 그리고 이 보도 위에서 어깨를 감싸안은 채 사춘기 소녀 같은 우스꽝스러운 몸짓을 하는 **알리스와 기껏해야 스물일곱 살로 보이는 나.** 이런 우리 두 사람과 마주친 모든 이들에게 우리는 아마도 젊고 합법적이며, 사랑과 결혼생활이 그리 간단하거나 아름답지만은 않다는 것을 깨닫기에는 앞날이 너무 창창한 순진무구한 학생 커플로 보일 거라고. 나는 무의식적인 충동을 느꼈어. 그런 사실을 나보다도 모를 수밖에 없는 그 모든 이들에게 우쭐대며 그렇지 않다고 반박하고 싶은 충동 말이야. 나는 겉으로 보이는 것처럼 그렇게 어리지 않고, 인생을 조금은 겪어봤다고 말하고 싶은 그런 충동 말이야. 나는 이 경쾌한 순간들을 만끽하기가 너무 힘든 거야. 의무와 양심 때문에 계속해서 마음이 무거우니까. 한 발짝 물러서서 생각할 수 없었지. 나는 단순하지 못해서 불편한 마음과 행복 중에 어느 것을 더 강하게 느꼈는지는 모르겠어. 만일 그게 행복이라면 은밀하고 비난받아 마땅한 감정이기에 불완전하다고 할 수 있지. 그런데 그게 불편함이라면 알리스의 허리에 두른 팔을 풀고 "미안해요. 내가 어리석은 짓을 하고 있네요. 여러 가지로 고마웠어요. 그쪽도 잘 살기를 바라요. 이만 가볼게요." 하고 말하기로 결심할 만큼 부정적인 영향을 미치는 것은 아니야. 나는 이런 생각을 하는 거야. 이제 그만 헤어나야 한다고. 지금 이 순간 지구상에서는 나 말고도 수백만 명의 가장들이 마누라 몰래 바람을 피우고 있으며, 그건 불가피한 일이라고. 또 나는 마음속으로 이런 말을 하는 거야. "이제 그만 헤어나란 말이야. 죄의식 따위는 집어치우라고. 넌 죄를 짓기 위해 태어난 것은 아니잖아. 이번만큼은 삶을 즐겨봐. 기분 내키는 대로 따르는 거야. 넌 자신을 생각할 권리가 있어. 사람은 우선 자기 자신을 생각하기 위해 세상에 태어나는 거야. 안 그래? 알렉상드린은 그만 잊어버려. 아이들을 잊고, 파리에서 있을 미팅, 일주일 후에 타낭보로 돌아가는 일은 잊어버리라고. 일과 물질적 어려움이 없도록 꾸려나가야 할 앞날, 그리고 그로 인한 근심 따위는 잊어버려. 이번만큼은 분별력 있게 행동해야 한다는 생각을 버리라고. 인생은 짧아. 살다 보면 예상하지 못했던 일과 맞닥뜨리기도 하고, 규칙을 어기기도 하는 거라고. 물론 이 광장에서 지금 막 1시간에 걸쳐 키스를 나눈 여자가 어떤 사람인지는 잘 알지 못하지만, 그럼 또 어때? 네 삶에 예상하지 못했던 24시간이 끼어들면서 그녀는 네 것이 되고, 넌 그녀의 것이 되는 거야. 살다 보면 그런 식으로 엉뚱한 선택을 하기도 해. 따지고 보면 우리는 본능을 지각할 수 있는 생물에 지나지 않아. 그걸 잊지 말라고. 거기에 도덕을 개입시킬 필요는 없어. 너희 둘 다 24시간 동안 소심하기는 해도 온전히 애인 노릇을 하다가 빠이빠이 하면 그만인 거야. 2분만 자신을 잊어. 조금만 풀어주라고. 간단한 문제야. 네 자신에게 그걸 허용해. 너도 그럴 권리가 있단 말이야, 빌어먹을!"

내 생각에 그녀는 산토 S. 가街 12번지쯤에 사는 것 같아. 육중한 정문이 나오고, 이제는 뭐든 가능하니까 그녀와 함께 현관으로 들어가서 일단 문이 닫히면 사람들 눈에 안 띄니까 내 의도를 분명히 하기 위해 보다 드러내놓고 키스를 하리라 계획을 세웠지. 문을 미는데 실내가 어두컴컴한 거야. 나는 그녀를 벽에 기대 세우고는 그녀의 몸에 내 몸을 밀착시켰지. 자동 타임스위치를 켜지 않은 상태로 말이야. 어슴푸레한 가운데 그녀에게 키스를 하고, 마치 공원 벤치에서는 조심하느라 그럴 수 없었다는 듯이 그녀의 몸을 애무하기 시작했지. 개가 낑낑대면서 내 허벅지 사이로 격렬하게 주둥이를 들이미는데도 그녀는 아랑곳없이 숨을 헐떡이며 가느다란 신음 소리를 내는 거야. 내 감각에는 무의지적 기억 같은 것이 있어서 그런 상황이 친숙하게 느껴졌어. 몸이 이끄는 대로 나 자신을 내맡기는 거야. 내 손과 입술은 이랬다저랬다 하면서 불규칙한 리듬을 강요했어. 나와 동시에 발견하는 그녀의 자그마한 육체 위에서 어떻게 해야 할지 똑똑히 알고 있었거든. 평생에 걸쳐 처음 본 여자들과 현관에서 주고받을 키스와 애무를 그 자리에서 다한 듯한 느낌이 들었어. 그런데 알리스가 재빨리 나를 막는 거야. 내일 아침 10시에 사회학 개론 최종 구술시험이 있어서 하늘이 두 쪽 나도 복습을 해야 한다면서. 나는 한 15년 전쯤 대학 다닐 때 구술시험에서 탈락한 적이 있어. 그녀와 나는 관심사가 서로 달라. 사실 내 나이쯤 되면 열 살 차이 정도도 별것도 아니지만, 그녀가 성인이 된 것이 그리 오래전의 일이 아니라는 생각이 들었어. 잠시 잠깐 이런 생각도 하게 되더라고. '나잇살이나 먹어서 더러운 놈, 사기꾼이 따로 없다니까. 그렇게 쉽게 먹으려들다니 걱정된다. 이 형편없는 놈아. 그 여자는 아직 어린애란 말이야.' 이제 그녀는 그렇게까지 동요를 느끼는 것 같지 않아 보였어. 자기보다 나이 많은 남자들을 겪어본 것이 틀림없었지. 그러기가 무섭게 두려움에서 벗어나기 위해 나는 이런 생각을 했어. '젠장, 그 나이면 이젠 어엿한 여자야. 영화에 나오는 여자 주인공들을 보면 전부 스무 살에서 스물다섯 살 사이라고. 게다가 여자들이 남자들보다 성숙하다는 것은 다 아는 사실이야. 그런 식으로 자신을 괴롭히는 짓일랑 당장 집어치워.

그쯤 해두라고. 눈살을 찌푸릴 만한 상황은 전혀 아니야. 말하자면 불가피한 일이라고.' 치모 아래쪽으로 슬금슬금 접근을 감행하는 내 손을 공손하지만 단호한 미소로 제지하면서 그녀는 나 때문에 자기가 흥분했다며 오늘 밤에 또 보고 싶으니 시험공부를 충분히 하고 다시 전화를 하겠다는 거야. 그 달콤하기만 한 푸대접에 별로 화가 나지는 않더군. 나는 그녀에게 거의 초연하다 싶을 정도로 대답했어.

"괜찮아요. 정 그러면 그쪽이 원하는 대로 하죠, 뭐."

나는 정신이 몽롱하기는 해도 긴장은 풀린 듯한 느낌이 들었지. 천천히 여유를 가지고 고풍스럽고 간결하면서 고상한 느낌을 주는 현관과 궁륭, 계단, 세입자들이 복도에 주차해둔 스쿠터들을 찬찬히 살펴보았어. 이탈리아의 학생 아파트가 프랑스보다는 모양새가 있지 않나 싶어. 그러고 나서 나는 애인한테 하듯 알리스에게 인사를 했어.

"**차오, 차오**. 그럼 이따 밤에 봐요. 복습 잘 하고."

그녀가 복도로 총총히 사라지다가 마지막으로 다시 한 번 돌아보았지. 나는 정문을 열고 다시 거리로 나섰어. 대기에 울려 퍼지는 소리, 보도 위를 걸어가는 행인들, 폐점 시간의 상점들…… 반쯤은 해방된 기분과 반쯤은 죄책감이 들었어. 입술은 저린데다 입 안에서는 낯선 여자의 타액이 느껴져 불현듯 내가 대체 여기서 무엇을 하고 있나 자문하게 되었지.

나는 한 30분쯤 기다린 끝에 택시를 탔어. 그러고는 그 길로 곧장 일요일에 문을 여는 당번 약국을 찾아달라고 했지. 택시가 비상등을 켠 채 2차선으로 비켜서 차를 대자 나는 택시에서 튀어내려 도망치듯 부리나케 달려가 콘돔을 한 상자 샀어. 그것을 밤에 사용하는 모습을 머릿속에 그려보고는 잔뜩 흥분해서 말이야. 내가 마지막으로 콘돔을 산 건 알렉상드린과 첫날밤을 치르기 직전이었지. 나는 속으로 이렇게 말했어. "아냐, 우스꽝스러울 것 없어. 오늘 밤 넌 스무 살인걸." 아버지 집으로 돌아왔을 때 그제야 내가 들어오는 것을 보고도 여전히 어느 누구 하나 심하게 언짢은 내색을 하지 않았어. 다시 샤워를 하거나 옷을 갈아입을 시간이 없었어. 일요일 저녁이었거든. 식구들은 내일이면 모두 출근해야 했기 때문이지. 함께 저녁을 먹으러 가야 하는데 시간에 늦은 거야. 우리는 걸어서 번화가에 있는 대중음식점에 도착했어. 그곳이 어떤지 자세하게 이야기하지 않을게. 지나치게 조롱 섞인 비교를 해서 널 또다시 성가시게 하고 싶지 않으니까. 하지만 정말 근사한 곳이야. 그곳 역시 옛 성당 건물로 천장이 높고 붉은 벽돌과 철제 램프로 장식을 했는데 한가운데에는 빵 굽는 화덕이 있었지. 아주 깨끗하다 못해 진료소 같더라고. 그렇다고 병원처럼 차가운 느낌이 드는 곳은 아냐. 너 **보보스족**이나 **뷰티풀 피플**이라고 들어봤어? 왜 있잖아, 프랑스에도. 유행을 선도하는 사람들. 하지만 프랑스의 그런 부류들은 우아함을 겉으로 드러내려 하지는 않아. 그들이 생각하는 우아함이란 가능한 한 우아해 보이려는 의도를 티내지 않으면서 그렇게 보이게 하는 거야. 하지만 이탈리아는 그렇지 않아. 이탈리아 사람들은 전혀 눈치 보지 않고 우아하게 하고 다녀. 그걸 촌스럽다고는 생각하지 않는다고. 나는 말이지, 매사를 단순하게 생각하는 그런 사고방식이 마음에 들어. 게다가 크고 먹음직스러운, 한 마디로 전통 이탈리아식의 진정한 피자가 주문한 지 10분도 안 되어서 나온다니까. 그들은 우리보다 발음도 좋아. 우리나라에서는 만날 **피자, 피자** 하는데, 사실 **핏짜**라고 발음해야 돼. 이탈리아에서는 피자를 남자 종업원들이 서빙하는데, 그들은 손님이 매료된 줄은 꿈에도 모르고 천연덕스러운 얼굴로 서빙하기 때문에 더더욱 멋진데다 주눅들게 만들어. 이 음식점에서 내가 또 하나 발견한 것은 이탈리아 사람들이 짓궂다 싶을 만큼 훨씬 노골적인 시선으로 다른 사람을 쳐다본다는 점이야. 인상이 아주 나쁘지만 않으면 옷차림에 조금만 신경을 써도 사람들이 힐끔거리며 곁눈질을 하는데 기분이 꽤 괜찮다니까. 눈여겨보지 않는 척한다거나, 언짢은 내색을 하는 것은 자랑이 아니라고 여기는 그 페어플레이 정신이 아주 마음에 들어. 그들은 곁눈질을 하면서 있는 그대로 받아들이는 거야. 그렇게 해서 여자들이 나에게 시선을 보내고, 여종업원들은 시종일관 흥겨움을 자아내는 미소를 띠고 있으며, 커플들이 눈짓으로 나를 가리키면서 자기네끼리 속삭이는 것을 느낄 수 있지. 기분이 좋아. 자신감이 넘치게 되고. 그러는 사이에 알리스가 문자 메시지를 보내서 9시 30분에 그녀 집 아래에서 만나기로 약속했어.

나는 잔잔한 회열을 느끼면서 이런 생각을 했지. 이번에는 한번 해보자고. 요 몇 년 동안 부부로 살아오면서 죽는 날까지 여자는 알렉상드린 외에는 없을 것이라고 확신하고 있던 나이지만, 처음으로 바람이라는 것을 피워보자고. 나는 화장실 거울 앞에 서서 동정을 떼던 날 밤을 떠올렸어. 열일곱 살 때였지. 아폴린이라는 여자애의 침대 속으로 들어가기 직전에 그 아이 집 욕실 거울을 들여다보면서 속으로 이렇게 말했어. "오늘밤 드디어 꿈을 이루는구나." 나는 내가 다른 여자를 건드리는 일은 절대 없을 거라고 상상하는 엄청난 바보였다는 생각이 들어. 또 삶이라든가 시간이 척척 알아서 나를 불가피한 도식으로 이끄는데, 꿈을 꿔서 뭘 하겠냐는 생각도 들더군.

9시 20분에 부모님은 어느새 디저트를 먹고 있었는데, 나는 사춘기 소년처럼 조바심을 내며 식구들과 헤어져 두 발짝도 안 되는 거리에 있는 산토 S. 가로 향했어. 알리사는 벌써 길에 나와서 나를 기다리고 있었지. 우리가 그녀의 룸메이트에게 집 열쇠를 주기 위해 역으로 찾으러 간 일, 함께 마신 콜라, 생기 넘치는 거리, 포근한 밤, 대화를 나누면서 서로에 대해 좀더 알게 된 점, 몇몇 속내 이야기 등의 시시콜콜한 이야기는 생략할게. 확인한 바에 의하면 알리스는 옷차림만으로 어떤 유형인지 정확하게 예측할 수 있는 그런 여자가 아니라, 훨씬 더 까다롭고 훨씬 더 취향이 다양하다는 것도 포함해서 말이야. 그녀가 자기 집으로 나를 데리고 올라가는 것은 썩 좋은 생각이 아닐지도 모른다고, 그녀는 양심의 가책을 느낀다고, 우리의 아름다운 만남을 망치지 않으려면 아무래도 이쯤에서 그만둬야 할 것 같다고 이야기한 순간도 마찬가지이고. 네가 너무 나쁜 뜻으로 받아들이지 않았으면 좋겠어. 나는 그녀의 말에 실망한 것은 사실이지만, 다정하고 진심 어린 목소리로 이렇게 답했다는 것만 이야기할게.

"그쪽이 원하는 대로 하죠, 알리스. 결정을 내리는 것은 그쪽이에요. 그쪽은 그럴 마음이 없는데 뭔가를 강요하는 일은 결코 없을 거예요. 그쪽이 원한다면 나는 지금 당장 돌아갈 수도 있어요. 게다가 억지로 섹스를 할 필요는 없어요. 우리는 기분 좋게 이야기를 나누면서 얼마든지 키스도 하고, 애무도 할 수 있잖아요. 그만큼 그쪽이랑 있으면 나는 정말이지 살 것 같은 기분이 들거든요."

내가 그렇게 말하자 그녀는 감사의 미소를 지어 보였어. 마침내 그녀가 생각을 바꾼 그 순간, 그리고 그녀가 자기 룸메이트에게 보낸 문자 메시지("오늘은 내가 큰 침대 딸린 방을 쓸게.") 이야기는 이쯤에서 그만할게. 아무튼 우리는 콜라 값을 치르고 자리에서 일어나 그녀의 집을 향해서 여유 있게 걸어갔어. 알리스가 간결함 때문에 유난히 좋아한다고 말했던 성 산토 교회의 훤히 드러나는 새하얀 건물 외벽, 밤중에 니트를 걸치고 보도를 활보하는 관광객들의 물결, 또다시 밟게 된 그녀의 집 현관, 3층인지 4층인지 기억은 나지 않지만 이번에는 끝까지 알리스와 함께 오르는 계단, 복층 아파트의 정문, 우리 때문에 잠에서 깼지만 옆방 문을 통해 목소리만 들려오던 그녀의 룸메이트, 이번에도 역시 다리 사이에서 얼씬거리는 개, 거실 벽에 압정으로 붙여놓은 타낭보의 내 사무실에 걸린 것과 똑같은 커다란 세계지도 등은 대충 이야기하고 넘어갈게. 우리는 나무 계단을 통해서 곧장 알리스의 방으로 내려갔어. 그때가 자정이 조금 넘었을 거야.

나는 모든 일이 술술 풀리는 그런 단순함이 참 좋았어. 그녀는 샤워를 하러 들어가고, 나는 그냥 신발이랑 양말만 벗은 채 침대에 앉아 기다렸지. 이탈리아의 학생 아파트가 어떤 모습인지 자세히 말해볼 것 같으면, 머리맡에 전등이 놓여 있고, 그 옆에는 선풍기가 있고, 개가 졸고 있었어. 그리고 옷가지는 여기저기 흩어져 있었고, 담배꽁초를 비벼 끈 재떨이와 협탁 위에는 뒤르크 하임의 이름이 눈에 띄는 사회학 강의 필기 노트가 놓여 있었지. 선반에는 이탈리아어와 스페인어 고본 따위가 꽂혀 있었고. 99프랑짜리 베이그베더 번역본, 네루다와 프레베르의 시집을 보고 나는 깜짝 놀랐어. 그녀가 그런 책을 읽고, 그런 것에 관심이 있는 게 좋았다고나 할까. 창문은 열려 있었고, 밖에는 창이 없는 건물 외벽이 마주보고 있었지만 포근하고 부드럽고 우아한 어둠이 깔려 있었지. 그때 알리스가 욕실에서 나왔어. 머리카락은 촉촉하게 젖어 있었고, 목욕 가운은 여미지도 않은 채 그녀는 달랑 엷은 장밋빛 팬티만 입고 있었어. 더 이상 안 된다는 말을 할 수 없는 그녀의 눈동자에는 한 줄기 경계심의 눈빛이 스치고 지나갔지. 그녀의 진지한 손놀림을 따라 욕실 가운이 어깨와 팔을 타고 미끄

러지듯 흘러내렸는데, 어찌나 아름운지. 그녀의 거동이나 짧게
자른 머리, 활력 있는 몸짓에서 연상되는 선머슴 같은 모습이 단
숨에 사라져버리는 거야. 완벽하게 제모를 한 그녀는 가녀린 실
루엣과 연약하지만 단호한 여성스러움을 간직한 어깨, 눈부시게
매끄러운 살결을 가지고 있었어. 그 순간 내 머릿속에는 타낭보
해변에서 본 이탈리아 여자 관광객들의 모습이 떠올랐어. 그곳에
살면서부터 이탈리아 여자들은 유난히 자신의 육체에 신경을 쓰
는데다 라틴족 고유의 특성은 그대로 간직한 채 앵글로색슨계 여
자들처럼 몸을 가꾼다는 것을 알게 되었거든. 내 말이 무슨 뜻인
지 이해할 수 있을지는 모르겠지만. 이번에는 내가 샤워를 하러
욕실로 들어갔지. 여유 있게 행복을 맛보기 위한 마음의 준비라
도 하듯 동작 하나하나를 만끽하면서 말이야. 나는 팬티 차림으
로 욕실에서 나왔어. 실내는 어슴푸레한 불빛에 싸여 있었고, 개
는 잠들어 있었지. 나는 아무렇지도 않게 살며시 그녀를 안고 침
대에 누워 서로 포옹을 했어.

　알리스를 존중하는 의미에서, 그리고 조금은 부끄러운 마음도
들기 때문에 그날 밤에 있었던 야한 이야기를 늘어놓을 생각은
추호도 없어. 단지, 타낭보에 돌아와서도 몇 주 동안 내 기억 속에
남아 있는 두세 가지 소소한 것들만 이야기할게. 예를 들어 오른
쪽 어깨 위의 문신—내가 알기로 진짜는 아닌—하지만 그것을 보
고 나보다 훨씬 어리고, 나보다 훨씬 더 로큰롤적인 딱 그 또래의
여자아이와 내가 사귀고 있구나 하는 생각을 하게 만든 그런 문

신. 우리가 처음으로 몸을 섞기 전에 협탁 위에 놓아둔 담배 두 개비, 말하자면 그건 미리 생각해둔 거야. 그녀가 그런 행동을 한 것이 내가 처음은 아닐 테지만 참 좋았어. 그리고 행위 도중에 이탈리아어로 내는 그녀의 얕은 신음 소리. 그녀는 '위!³⁾ 위! 위!'가 아닌, '씨! 씨! 씨!'라고 했지. 원어로 나누는 국제적인 사랑이 바로 이런 것이구나 싶어서 참신했어. 나는 그것이 멋져 보였고, 대열에서 이탈한 것처럼 흥분되었어. 알렉상드린의 일과 비교해볼 때 당혹스럽기 그지없다는 것을 당장에는 깨닫지도 못했으니까. 한쪽에서는 그녀가 자신과 같은 흑인 애인을, 다른 한쪽에서는 내가 나와 같은 백인 애인을, 그러니까 우린 둘 다 고동과 로만체라는 중립적인 땅에서 자신의 정체성을 되찾을 필요가 있다는 것을 어느 정도 자각했던 거야. 모든 것을 영어로 말이지. "영어야, 고마워!" 그야 물론 성性적인 면이 더없이 중요했지. 다시 한 번 말해두지만 나로서는 결코 손해가 아니었어. 이번에도 역시 잃을 것이 없었으니까. 한평생 알리스를 다시 보는 일은 없을 테니까. 그리고 두려움을 극복할 수 있었으니까. 그녀의 피부색, 나이, 마누라보다 가녀린 육체뿐만 아니라 그녀의 상냥함, 성격, 내게 아무것도 따지지 않는 그녀의 관대함으로 인해 그날 밤 알리스가 날 구원했다고 할 수 있지. 요 몇 년 간 내 몸과 마음이 갇히도록 내버려둔 그런 비정상적인 상황 속의 그녀란 상상할 수도 없는 일이

---

3) 영어의 예스를 뜻하는 프랑스어.

니까. 그녀는 그 모든 것과는 전혀 딴판이니까. 그녀에게서는 나에 대한 편견, 나에 대한 반감, 어느 정도가 되었든 날 모욕하려는 의도 같은 것은 눈곱만큼도 찾아볼 수 없는데다 그녀 자신도 모르게 내게 자신감을 심어주었으니까. 그녀와 함께 있으면 다시금 느낄 수 있어. 나는 남자라고. 여자의 환심을 살 수 있고, 여자를 만족시킬 수 있는 페니스와 손, 입이 달린 사내라고. 자신의 정서적 안정을 염려하고, 자신의 욕망, 단순하고도 강렬한 욕망과 쾌락을 솔직하고 허심탄회하게 표현하는 데 쓰이는 육체에 관심 갖는 다른 모든 남자들처럼 그럴 권한을 부여받은 남자라고. 그것 때문에 상처받는 일 없이 마침내 그 모든 불안감과 죄책감에서 벗어남으로써 그냥 저절로 마음이 밝아지게끔 만들어진 남자라고.

알리스와 나, 우리와 직접 관련해서 단 한 가지 진짜 중요한 사실을 이야기하면, 우리는 둘 다 잠들지 않았다는 거야. 그 이유는 우리가 여러 차례 사랑을 나누기도 했지만, 무엇보다도 밤새도록 말없이 서로를 바라보다가 날이 밝았거든. 내가 그녀에게 시험 볼 때 좋은 컨디션을 유지하려면 이제 그만 자라고 속삭일 때마다 그녀는 이렇게 대답했어.

"알았어요. 하지만 그쪽도, 그쪽도 자요."

내가 알았다고 대답하면 각자 잠잘 자세를 취하고 눈을 감는 거야. 그런데 2분이 지나 돌아누우면 상대방이 자신을 바라보고 있다는 것을 확인하고는 놀랐지. 그건 장난이 아니었어. 본의 아니게 상식 밖의 이야기를 해서 미안하지만, 우리 사이에 있었던 그 모든 일이 오히려 장난 같았어. 바로 그때 서로 어느 정도는 의식하는 가운데 상대방이 도전을 하면 이쪽에서는 시종일관 그것을 받아들이는 식으로 모든 것이 엮이기 시작했지. 그래도 출발은 언뜻 보기에 투명한 합의가 이루어지는 것으로 시작됐어. 다시 말해서 기혼으로 아이가 둘이며, 한창 냉전 중이지만 아내를 되찾길 간절히 바라는 나와 남자 친구가 몬테에 있는 잠정적 싱글인 그녀는 레스토랑에서 그리고 나는 공원에서 서로에게 필이 꽂혔지. 둘이 함께 멋진 밤을 보낸 후 다음 날 아침이면 헤어져 메일이나 전화, 편지 등 어떤 연락도 하지 않고 각자의 삶으로 돌아가는 거야.

"그쪽은 로만체에는 시험이, 몬테에는 남자 친구가 기다리고 있어요. 내게는 파리 행 비행기와 알렉상드린과 아이들, 그리고 타낭보가 있고, 우리 앞에는 1,000킬로미터라는 거리가 가로막고 있죠. 여러 가지로 고마웠어요."

여담을 마치고 본론으로 돌아가서 이 모든 것이 각자가 지닌 비밀의 정원 속에 멋진 추억으로 남을 테지. 원래대로 되돌리기에는 너무도 심각하고 복잡하기만 한 도박 같은 인생에서 경쾌함에 대해 잠시나마 가져본 작은 환상 말이야. 그런 일은 보통 그렇게 해서 벌어지는 걸 거야. 그리고 그런 느낌이 들게 만드는 그 일만 아니었던들, 서로 그토록 닮지 않았던들, 그리고 방금 전에 말했던 것처럼 우리의 의식 수준이 비슷하지만 않았던들 그런 식으로 끝났을지도 모르지. 왜 있잖아, 특수 암호나 인사를 나누는 방식과 특정 단어 등과 같은 것들로 서로를 알아보는 프리메이슨처럼 말이야. 우리가 얼핏 보기에는 평소의 생각을 바꾸지 않은 채, 각자 조심스러운 태도를 유지하며 시작했다는 것을 잊지는 않았겠지? 그런데 우리가 나눈 대화의 성격, 무엇보다도 침대 속에서 주고받았던 눈빛을 통해서 우리는 같은 사랑을 원하고 있다는 것을 알게 되었어. 솔직히 그 눈빛은 이런 말을 하게 만들었지.

"먼저 상대의 시선을 놓치는 사람이 지는 거야. 먼저 잠드는 사람이 지는 거라고."

하지만 그 말에는 이런 의미가 담겨 있었어. "먼저 잠드는 사람은 결국 상대방이 그럴 만한 가치가 없었던 거야." 그날 밤 우리 사이에 일어났던 일은 주로 이런 것들이었어.

우리는 잠들지 않았기 때문에 잠에서 깰 필요가 없었지. 아마 5시쯤이었을 거야. 밖에는 아직 해가 뜨지 않았지만, 이미 아침이 밝아오고 있다는 것을 알 수 있었어. 알리스는 침대에서 일어나 주방으로 가더니 뜨거운 머그잔 두 개를 들고 돌아왔어. 그녀는 머그잔 하나를 내게 내밀더니 상냥한 말로 용서를 구하면서 협탁 위에 놓아둔 사회학 노트를 집어 들고는 복습을 하기 시작했지. 중요한 시험을 앞두고도 밤을 꼴딱 새우며 정사를 벌인 그녀가 참으로 대단해 보였어. 나는 그녀의 그런 계산적이지 않은 솔직함과 낭만적인 면이 좋았어. 아마 한 15분간 최선을 다해 복습을 했을 거야. 그러다가 그녀는 들고 있던 노트를 내팽개치고 우리는 다시 사랑을 나눴지. 시간이 흐르고 마치 오래된 연인처럼, 아니 다정하게 사랑을 나누는 진짜 커플처럼 서로를 애무했어. 우리는 다양한 언어로 은밀한 기쁨을 주고받았지만, 어느새 날은 밝아와 떠나야만 했어. 나는 충동적으로 알리스에게 우리의 일시적인 만남에는 어울리지도 않는 친절을 표하고 말았지. 욕조에 들어가 그녀의 몸에 비누칠을 하고, 머리를 감겨주는 등 샤워를 시켜준 거야. 그리고 나서 그녀의 옷을 하나하나 입혀주고 학교까지 바래다주겠다고 제안을 했어. 그런데 알리스가 자기 베스파를 운전하는 게 어떻겠느냐고 하는 바람에 나는 솔직하게 스쿠터를 운전할 줄 모른다는 말을 할 수밖에 없었지. 나는 학교까지의 택시 요금과 학교 근처 카페에서 함께 먹은 음식값을 내겠다고 고집했어―너 **부디니 알 리조** 먹어봤어? 정말 죽여준다니까―정말로 근사한 학생 식당에서는 살사 음악이 요란하게 울려 퍼지고 있었는데, 알리스는 그 가사를 다 외우고 있었어. 식사를 마친 후 나는 그녀가 시험을 보는 강의실 건물을 찾아서 그녀를 바래다주었어. 아마 30분은 족히 걸린 것 같아. 엄청나게 멀었어. 다리를 하나 지나고 마침내 목적지에 도착했을 때, 서로에게 작별을 고하는 순간 지금도 생각하면 행복한 바로 그 늦여름의 아침 햇살을 받으면서 나는 무슨 생각이 들었는지 영어로 '**자기야**' 하고 불렀어. 그녀를 **마이 러브**라고 부르고는 이렇게 말했지.

"난 지금 자기랑 사랑에 빠지기 **일보 직전**이야."

어쩌면 내가 순진한 건지도 몰라. 지나치게 감성이 풍부한 건지도 모른다고. 아니면 단지 경험이 별로 없어서 그런 말을 한 건지도 모르지. 그런데 누군가와 그것도 처음 보는 누군가와 단 하룻밤 만에 사랑을 나눌 수 있다는 건 내게 있어 상상조차 하기 힘든 일이야. 더욱이 돈독한 관계를 맺을 것도 아니면서. 뒤섞인 두 몸, 비벼댄 두 살갗, 교환된 두 타액은 서로에게 해명할 의무가 있단 말이지. 비록 대부분의 사람들에게는 부담가질 만한 일이 아니라는 것은 알지만 그렇게 끝날 수는 없어. 나는 잠자리를 함께한 상대방과 무심하게 지낼 수 있다는 게 이해가 안 된다고. 넌 안 그래? 어쨌든 나는 함께 사랑을 나누었던 몇 안 되는 여자들에게서 매번 그런 걸 느꼈어. 그리고 그럴 때마다 번번이 살아가는 일에 얽매였지.

내가 '자기야' 하고 부르니까, 그녀가 날 쳐다보는 거야. 나는 마지막으로 그녀에게 키스를 한 후 내 품에 안고, 그녀의 눈을 들여다보며 이렇게 말했어.

"그만 가야지. 시간 다 됐잖아. 이러다 늦겠다. 시험 잘 보고……. 나 때문에 자기가 시험 망치는 건 싫어. 그만 가. 너무 슬퍼하지 말고……. 우리 일은 너무 멋있었어. 아름다운 만남이지. 좋은 추억으로 간직하자. 슬퍼하지 마. 그러지 않기로 했잖아. 응? 안 되는 일이란 거 잘 알면서. 우리는 안 된다는 거 나만큼이나 잘 알면서……."

그러자 그녀는 이렇게 대답했어.

"그래, 알아……. 슬퍼하면 안 된다는 거. 아름다운 순간을 망치면 안 된다는 거. 자기 말이 맞아. 갈게, 안녕."

하지만 그녀는 여전히 내게 시선을 고정한 채 꼼짝도 하지 않는 거야. 그녀의 눈빛은 조용히 이런 말을 하는 듯했어. 물론 내 생각을 존중하며, 부인할 수 없는 현실을 체념하고 받아들일 수밖에 없지만, 그녀는 그것에 맞설 각오가 되어 있다고. 우리가 진심으로 간절히 바라는 한 불가능한 일은 없다는 것을 나 역시 인정하고 받아들일 마음만 있다면 아무것도 문제될 것은 없다고. 그런 그녀의 눈빛을 보면서 나는 시선을 떨어뜨리고 말았어. 비겁함 때문인지, 비정함 때문인지는 모르겠어. 내가 회피하고 있는 것인지, 이를 악물고 있는 것인지도 모르겠다고. 어쨌든 떠나는 것 외에 다른 해결책이 있다고는 생각할 수 없었어. 사실 그런 건 있지도 않고 말이야. 나는 그녀를 시험 보는 강의실 건물 앞에 남겨둔 채 돌아보지도 않고 떠나왔어. 길모퉁이를 돌자 다시 거대한 외곽 순환도로가 나와 보도를 따라 앞으로 곧장 걸어갔지. 그래, 됐어. 이제는 어쩔 수 없는 일이야. 한발 한발 내딛을 때마다 나는 그녀에게서 점점 멀어지는 거야. 이제는 끝이야. 다시 그녀를 보는 일 따윈 없겠지. 그러는 게 더 나아. 지금 막 무슨 일이 일어났는지를 깨닫고, 나 혼자 지난 24시간을 하나도 빠짐없이 음미해보았지. 바로 그날 저녁부터 부딪쳐야 할 힘든 순간들에 대비해서 충분히 마음의 준비를 해두려면 이제는 정신 차리는 일만 남은 거야. 나는 어수선하기 짝이 없는 마음으로 이 거대하고 소음이 진동하는 도로 옆 보도를 따라 2, 3분 동안 곧장 걸었어. 오로지 화창한 아침 햇살에 의해서 조종되는 자동인형처럼 아무 생각도 하지 않은 채. 언제까지 내 마음속에 기억될 전혀 예상하지 못했던 지난밤의 덧없는 영상들을 잊지 않으려고 하면서 말이야. 그리고 어두운 방에서 처음 보는 예쁜 여자의 몸과 뒤섞인 내 몸에 대한 기억을 머릿속에 각인시키려고 애를 쓰면서. 그녀의 얼굴과 체취, 몸짓, 그림자, 탄식, 그리고 몇 마디 말들을 모두 기억해두려고 기를 쓰면서 말이야. 신체기관만큼은 강렬한 해방감과 경쾌한 느낌에 휩싸이도록 온몸을 내맡긴 채 걸어갔지. 다만, 살다보면 종종 이해하려고 해서는 안 되는, 조금이라도 받아들일 마음의 준비가 되어 있는 순간, 산다는 일에 기대를 걸게 되는 그런 뜻밖의 놀라운 일들이 기다리고 있을 수도 있다는 생각만을 하려고 노력하는 거야. 마침내 모든 죄의식으로부터 벗어나 삶이 나로 하여금 바람직한 선택을 하게 했다는 생각을 했지. 나는 복수를 한 거야. 알렉상드린과 그놈의 모발리 자식 때문에 공포에 떠는 일은 이제 더 이상 없어. 이제는 나도 떳떳하단 말이야. 안심이 되고, 삶이 나를 더는 저버리지 않을 것 같은 느낌이 드는 거야. 삶이 나를 사랑하는구나, 나는 참 운이 좋구나 싶은 거지. 그렇게 정처 없이 보도 위를 걷고 있는데, 등 뒤에서 누군가 달려오고 있는 게 느껴졌어. 반사적으로 뒤를 돌아보니 알리스가 서 있는 거야. 진급 시험을 보기 위해 자신의 차례를 기다리다 황급히 건물을 빠져나와서는 필기 노트를 든 채 200미터나 되는 거리를 달려온 거라고. 그녀는 두 뺨이 발개져서는 관자놀이에 땀이 송글송글 맺힌 채 내 품으로 달려들었어. 마치 영화에서처럼. 하지만 그건 연기가 아니라 현실 속 상황이었어. 그녀는 눈물을 흘리거나 반한 표정으로 내 품에 달려들지는 않았어. 전혀. 실제 상황이었기 때문에 영화 속 배경 음악이나 슬로모션 같은 것도 없었고, 단지 배기관 소리와 보도 위를 걸어가는 사람들의 발자국 소리만 들렸을 뿐이지. 그녀의 행동을 진실되게 만든 것은 그녀의 눈빛이야. 그녀의 눈빛은 내게 아무것도 요구하지 않았고, 또 나와 헤어지지 않겠다는, 나를 그렇게 빨리 놓치지 않겠다는 의지 외에 다른 것은 없었어. 절박하고도 고집스러운, 억누를 수 없는 충동 말고는 사랑만이 깃들어 있었을 뿐이라고. 그런 식으로 표현되기를 바라지도 않고, 그럴 수도 없으며, 그래서는 안 되는 게 당연한 그런 사랑 말이야. 게다가 그녀는 아무 말도 하지 않는 거야. 단 한 마디도. 그녀는 내가 자신을 들어올려 품에 안고 있는 동안 내 어깨에 얼굴을 묻고는 다시 시험을 보러 가기 위한 마음의 준비를 하고 있었어. 그녀는 내가 그렇게 하는 것이 당연하다고 생각하고 있다는 것을 훤히 알고 있었으니까. 맞아, 나는 그렇게 생각했어. 달리 생각하길 애써 거부했다고. 나라는 놈은 어떤 경우에든 생각하는 대로 행동에 옮길 준비가 되어 있어. 무엇보다도 사랑을 소중히 여기며 앞뒤 따져보지도 않고 군말 없이, 점잔을 빼지도 않고 아무런 의심도 조심성도 없이 자신이 사랑에 빠져들도록 내버려둔다는 것을 이미 알고 있기 때문에 애써 그러길 피했던 거지.

어쩌면 그래서 그녀가 다시 내 곁을 떠나기 전에 시험이 끝난 후 꼭 문자를 보내 결과를 알려달라고 고집을 부렸는지도 몰라—
이탈리아에서는 구술시험을 보자마자 바로 점수를 알려주는 것
으로 알고 있어—왜냐하면 어떻게든 건수를 만들어 들러붙고 싶
어한다는 반응을 보이는 게 이상하잖아. 당연히 그렇게 하는 것
이 상황을 복잡하게 만드는 데도 말이지. 그렇잖아? 물론 그녀가
좋은 점수를 받는 것이 내게 중요한 일이기는 하지만, 나는 왜 그
쯤에서 그만두지 못하는 걸까? 내가 방금 전부터 귀가 따갑도록
이야기했던 예의 그 솔직함 때문에? 그것이 내 의지로는 어떻게
할 수 없는 것이라서? 그것은 너무나도 분명한 거였으니까? 내가
이성적이기보다는 감성이 풍부하고 열정적인 사람이라서? 나는
늘 그런 식이니까? 나는 늘 남에게 관심이 있는데다 어쩔 도리가
없으니까? 내가 덕이 있는 사람이라서? 나는 남들에 비해 이기적
이지 못하니까 별 수 없는 일이라는 식으로 받아들여야 하는 걸
까? 말해봐. 어디 말 좀 해보라니까. 단순히 한눈에 반한 탓으로
돌릴 만한 일은 아니야. 그 이상의 다른 무엇인가가 있어. 그렇게
까지 순수하다고 할 수 없는 다른 무엇인가가. 그것을 어떻게 설
명해야 할지 모르겠어. 어쨌든 자세한 것은 연구를 좀 해봐야 할
것 같아. 도대체 어떻게 생겨 먹었기에 내가 이러는 것인지 알기
위해서 말이야. 나는 그녀에게 예의상 그런 부탁을 한 것이 아닐
뿐더러 의무감 때문에 그런 것도 아니야. 이 일을 떠나서 내 문제
는 마음속 깊숙이 내가 인정이 없고, 쉽게 감동하는 편이 아니라
는 것을 뼈저리게 느끼고 있다는 사실을 상쇄하기 위해서라도 나

는 남들에게 관심을 갖고 있다는 것을 보여주어야만 할 것 같은 기분이 든다는 거, 바로 그거야. 게다가 여자들과의 문제, 대체적으로 타인과의 문제는 어느 정도 늘 이런 유였어. 가슴이 메마른 것을 숨기고, 자기방어를 하느라 지나치게 표현한다 그 말이지. 하지만 아무리 이리저리 비위를 맞추고 온갖 감언이설로 속여보아도 남들이 바보천치가 아닌 이상 얼마 가지 않아 내가 지나치다는 것을 깨닫게 되지. 결국에는 짐짓 상냥한 미소를 지으며 자신들을 조금은 등신 취급하는 것은 아닌지 자문하게 되는 법이라고. 운이 좋게도 사람들이 언제나 너그러워서—나는 절대로 **바보**라는 말을 남발하고 싶지는 않아. 어쨌든 그건 냉소주의의 극치일 테니까—내게 그 대가를 치르게 하지도, 나 자신을 마주하게 하지도 않았으니 망정이지. 알렉상드린까지도 말이야. 예를 들면, 이 대화—결국 **대화**라는 것은 이야기하는 방식이라니까!—를 시작할 때부터 "나는 알렉상드린을 미친 듯이 사랑했어."라는 말을 끊임없이 되풀이했어. 하지만 그게 진짜 사랑이었을까? 그보다는 오히려 내가 사랑할 수 없는 사람이라는 것을 그녀가 알지 못하도록 모든 상황을 몰고 간 것은 아닐까? 그렇다면 애당초 그녀를 사랑하지 않았다는 말인가? 처음부터 그녀를 기쁘게 하기 위해서 애써 노력을 한 것이란 말인가? 그녀를 실망시키지 않으려고? 나를 향한 그녀의 진실된 사랑을 실망시키지 않으려고? 마침내 그녀를 진심으로 사랑하게 될 그 순간까지 시간을 벌어보려고? 아니면 오만함이나 나르시시즘이 발동해서 나에 대해 지나치게 나쁜 이미지를 심어주지 않으려고? 그렇다면 그것이 알렉상드린이 바보가 아니라서 그런 것도 아니고, 내 의도를 눈치채서 그런 것도 아니며, 다만 날 진심으로 사랑하니까 상황을 직시하고 그에 따른 대응을 할 용기가 없어서 그랬던 것일까? 그 때문에 그녀는 요 몇 년 동안 내가 가슴이 메마른 위선자답게 온갖 사랑에 찬 감언이설을 늘어놓았음에도 불구하고, 도저히 나와 헤어질 엄두가 나지를 않아서, 그러기에는 날 너무 사랑하니까 결국 날 증오하기에 이른 것일까? 그럼 결국 우리 이야기란 그런 거야? 비열한 짓을 한 것은 바로 나라고? 봐, 내가 뭐라고 하는지. 나는 지금 내 이야기를 하고 있어. 내가 공정한 척하지만 도입 부분부터 잘 보란 말이야—하긴 말은 안 해도 넌 이미 눈치챘을지도 모르지만—시작 부분부터 행간에 나 자신을 희생자처럼 보이게 하려고 기를 쓰고 있단 말이지. 봐, 나는 알렉상드린에 대한 험담을 하지 않으려고 애쓰고 있지만, 따지고 보면 그건 널 내편으로 만들기 위해서라고. 그게 솔직한 거야? 술수를 쓰는 건 아니고?

그래, 좋아. 나 자신을 채찍질하는 짓 따위 그만하지. 게다가 그건 공정하기보다는 환심을 사려는 태도에 불과하니까. 만약 알렉상드린이 나와 함께 사는 게 그토록 불행했다면 더 이상 관계를 유지하지 말았어야지. 그녀가 여전히 내 곁에 남아 있다는 것은 나의 가슴이 메말라서 그녀도 득을 본 게 있다는 이야기 아니야? 또 어쩌면 사실 내가 그 정도로 인정이 없는 건 아닐 수도 있고, 안 그래? 그녀는 "결국 넌 나를 사랑하지 않은 거야." 라고 말하지.

하지만 그런 그녀는 날 사랑했고? 언제 한 번 내가 사랑하고 싶은 마음이 들도록 한 적이 있냐고! 그것도 역시 닭이 먼저냐, 달걀이 먼저냐를 놓고 따지는 것이나 마찬가지야. 게다가 왜 매번 누군가 책임을 져야 하는 거지? 사랑이냐, 아니냐를 놓고 서로에 대한 솔직함이나 무심함을 따질 때는 어느 한쪽에게만 책임이 있다고 말할 수는 없는 것 아니야? 단지, 내가 남과 다른 게 있다면 그렇게까지 솔직하지 않다는 점을 인정하고, 그것을 표현한다는 거야. 기분이 **엿 같**을 때는 자기 마누라한테 **빌어먹**을이라고 말하고, 마누라와 섹스하고 싶으면 섹스를 하고, 마누라가 거부하면 약간의 문제가 있더라도 어떻게든 걸림돌을 제거하려 들지 않고 **이런, 젠장**이라고 쉽게 말해버리는 보통의 평범한 사내와 비교하면, 나는 이런 예리한 통찰력 때문에 반드시 악마 같은 놈으로 보일 거야. 그렇지만 과연 그런 녀석이 나보다 훨씬 자신의 여자를 행복하게 해주는 걸까? 사람은 누구나 똑같아. 인지상정이란 말이지. 게다가 나는 그렇게 나쁜 놈은 아니야, 빌어먹을. 그렇지 않다고. 나는 냉소주의와 위선으로 가득 찬 무관심으로 똘똘 뭉친 그런 놈은 아니란 말이야! 빈정거린다고 볼 수는 있지만 냉소적이지는 않아. 이 일로 인해 내가 어떤 지경에 이르렀는지 보라고. 인정머리 없는 인간이 그렇게 될 수 있을 것 같아? 사랑할 수 없다고? 그래, 그건 그렇다 치자. 내가 사랑할 수 없다고 가정해보자. 도대체 어떤 기준을 들어 그렇게 말하는지는 모르겠지만 좋아, 그렇다고 해두자고. 나는 내 능력 밖의 것을 느끼지 못한다는 것에 죄의식을 느끼기 때문에—사랑을 그런 식으로 정의할 수 있다면 말이야—매번 지나치다고 할 수 있지. 나는 지나치게 애정 표현을 하고, 시간적 여유도 너무 많아. 시도 때도 없이 '예쁘다'고 말하고, 지나치게 다정하고, 한심할 정도로 헌신적이지. 결코 흥분하는 법도, 고함을 치는 법도 없고, 그들보다 언성을 높이는 적도 없어. 거절 같은 건 단 한 번도 한 적이 없고, 법도에 어긋나는 짓은 하지도 않아. 언제나 정중하게 예의를 갖추며, 기쁘게 해줄 마음의 준비가 되어 있지. 또 언제든지 섹스할 각오가 되어 있고—결국 그게 내 유일한 이기심이지만—어느 때고 무슨 짓이든 할 용의가 있어. 내가 분명히 말해두지만 나는 그 모든 것을 한 사람과 오랜 시간에 걸쳐 한 치의 실수도 없이, 싫은 내색도 하지 않고 한단 말이야. 그럴 수는 없다고? 과장이 아니라니까. 나를 잘 아는 사람들, 몇 년 동안 내가 어떻게 살아왔는지 옆에서 지켜봤던 사람들에게 물어봐. 그럼 알 수 있을 테니까. 그리고 그게 그렇게 나쁜 건 아니잖아? 무례하고 이기적인 것보다는 낫다고, 안 그래? 사실 나는 여자에게 솔직하게 이런 말을 할 자신은 없어.

"미안해. 나는 너를 사랑할 여력이 없어. 나에게 아무것도 기대하지 마."

내가 한 약속은 끝까지 지키는 게 차라리 나아. 그렇게 믿기 위해 시간이 흐르면서 나 자신에게 마침내 문제 제기를 하지 않게 될 때까지 행복하려고 애쓰는 편이 낫단 말이야. 누구나 조금씩은 그렇잖아?

게다가 그건 **내가 알 바 아니지** 하면서 여자를 데리고 놀고 싶은 마음은 없다고. 그런데 매번 여자들이 날 찾아왔어. 내가 여자 뒤꽁무니를 쫓아다닌 역사는 없단 말이야, 진짜라니까. 흔히 한눈에 반한다는 것은 미처 재볼 틈도 없이 착 달라붙게 만드는 거라고들 하지. 솔직히 나는 그게 어떤 것인지 모르겠어. 사랑하는 마음으로 기다리고, 그리워하는 것은 알아. 애정으로 가득한 도취감, 누군가의 부재로 인해 느끼는 고통, 그럴 때 나타나는 증상들이 무엇인지는 다 안다고. 하지만 한눈에 반한다는 것은 아닐 거야. 반대로 많은 여자들로부터 내가 그랬다는 것은 알아. 하긴 어쩌면 그래서 나는 늘 상대에게 내 의견을 받아들이게 할 수 있는 것인지도 몰라. 이따금 숨 좀 쉬고 살아봤으면 좋겠다고 속으로바랄 지경까지 가면서도, 처음부터 이러다 차이면 어쩌나 하는 걱정 따위는 해본 적이 없다는 사실만 봐도 그래. 다시 말하지만 나는 저지당한 자유인이야. 비열한 놈은 아니라고. 매번 만나는 여자에게 늘 친절하고 애정에 찬 모습만을 보여줬다니까. 그런데도 여자들은 그걸 전혀 알지 못하더란 말이지. 하기야 날 찾아올 만큼 대담한 여자들은 아폴린, 로젠, 알렉상드린, 가씨, 그리고 알리스 이렇게 다섯 손가락으로 셀 수 있을 정도로 드물었지만. 게다가 나는 찾아오는 여자들을 거절하지 않았어. 그 정도로 여자들이 먼저 나서준 걸 고맙게 여겼단 말이지. 나는 매번 이렇게 말했어.

"넌 내 운명의 여자야."

다시 한 번 말하지만 그건 말뿐이 아니야. 살아가는 일에 얽매

129

인다고. 매번 전력을 다한단 말이지. 나는 자신을 지키려고 하지도 않고 처음부터 환상 따위는 일체 허용하지 않기보다는, 그리고 어떤 열정도 없이 조심하며 몸을 사리기보다는 무리를 해서라도 거짓말하는 쪽을 택하는 거야. 차라리 내 인생을 저당 잡힐 위험을 감수하는 일에 사로잡혀 온몸을 내맡기는 별난 놈으로 보이려고 기를 쓰는 쪽을 택하는 거지. 이성적인 사랑은 나와 맞지 않아. 나는 뜨뜻미지근한데다 시시하고, 조심스러운 태도를 참을 수가 없어. 아니면 보다 솔직하게 말해서 열정을 불러일으키지 않고는 견딜 수가 없다고. 그건 자아에 관한 문제야. 점잔빼지 않고, 여자들과 서로를 독점하는 전적으로 친밀한 관계를 유지하는 게 나에게는 맞아. 그래서 그 대가를 치르는 거라고. 번번이 그런 것 따위는 안중에도 없다는 듯 다시 시작하고, 꼼짝없이 책임을 떠맡는 거지. 그게 그렇게 나쁜 거야? 그것 역시 사랑이라고 부를 수는 없는 거야?

미안하지만, 나는 내 방식대로 사랑할 줄 알아. 나는 여자들을 좋아한다고. 그리고 보다 일반적으로는 사람을 좋아한단 말이야. 진짜라니까. 하지만 그렇다고 내가 있는 것, 없는 것 다 퍼주기야 하겠어? 세상의 모든 비참한 이들을 내 집에 끌어들이지는 않는단 말이지. 그렇지만 나는 남을 기쁘게 하는 걸 좋아하고, 나로 인해 다른 사람들이 만족해하는 게 좋아. 실망시키고 싶지는 않아. 나는 융통성 있고, 인내심 강하고, 침착하고, 너그럽고, 성격도 좋아. 그러함들이 나의 장점이지. 나는 다른 사람의 기호를 생각해서 내가 좋아하는 것을 양보할 줄도 안다고. 나에게 그런 능력이 있단 말이지. 나는 쩨쩨한 놈이 아니야. 아무도 성가시게 한 적이 없어. 맹세코 그런 적이 없다고. 아무나 붙잡고 한번 물어봐. 그런 것은 극도로 자아도취적인 인물만이 가질 수 있는 자질이라는 것은 인정해. 그래, 어쩌면 타인과의 내 관계는 늘 피상적인 것에 불과할지도 몰라. 하지만 나는 타인을 존중해. 요컨대 다른 사람들에게 도움이 되는 일만 한단 말이야. 나는 다른 사람들 일을 모른 척하지 않아. 그게 멍청한 작자든, 누가 봐도 성가신 사람이 됐든 간에 말이야. 나는 어디선가 모르는 누군가에 대해 **"관심이 없는 듯 보이지만 푹 빠진다."**라고 쓴 글을 읽은 적이 있어. 그건 사물이건 사람이건 환상을 품지는 않지만, 그 존재 자체에 어린아이처럼 쉽게 빠져든다는 뜻이야. 내가 바로 이 말이 뜻하는 그런 놈이지. 어쩌면 나는 자신에게서 정말 중요한 것은 주지 않는지도 몰라. 사실 나는 자신을 숨긴 채 가면을 쓰고 사람들을 대하는 것일 수도 있어. 맞는 말이야. 하지만 나는 아무에게도 악영향을 끼치지는 않아. 그런데도 그게 이기주의야? 이기심이나 나르시시즘 때문에 내가 알렉상드린에게 하는 것만큼 할 수 있겠어? 그게 가능해? 나는 솔직히 말해서 내가 그랬지, 그녀를 사랑했다고. 젠장, 나도 사람이야. 나는 내가 할 수 있는 만큼만 하는 것뿐이라고! 나도 가슴이란 게 있단 말이야, 빌어먹을!

그런데 내가 어디까지 이야기했더라? 맞아. 알리스와 그녀의 점수, 문자 메시지까지 이야기했지. 그러고 나서 길을 나섰는데 날씨가 죽여줄 정도로 맑고 화창한 거야. **다 모리레**—왜 있잖아. 이탈리아 사람들이 걸핏하면 '**죽이게 예쁘네**', '**죽도록 사랑하네**', '**죽을 만큼 행복하네**'라고 감탄하는 것처럼—내 안에서 놀라운 일이 벌어지는 듯한 느낌이 드는 거야. 조금 뒤늦은 감이 있지만, 꽉 들어차다 못해 철철 넘치는 감정들을 조금씩 조금씩 차분하게 기가바이트 급 용량으로 꾸준하게 내 것으로 만들고 있는 거지. 나는 그녀에게 "**나는 자기랑 사랑에 빠지기 일보 직전이야.**" 하고 말하면서, 그녀를 '**자기야**' 하고 불렀어. 이 말은 내 의지와는 상관없이 갑자기 튀어나왔지만, 겉으로 보이는 것처럼 그렇게 근거 없는 말은 아니야. 나는 그녀에게 시험 점수를 나에게 알려줘야 한다는 사실을 절대 잊어서는 안 된다고 당부했어. 마치 일주일 내내 내가 그녀를 복습시키고, 그녀와 내가 오래전부터 서로 알고 지내기라도 한 것처럼 그건 나에게 중요한 일이었으니까. 그녀가 그러겠다고 약속을 했어. 우리는 서로의 얼굴을 바라보고는 마지막으로 키스를 나눴지. 그러고는 또다시 마지막으로 서로를 바라보았어. 그렇게 우리는 헤어져야 했어. 결국 이성적으로 모든 것을 고려해볼 때 우리는 각자 평범한 일상으로 돌아가야 했으니까. 그래서 그녀는 떠나가고, 나는 한없이 긴 보도 위에 남아서 아버지 집으로 돌아가기 위해 택시를 기다렸지. 하지만 잘 오지도 않는 빈 택시 몇 대를 그대로 보낼 정도로 극도로 혼란스러웠어. 나는 한참 동안 피움Fium 건너편 나란한 두 개의 고속도로가 만나는 지점까지 걷고 또 걸었어. 그런데 거대한 교차로 모퉁이의 인적 없는 신호등 앞에서 더 이상 갈 수가 없어서 발걸음을 멈췄지. 그 순간 불현듯 깨달았어. 누구나 나처럼 극심한 고통을 겪게 되면 바람을 필 수밖에 없다고. 그러자 순식간에 마음의 짐이 덜어진 것 같았어. 일순간에 내 마음은 전보다 가벼워져서 사람들이 왜 바람을 피우는지 단숨에 깨닫게 됐지. 죄의식이라고는 눈곱만큼도 없이 다른 모든 사람들처럼 모든 게 운명으로 여겨지면서, 서글프기는 해도 마음은 놓이는 진부한 감정이 서로 맞물려 들어가는 듯한 기분이 드는 거야. 다른 모든 바람피우는 남편들처럼 나에게 일어난 첫 반응은 실용주의에 입각해서 위험에 빠질 소지가 있는 흔적이란 흔적은 모두 없애자는 거였어. 나는 주머니에 있던 콘돔을 상자째 신호등 기둥에 고정된 휴지통 위에다 놓아두었지. 만일의 경우 불행하게도 약국을 찾지 못해 고민할 또 다른 바람피우는 남편들을 위해서. 그들을 위해 그들과 미리 모의한다는 심정으로 말이야. 또 이런 생각도 했어. 그날 저녁 파리에서 알렉상드린을 만나기 위해 공항으로 출발하기 전에 알리스의 향수 냄새를 없애려면 하늘이 두 쪽 나도 반드시 샤워를 한 후 옷을 갈아입어야겠다고.

거기서부터는 네게 어떻게 이야기하면 좋을지, 어떻게 표현해야 할지 모르겠어. 이런저런 사소한 것까지 이야기해야 할지, 아니면 대충 건너뛰어야 할지. 또 내가 느낀 것에 집중해서 사건의 전개를 빠르게 해야 할지, 아니면 반대로 사건 전부를 소상하게 설명해야 할지 모르겠다고. 하지만 무엇보다도 내가 지나칠 정도로 널 신경 쓰게 만드는 것은 아닌지 알고 싶어. 나는 말하고, 또 말하고, 계속해서 떠드는데, 너는 아무 말도 하지 않으니까 네가 내 이야기 중에서 어떤 것을 재미있어 하고, 재미없어 하는지 알수가 없거든. 네가 화나는 것을 꾹 참아가며 예의상 내 이야기를 들어주는 것인지, 아니면 비록 네 문제는 아니어도 내 이야기에 동화되고 있는 것인지 알 수가 없다고. 왜냐하면 무엇인가 발언을 한다는 것은 위험이 따르는 일이거든. 더군다나 자기 자신에 대해서 이야기할 때는 특히 더 그렇지. 어떤 결과를 초래할지 아무도 모르니까. 어쩌면 너는 내 정신 상태에 대해 아무 할 말이 없는지도 모르지. 내가 몰라서 묻는데, 너 다음 이야기가 어떻게 되는지 알고 싶어? 혹시 자고 싶은 건 아니고? 진짜지? 그래, 좋아. 그럼 계속할게. 내 이야기 방식은 두고 보면 알겠지만, 말이 나오는 대로 하나도 거르지 않고, 있는 그대로 이야기하는 거야. 그게 더 간단하거든. 지겨우면 그렇다고 해. 그만 할 테니까, 알았지? 그래서 나는 택시를 잡아타고 점심 먹을 때쯤 집으로 돌아갔어. 나는 아버지와 새어머니에게 마치 사랑에 빠졌다는 것을 인정하고 싶지 않은 낯선 여자와 사랑을 나누느라 밤을 지새우고 돌아온 사람처럼 보일 거라는 생각이 들었어. 그런 사람들의 얼굴에는 뚜렷하지만 멍해 보이는 무언가가 있기 마련이니까. 그들은 피로한 기색을 조금도 드러내질 않아. 그들의 상태는 생물학적 법칙을 초월했다고나 할까. 끊임없이 주저하는 듯한 미소를 지으면서 질문을 해도 건성으로 대답하지. 속내를 파악할 수가 없어. 말 그대로 넋을 잃고 **붕 떠 있는** 거지. 그들에게서는 여름 향기가 나고, 또 상쾌한 기분과 행복으로 가득 차 있게 되는 거야. 비록 그런 행복이 덧없고, 그렇게 가벼운 기분으로 일생을 설계할 수는 없다고 할지라도 누구나 그런 사람을 부러워하기 마련이지. 식구들과 식사를 하고 있는데, 아버지의 휴대전화에 문자 메시지가 도착했어. 알리스가 30점을 받았다고 알려온 메시지였지. 나는 곧장 전화를 걸어 그게 좋은 점수냐고 물었는데, 그녀의 말로는 최고 점수라는 거야. 나는 뛰어난 학생과 잤다는 게 자랑스러웠어. 그리고 무엇보다 그녀의 시험을 망치게 하지 않아서 마음이 놓였고. 더 좋은 것은 좀 미신 같기는 해도 그게 좋은 징조로 생각되었다는 거야. 내가 그녀에게 행운을 가져다준 게 틀림없었지. 그녀는 내가 공항으로 출발하기 전에 15분 정도 시간을 낼 수 있는지 물어왔어. 그녀가 스쿠터를 타고 날 보러 오겠다며, 그러는 게 내게 좋을 거라면서 말이야. 내가 무슨 생각으로 그러겠다고 했는지는 잘 모르겠어. 그녀의 애정 어린 고집 때문인지, 아니면—본의 아니게 또다시 말장난을 하게 돼서 미안—그녀의 애정 어린 고집으로 인해 내 안에 꽁꽁 갇혀 있던 집착이 일시에 해방된 것인지 모르겠어. 아무튼 전화를 끊고 아버지에게 휴대전화를 내밀면서 식구들에게 아무 거리낌 없이 잠시 나갔다 오겠다고 말하기로 마음먹었지.

그래서 점심 식사를 마치고 가방을 챙긴 다음, 전날처럼 집을 나와 주도로를 향해 걸었어. 하지만 이번에는 시간이 촉박한데다 휴가가 끝났다는 그리 썩 유쾌하지 않은 기분이 들더군. 알리스는 우리가 만났던 그 공원에서 날 기다리고 있었어. 그녀는 다른 옷을 입고 있었고, 옆에는 스쿠터가 세워져 있었지. 개는 데려오지 않았어. 우리는 진정한 미소, 암묵적인 동조의 미소를 지었지. 그리고 둘 다 미소로 대충 얼버무리려고 한다는 진정한 서글픔 또한 느껴지더군. 그녀의 시선에서는 나에 대한 방어 태세 같은 것은 조금도 찾아볼 수 없었어. 그저 날 신뢰하고, 날 위해 어떤 일도 마다하지 않겠다는 감사의 눈빛으로 가득 차 있었지. 나는 그런 그녀의 호소를 짐짓 모른 척하는 눈빛으로 그녀의 빨간 티셔츠와 아프리카 풍의 사루엘 바지를 바라보았어. 그러면서 그녀의 속살과 동그스름한 엉덩이, 성기의 맛과 색깔을 기억해내려고 애를 써보았지만 헛된 일일 뿐이었지. 내 앞의 그녀가 다시금 생소한 느낌이 들었거든. 우리는 서로의 행운과 행복을 빌며 기나긴 작별 인사를 나누었지. 우리는 아주 다정하게 20여 분 남짓 이야기를 나누었어. 키스를 주고받지는 않았지만 껴안고 또 껴안았지. 그러다 보니 어느새 집에 가서 짐을 가지고 공항으로 출발해야 할 시간이 되었어. **메일도, 전화도, 편지도 하지 말자. 그래선 안 돼. 어제는 멋진 하루였지만, 그래선 안 돼. 잘 살아, 행운을 빌게.**

아버지는 나를 오토바이로 공항까지 바래다주셨어. 헬멧을 쓰고 배낭을 맨 채, 내가 도착한 이후로 하나도 달라진 것이 없는 햇살을 받으며 로만체 시가지가 나타났다가 멀어져가는 것을 바라보았지. 그러다 보니 날 지켜주는 곳을 떠나는 듯한 느낌이 드는 거야. 지금껏 어딘가를 떠나올 때 그토록 슬프고, 애달픈 기분이 든 적은 없었어. 앞날에 대한 환한 장밋빛 전망들이 알렉상드린 이라는 납으로 땜질을 해버리는 바람에 완전히 빛을 잃은 거지. 늦여름의 파리, 타낭보로 돌아가기 전 마지막 쇼핑, 집으로 돌아가는 비행기, 아이들과의 재회, 그리고 그곳의 태양. 공항이 가까워짐에 따라 불안감이 밀려오기는 했지만, 전보다는 견딜 만하고 진정됐다는 느낌이 들었어. 그것은 새 학기를 맞은 아이들의 울적한 기분 같은 거야. 아버지는 무슨 말을 해야 할지 모른 채 광장에서 나와 작별 인사를 했어. 뭔가를 충고하기에는 시기적으로 너무 이르니까. 먼저 말을 꺼낸 건 나였어.

"아버지, 전 할 일을 했을 뿐이에요. 이번 여행이 제 목숨을 구했어요. 아버지는 이해하시리라 믿어요."

아버지를 안았을 때 아버지도 27년 전 나와 너무도 똑같은 일을 경험했다는 것을 깨달았어. 아버지가 내 나이였을 때, 2년 정도 아프리카에 가 계신 적이 있어. 아버지는 기혼이었고, 내가 알렉상드린과 살아온 것만큼의 세월을 어머니와 함께 사셨지. 아버지에게는 두 살 터울의 자식들이 있었지만, 결혼생활이 파경을 맞이하고 말았어. 어머니에게는 모발리 태생의 애인이, 아버지에게는 이탈리아 여자가 생겼거든. 진짜야. 사실대로 말하는 거라니까. 참 묘한 일이지? 게다가 여담이지만 얼마 전에 나는 아버지에게 문자 메시지를 보내 이렇게 물었어.

"아버지, 우리가 똑같은 일을 겪고 있다니 정말 황당한 일이 아니에요?"

그러니까 아버지가 뭐라고 답했는지 알아?

"그게 바로 교육이라는 거다."

꽤 그럴듯한 말이지?

아버지는 다시 오토바이를 타고 서너 번쯤 연달아 뒤를 돌아보면서 떠나셨어. 아버지에게는 어디론가 떠나 오래도록 보지 못하게 될 때마다 그렇게 하는 버릇이 있거든. 내가 어렸을 때부터 늘 되풀이해온 습관 같은 거지. 나는 공항으로 들어가 탑승 티켓과 공중전화 카드를 받으러 갔어. 알렉상드린이 예약해둔 호텔 이름과 위치를 물어보기 위해 그녀가 있는 파리에 전화를 걸어야 했지. 나는 파리에서 알렉상드린과 합류하기로 했거든. 내가 로만체에서 돌아오면 좀더 편히 지내기 위해 호텔로 가기로 했어. 그저께 전화를 건 이후로 내가 그녀와 이야기를 나누지 않았다는 것은 기억하지? 그렇지만 이번에는 그녀가 내 생각을 하건 말건, 내게 곱게 이야기를 하건 말건 신경 쓰지 않았어. 내 기분을 맞추기 위해 그녀가 친절한 말로 부드럽게 대해주었으면 하고 바라지 않기는 이번이 처음이야. 그냥 더 이상 그녀의 기분에 따라 좌우되지 말자고 결심하면서 약해지지 않으려고 지난 48시간 동안 얻은 힘을 한데 끌어모으는 거지. 전화를 받은 그녀의 목소리에 담긴 억양으로 보아선 내게 말을 걸고 싶어하고, 차분하게 이야기하려고 하는 것 같았어. 하지만 어쨌거나 내가 지은 죄는 용서할 수 없다고 생각하는 눈치였어. 내 목소리에는 응당 복수심과 무관심, 체념이 뒤섞였지. 나는 더는 두렵지 않았어. 다시금 내가 남자라는 사실을 깨달았고, 나도 손가락 하나만 까딱해도 여자가 자청해서 가랑이를 벌리게끔 할 수 있으니 그녀랑 나는 일대일 세트 스코어로 비긴 셈이지. 나는 알렉상드린에게 하고 싶은 말을 생각했어. '나는 우리가 모든 것을 잊고 다시 시작했으면 좋겠어. 네가 그럴 의향이 있다면, 그리고 나도 그럴 의향이 있다면 말이야. 나는 많은 것을 요구하지는 않아. 가정생활이야말로 내 주요 관심사야. 너도 나에게는 중요한 존재이지만 앞으로 두 번 다시 지옥으로 떨어지고 싶지는 않아. 나에게는 잠재적인 능력이 있다는 것도 알고, 나도 삶을 즐길 줄 안단 말이지.'

물론 이 모든 말을 그녀에게 하지는 않았어. 그런 생각과 확신하는 것으로 만족할 뿐이지. 사실 나는 그녀를 다시 보고 싶은 마음이 없어. 아니, 그건 너무 일러. 나를 바라볼 그녀의 얼굴과 내게 날아올 그녀의 잔소리를 다시 맞닥뜨리고 싶은 마음이 없다고. 꽤나 자신 있는 목소리로, 도전하고 싶은 마음을 애써 참으며 내가 그녀에게 한 말은 이런 거야.

"나야, 잘 지내지? 로만체는 내게 큰 도움이 되었어. 이곳에 있는 동안 다시 마음을 다잡고 곰곰이 되짚어볼 시간을 가졌지. 이런저런 생각을 해봤어. 다시는 바람둥이 오쟁이 진 남편처럼 한탄을 늘어놓아서 자기를 귀찮게 하진 않겠다고 약속할게. 나는 많이 좋아졌어. 각오가 돼 있다고. 다시 기운을 차렸어. 그래, 좋아."

물론 나의 말은 사악함으로 가득 찬 이중의 의미를 담고 있지. 이제 욕망을 불러일으키는 그런 사람이 된 나는 이번에는 그녀가 된통 당하도록, 다시 한 번 나를 성욕을 자극하는 그런 남자로 바라볼 수 있도록 내심 그녀가 알아주기를 바란 거지, 확실해. 내 말에 책임질 각오가 되어 있다니까. 그녀는 내가 경솔한 말은 하지 않는다는 것을 속속들이 알고 있어. 그녀는 내 목소리의 어조를 통해 무슨 일이 일어났다는 것을 느끼고는 방어 태세를 취하고 있어. 이런 식으로 말이야.

"좋아, 두고 보면 알겠지. 네 말을 믿고 싶지만 더 이상 그런 식으로 빠져나가지는 못할 거야. 네가 잔인한 인간이라는 것을, 나를 산산조각 냈다는 것을 잊지 마. 끊어. 이따 저녁에 봐."

수화기를 내려놓기가 무섭게 30초도 안 되어 내가 어떻게 했는지 알아? 알리스에게 전화를 걸었어. 그녀의 전화번호를 운전면허증 커버에 숨겨서 지갑 속에 소중히 간직해두었거든. 나는 주저하지 않고 냉정하게 전화를 걸었어. '이 전화로 인해 순식간에 거짓말을 한 게 되어버리고, 나 역시 치매 증상을 보이는 미친놈이 되어버리고 마는구나. 시시껄렁한 바람피운 남편들이라면 누구나 그렇듯이 나도 본격적으로 이중생활에 들어가는구나.'라는 깨달음과 함께 말이지. 나는 속으로 이런 생각을 했어. '그래, 결국 나도 다를 게 없어. 그런 일이야 어차피 겪기 마련이니까.' 그러고는 나 자신이 무력하고 보잘것없다는 생각에 속으로 씁쓸한 미소를 지었지. 자기 자신에 비해 지나치게 순수한 환상을 품고 있었다는 것을 깨닫게 된 거야. 마음속으로 결코 평균 이상은 되지 못할, 고작 음모를 꾸미기 위한 미소 외에는 가진 것이 없는 그런 작자의 음흉한 웃음을 웃고 마는 거지. 갑자기 운명론자가 되고, 자신이 초라하게 느껴져서 불쾌함과 동시에 즐거운 전혀 색다른 감정을 발견한 거라고. 고통을 느끼면서도 기분 좋은 자기 자신을 발견하게 되는 거지. 자신이 몹쓸 인간이라는 생각이 들더라도 어쨌든 할 말은 해야 돼. 소중한 것을 잃을 수도 있으니까. 그래서 나는 알렉상드린과 전화를 끊은 후 운전면허증 커버 안쪽에서 레스토랑 명함을 꺼내어 다시 수화기를 들어 전화번호를 눌렀지. 신호가 가자 얼마 지나지 않아 전화를 받은 알리스에게 나는 이렇게 말했어.

"아무래도 난 사랑에 빠진 것 같아. 이렇게 헤어질 수는 없어. 자기 소식을 모른 채 살아갈 수 없을 것 같아. 내가 어리석은 짓을 하는지는 모르겠지만, 파리에 도착하는 대로 이메일 주소와 전화번호, 타낭보 사무실 주소와 전화번호 모두를 문자로 알려줄게."


파리에 돌아와서는 공항에서 택시를 타고 호텔로 갈 때가 가장 기억에 남아. 프랑스도 제법 여름날 저녁다웠지. 감미로운 저녁놀에다 탁 트인 하늘은 오렌지색과 검푸른 색이 어우러져 있었어. 자동차는 한적한 외곽 순환도로를 빠른 속도로 질주하고 있었고, 내 머릿속에는 알리스와 보낸 24시간이 주마등처럼 스쳐 지나가다가 곧이어 알렉상드린의 성난 표정이 떠올랐지. 시내에 가까워지면 질수록 해방되었다는 확신이 강하게 들면서도, 한편으로는 불안감이 점점 더 밀려드는 거야. 나는 힘을 내기 위해, 그리고 이제는 나를 우습게 볼 수만은 없을 알렉상드린이 더는 두렵지 않다고 생각하기 위해 머릿속에 떠오르는 대로 작은 수첩에 조금은 지나치다 싶을 만큼 영어로 이렇게 휘갈겨 썼어. "알리스, 보고 싶어. 네 미소는 내게 웃음을 선사했지. 너로 인해 나는 삶과 미소를 되찾았어. 네가 나에게 해준 게 어떤 것인지 너는 상상도 하지 못할 거야. 널 다시 만나고 싶어. 네가 그립고 보고 싶어, 알리스. 넌 나의 천사야. 나의 이탈리아 천사, 금발의 이탈리아 천사야. 나는 천사를 만난 거야." 어느덧 택시는 마레Marais에 있는 호텔 앞에 도착했어. 알렉상드린과 우리 짐을 실은 택시가 도착한 것도 바로 그 순간이었어. 나는 가슴이 두방망이질 치기 시작했지. 죄의식 때문이 아니야. 알렉상드린은 내가 그녀를 볼 때마다 긴장하게 만들었어. 나는 로만체에서부터 나 혼자 있거나 다른 사람들과 함께 있을 때와는 다르게 알렉상드린이 곁에 있을 때는 내가 결코 제정신이 아니라는 사실을 정확히 인식하고 있었지. 하지만 전혀 예상 밖으로 나를 대하는 그녀의 태도는 비교적 단단히 마음의 준비를 하고 있는 듯했어. 하여간 내게 인상을 쓰지는 않았거든. 비록 몇 주가 지난 후 그녀가 마음을 누그러뜨리고, 그 순간에 내게 정상적으로 말할 수 있는 힘을 얻은 것은 바로 그날 오후야. 그러니까 내가 로만체 공원에서 알리스에게 작별 인사를 할 무렵, 그놈의 모발리 자식과 메일로 다시 연락을 취할 수 있었기 때문이라는 사실을 알아내고 말았지만, 어쨌든 다행이었지. 그 결과 일단 호텔방에 들어가 우리 앞에 여봐란듯이 놓여있는 침대를 마주하게 되니 다시 사랑을 나누는 일이 문제가 되는 거야. 알몸이 되어 알렉상드린의 사타구니 사이로 손을 넣자마자 또다시 머리와 몸뚱이가 따로 놀더라니까. 그야말로 악순환의 연속이지. 3주 전부터 그 모발리 자식 때문에 더 이상 발기가 안 된 것처럼, 망할 놈의 거시기가 내 마음대로 되질 않는 거야. 하고많은 세월 동안 발정 난 수캐 마냥 아무런 보람도 없이 시도 때도 없이 툭하면 부풀어올랐던 것처럼 말이야. 용기를 북돋워주는 알렉상드린의 말 따위 없어. 기꺼이 도와주려는, 아니면 동정하는 마음으로 내 머리를 쓰다듬는 손길도, 부드러운 눈길도 없고. 아무것도. 그저 있는 것이라고는 고동에서 돌아온 날의 예의 그 "그만둬!", "거기 호텔방에서 그이는 날 돌릴 줄 알았다고." 하는 눈길과 "혼자 알아서 해. 나는 네 보모가 아니야."라는 그 빌어먹을 눈길, 할 말을 잃은 내가 엿 같은 기분을 느끼게끔 그녀의 시선에 꼭 들어 있어야만 하는 그런 게 있을 뿐이지. 알렉상드린은 슬며시 내 품에서 빠져나가 자기는 잘 할 수 있다는 듯이, 마치 온갖 불행이란 불행이 그녀에게 떨어져 입꼬리에 걸리기라도 한 것처럼, 그리고 나야말로 자기한테 쏟아진 온갖 불행의 원천이라는 듯 내게 인상을 쓰고 돌아누워서는 웅크린 채 잠들어버리는 거야. 그녀는 여느 때처럼 찌푸린 얼굴을 하고 돌아누웠지만 이번에 나는 아랑곳하지 않았어. 나에게는 알리스가 있고, 마음

143

속에 품은 그녀를 위해 굳세게 참고 견디는 고집불통의 거시기가 있으니까. 나는 상처를 받지도, 그 잊지 못할 말을 되새기지도 않아. 로만체로 떠나기 일주일 전 비슷한 상황에서 그 모발리 놈 때문에 더 이상 발기가 안 되어 고통스럽다고 말했을 때 그녀는 이런 말을 쏟아냈어.

"알지? 그 상태가 계속되어서는 절대로 안 된다는 거. 안 그러면……."

이번에는 발기부전 때문에 한탄하며 산다는 건 참 피곤한 일이며, 언젠가 과도한 정욕 때문에 죽는 날이 오고야 말 것이라는 생각을 하느라 뜬눈으로 지새우는 밤 따위는 없었어. 나도 그냥 자버렸으니까.

그런 반면에―정말 시기적절한 말 아냐?―이튿날 아침에 알리스에 대한 기억을 기폭제삼아 호텔방에서 알렉상드린과 세 번 연달아 하는 데 성공했지. 오랫동안 그녀와는 하지 않아서 무슨 시합이라도 하듯 길게, 세게, 거칠게 그녀가 좋아하는 식대로 말이야. 그 호텔방에서 밤낮을 가리지 않고 그렇게 성교를 하도록 만든 건 기나긴 요 몇 달 동안 우리 사이에 감돌았던 긴장감과 피차간에 보복을 꾀하려는 마음일 거야. 수차례에 걸친 그 회동은 활력이 넘치긴 했어도 즐겁지는 않았어. 각자 자기 자신을 위해 하는 거였으니까. 애정이 없어도 그게 가능하더라고. 꼭 최후의 발악 같다니까. 완전히 돌은 거지. 다시 말해서 나는 머릿속에 지속적으로 알리스를 주입시킴으로써 발기가 되어 계속해서 마누라를 상대할 수 있는 거고, 마누라는 그 모발리 놈의 거시기를 떠올림으로써 내 거를 원하게 되는 거라고. 우리 사이에 팽팽하던 긴장감은 그런 식의 잠자리 회합으로 인해 그날로 겨우 진정 국면을 맞이했지. 하지만 알렉상드린은 여전히 주저하는 눈치였어. 나야 이런 식의 회합을 되도록 많이 갖고 싶지. 침대에서 뒹굴며 하루하루를 보내고 싶은 거야. 왜냐하면 세상 그 무엇보다도 그걸 좋아하니까. 알렉상드린과 그걸 하는 게 좋으니까. 욕구불만으로 가득 찼던 지난 세월을 단 한 번만이라도 만회하고 싶으니까. 또한 쌍방이 모두 열의를 가지고 임한다면 그걸 토대로 우리의 부부관계가 진정한 활기를 되찾아 서로에 대한 애정을 재발견할 수도 있을 테니까. 하지만 알렉상드린이 품은 원한은 여간해서는 치유되지 않는 것이야. 나는 그녀를 산산조각 냈고, 그녀를 배신했으니까. 그거야 살기 위한 몸부림에 불과했지만, 틀림없이 그런 식으로 빠져나가도록 날 가만히 내버려두지는 않을 거야. 그녀는 있는 대로 인상을 찌푸린 채 대부분의 시간을 보낼 거란 말이지. 나에게는 선택의 여지가 없어. 그녀는 내가 심리전을 치르지 않으면 안 되게끔 만든다고. 나는 확실히 로만체에 다녀온 이후로 사람 꼴, 아니 **사내 꼴**─미안하지만 그건 불가피한 일이었어─을 되찾았어. 덧붙이자면 나는 음흉하게도 복수가 하고 싶었고, 어리석게도 알렉상드린에게 입증을 하고 싶었던 거야. 바람피우는 건 더 이상 그녀의 전매특허가 아니며, 그녀는 더 이상 내게 결정적인 영향을 미치지 못할 뿐만 아니라 나는 더 이상 그녀의 노리개가 아니고, 나에게도 자존심이라는 게 있다고 말이지. 하루는 밤에 피갈 근처 나이트클럽에 갔는데, 그때도 알렉상드린은 까닭 없이 부루퉁한 얼굴을 하고 있는 거야. 어쨌든 나 때문에 토라진 건 아니고, 자기 자신한테 짜증이 나는 것 같았어. 하긴 그녀는 그게 문제야. 늘 부루퉁한 표정을 짓는 게 결국은 자기 자신 때문이라고. 그녀는 무슨 까닭인지 춤을 추려고 하지 않았고, 나는 그러거나 말거나 내버려둔 채 플로어로 나갔어. 알리스 생각으로 혼자서 오래도록 춤을 추며 흐뭇해하는 나를 보고 안색이 납빛으로 변한 알렉상드린은 김빠진 콜라 잔을 앞에 둔 채 실쭉한 표정으로 꿈쩍도 하지 않고 앉아 있었지. 이번에는 그녀에게 5분마다 달려가 부드럽고 동정에 찬 죄스런 목소리로 "같이 안 나갈래? 왜, 무슨 일 있어? 내 말이나 행동 중에 뭐 마음에 안 드는 거라도 있어? 그만 집에 갈까?" 하고 물어보지 않았어. 그녀를 달래는 일은 있을 수도 없고, 행복해지려고 게다가 나 자신에게 불만을 품지 않으려고 애쓰는 데에 죄의식을 느낀다는 것은 생각할 수도 없는 일이라고. 나는 대가를 치르는 걸 그만두기로 마음먹었어. 그리고 당연한 일이지만 이번에는 그녀도 조금은 대가를 치르게 해야겠다고 마음먹었지. 그래서 나는 너무나도 달콤한 알리스와의 추억 때문에 시종일관 미소를 지으면서 춤을 춘 거야. 게다가 하루는 아침에 나로서는 어쩔 수 없는 일이기는 하지만 옛 상처를 건드려보고 싶은, 슬쩍 불장난을 하고 싶은 마음이 드는 거야. 나는 그녀와 이야기를 나누다 말고 이런 말을 했지.

"봐, 모르겠어? 이젠 투덜거리지도 않고, 그 모발리 인 때문에 징징거리는 일도 더는 없어. 보모도 엄마도 찾지 않는다고. 내 일은 내가 알아서 한단 말이야. 로만체에 가니까 내 일은 내가 알아서 해야겠구나 하는 생각이 들더라고."

하지만 그게 본심에서 우러나온 말이라는 인상을 주게끔, 그리고 비정한 복수를 하는 것처럼 느껴지지 않도록 지나치게 큰 소리로 외치거나 하지는 않았어. 나는 그녀가 알았으면 싶은 거였지, 그녀에게 모두 털어놓을 마음은 없었으니까. 2, 3일쯤 지나자 알렉스도 스스로에게 만족하며 조금은 위협적일 만큼 열을 내는 달라진 내 태도에 짜증이 난 나머지 솔직하게 물어보더라고.

"로만체에 가 있는 동안 무슨 일 있었어?"

나는 분명하게 아니라고 말했지. 그리고 그런 식으로 태연자약하게 부인한다는 게 너무나도 기쁜 나머지, 나무라는 듯한 어조로 이렇게 말했어.

"아니. 24시간 내내 아버지와 새어머니 곁에 붙어 있다시피 했는데, 대체 이틀 만에 무슨 일이 생긴다는 거야?"

그 순간 그녀는 진실을 말해버리고 싶은 생각이 들 만큼, 아니 그러기에는 너무나도 위협적인 어조로 지껄여댔지.

"잘 들어. 로만체에서 무슨 일이 있었는데도 나에게 말하지 않은 걸 알게 되는 날에는 내 얼굴이 얼마나 더럽게 변할 수 있는지 **똑똑히** 보게 될 거야. 그러니 할 말 있으면 지금 해. 지금이야말로 마지막 기회이니까. 지금 당장 하지 않으면 앞으로 이런 기회는 두 번 다시 없을 거야."

내가 거짓말을 밥 먹듯 하기로 작정한 것은 그녀의 그 확신에
찬 말을 듣고 나서부터야. 알렉상드린이 온종일 자기 언니와 시
간을 보내는 틈을 타서 나는 알리스에게 전화를 걸어 이렇게 말
했어. 아무래도 그녀를 다시 봐야 할 것 같다고. 우리의 달콤했던
밤과 그녀의 미소가 미치도록 그립다고. **다 모리레!** 그럼에도 불구
하고 그날 밤 나는 마누라와 섹스를 하고, 그녀에 대한 내 절대적
인 사랑을 믿도록 노력했어. 대체 내가 누굴 배신한 거야? 알렉상
드린이야, 아니면 알리스야? 나는 간단한 것 같으면서도 극도로
혼란한 상태에 빠져든 느낌이 들어. 앞으로 온갖 권모술수를 쓰
게 될 것 같은 기분이 들었단 말이지. 나는 속으로 말했어. 비열
한 작자가 되는 건 한순간이라고. 비로소 범죄자나 독재자의 심
정을 이해하게 된 거지. 2, 3일이 지나고 타낭보로 돌아가는 비행
기 안에서 앞좌석 등받이에 붙은 전자지도를 통해 로만체 상공
위를 지나고 있는 중이라는 것을 알게 되었어. 그러자 조금은 심
하다 싶을 만큼 서글픈 마음이 드는 거야. 알렉상드린은 자기 자
리에서 자고 있었고, 나는 그 틈을 타서 수첩에다 변함없이 영어
로 알리스에게 편지를 썼지. 나는 기분이 좋지 않고, 로만체는 멀
어지고 있는데 나는 이 비행기 안에서 대체 뭘 하고 있는 것인지
모르겠다고. 낙하산을 메고 뛰어내리고만 싶고, 그 늦여름의 햇
살 아래에서 그녀를 다시 만나고 싶고, 내 인생에서 가장 아름다
웠던 그 늦여름의 이틀을 되찾고만 싶다고.

타낭보로 돌아오자 아이들과 집, 일상으로 복귀해 나는 다시 출근을 했어. 알렉상드린은 계속해서 각방을 쓰기를 원했고. 비록 내가 알리스와의 만남을 통해 그런 일에 무감각해졌다고는 해도 타낭보는 이탈리아에서 천리만리 떨어져 있었어. 게다가 집에 발을 들여놓기가 무섭게 알렉상드린이 고동에 가 있는 동안 얼간이처럼 불안해하면서 보낸 3주 동안의 망령들과 그녀가 돌아오자 갑자기 생겨나 커져버린 그 모든 새로운 망령들이 나를 향해 덤벼드는 거야. 그런 것은 보잘것없는 사소한 것들에 불과하지만, 그 순간에는 이미 내 일상 속에 들어와 있었기 때문에 요 몇 주 동안 더욱 도드라져 보이면서 예상 밖의 끔찍한 부담감으로 작용하게 된 거지. 예를 들면, 전에 쓰던 것과는 다른 상표의 샴푸, 새로 구입한 노키아 휴대전화의 **발신자 선별** 벨소리, 전에는 가본 적 없는 타낭보의 몇몇 인적 드문 거리, **브로자사운드 TV**를 녹화한 비디오테이프, 수없이 많은 **트리발리스타스**Tribalistas의 앨범들—들어본 적 있어?—그녀가 고동에서 가져온 〈**사랑도 통역이 되나요?**Lost in Translation〉 DVD, 어느 날 밤 그녀와 함께 보던 그 영화의 여자 주인공과 빌 머레이가 나누는 사랑이 그녀와 그 모발리 인 이야기라는 것을, 그리고 영화 속 배경인 도쿄는 고동과 동일시되었다는 것을 알게 되었지. 그 향도 그렇고, 물건들도 그렇고 정말 끔찍해. 하지만 그보다 더 끔찍한 것은 바로 음악이지, 안 그래? 욕실 문턱을 넘을 때마다 분무기로 뿌린 듯 벽에 튀었던 핏자국과 그 토요일의 학살이 되살아나는 거야. 알렉상드린과 관련된 그 모든 것이 내 안에서 병적인 의심을 불러일으킨다고. 다시 말해서 그녀가 자신을 보호하고, 목숨을 부지하고, 이제는 전처럼 나에게만 매달리지 않고, 나만 바라보지 않기 위해 만들어낸 구체적인 틀, 예를 들어 그녀가 자는 방, 그녀가 보는 책, 그녀가 듣는 음악, 그녀가 입는 옷, 그녀의 자그마한 속옷, 향수병, 가방, 일기장, 휴대전화, 정원에서 작은 목소리로 소곤대는 숨죽인 대화, 사이버 카페에서 내용을 알 수 없는 편지를 쓰면서 보내는 시간 등 그 모든 것이 남자들보다, 물론 그런대로 괜찮은 남자들과 키 185센티미터 이상에 몸무게 90킬로그램이 넘는 길거리나 텔레비전에서 흔히 볼 수 있는 그 모든 흑인 남자들보다 더 의심스럽단 말이야. 가끔 나 자신을 보면 샤브롤의 영화 〈지옥〉에서 프랑수아 클뤼제가 연기한 그 주인공이 생각나—너 그 영화 봤어? 너도 보면 알게 될 거야. 완전 딱이라니까—거기에는 병적인 질투를 할 때의 온갖 증상들이 다 나오거든. 다만, 영화 속에서는 주인공의 아내인 엠마누엘 베아르가 상냥하고, 잘 웃는데다 싫은 내색 한 번 하지 않는데도 클뤼제는 점점 난폭한 사람이 되더니 결국 진짜로 미쳐버리고 말지. 나는 견디기 힘들 만큼 고통을 느끼고, 알렉스가 내 고통에 대한 대가를 치르도록 그녀에게 무관심한 척하는 것으로 만족해. 다른 사람들에게는 될 수 있는 대로 속마음을 감추면서 말이야. 나는 아무도 모르게 알렉스에게 던질 질문들을 종이에 적고는 가끔씩 용기를 내서 물어보곤 해. 그러면 그녀는 경우에 따라서는 기꺼이 대답을 하기도 하고, 아니면 짜증이 나서 대답을 회피하지.

"그자식 거가 내 거보다 더 굵고 길었어? 너 소리 질렀어? 그자식하고 뒤로도 해봤어? 그자식 가슴에 털 났어? 그자식이 재미있디? 그자식이 사랑한다고 그랬어? 너 사랑에 빠진 거야? 날마다 그자식 생각해? 네 침대에서 찍은 그자식 사진 아직도 갖고 있어?"

당혹스럽게도 그러고 나서 우리는 섹스를 하는 거야. 낮 12시에서 2시 사이, 아니면 아이들을 재우고 밤 시간으로 약속을 하지. 그녀가 문자를 보내 날 자기 방으로 부르던가, 내가 그녀를 내 방으로 부르곤 하지. 우리는 촛불을 켜고, 아로마 오일을 태우며 음악을 들어. 이론상으로는 기분이 꽤 근사할 것 같지 않아? 게다가 우리는 화끈하다고. 결국 각자 자신을 위해 하는 거니까, 끝내주게 하는 거지. 그런 식으로 우리는 마침내 그 점에 관해서는 안정을 찾게 된 거야. 그래도 여전히 한쪽 구석에는 우리 관계를 엉망으로 만든 앙금 같은 게 남아 있기는 하지만. 우리 사이에 존재하는 그 썩은 찌꺼기에서 곰팡이가 피어 하루하루 썩어 들어가는 거야. 한쪽에는 원한과 증오가 감춰져 있고, 다른 한쪽에서는 복수심과 불안감이 뿌리를 내리고 있지. 양쪽 모두에서는 신뢰와 순수함 따윈 더 이상 찾아볼 수 없어. 나야 물론 나 자신을 지키기 위해서라도 알리스가 필요해. 하지만 나는 아직도 너무 혼란스러워. 알리스가 내 삶 속에 들어와 머물면서 결국 내가 알렉상드린에게 돌아가도록 다정한 길동무 역할을 해주고 있는 것인지, 아니면 나는 알렉상드린과 헤어져 영원히 알리스의 품으로 돌아가기를 바라고 있는 것인지 알 수가 없어. 물론 그런 식의 최종 결정은 실질적이고 도덕적인 관점에서 볼 때 생각할 수도 없는 것이지만. 지나치게 자책하지 않고, 불안과 근심에 싸여 지내지 않으면서부터 내가 알고, 느끼게 된 것은 매일 아침 사무실 컴퓨터를 통해 알리스가 보내오는 그녀의 사진들과 무슨 대하소설마냥 줄줄이 이어지는 이메일을 확인하기 위해 지옥 같은 집을 벗어나고 싶어서 안달한다는 것, 그리고 이제는 얼마 남아 있지 않은 내 사진들과 구구절절이 써 보내는 이메일과 끊임없이 보내는 편지들을 통해 그녀에게 답을 할 때면 나는 마음의 창을 연다는 것, 바로 그거야. 그 편지들 속에서는 처음 그녀와 공원 벤치에서 만났던 날처럼 내가 살아온 이야기, 내 문제, 내가 느끼는 혼란, 정신적 긴장, 마음에 이는 죄책감, 지나친 성욕, 내 위선적인 사랑 등 아무것도 숨기는 것이 없어. 내가 누군가에게 그런 식으로 마음을 연 것은 처음이야.

그렇게 우리는 가상공간을 통해 솔직한 이야기가 오고가는 관계를 하루하루 쌓아가기 시작하는 거야. 마치 함께 나눌 장래를 위해 정토淨土를 마련하려는 것처럼 둘 다 각자가 지닌 결점을 가능한 솔직하게 말하고, 자기 분석하는 것을 자랑스럽게 여기는 거지. 그녀는 문자 메시지를 통해 페소아의 시詩, 바다와 산, 샤워하는 것과 목욕하는 것, 자동차와 기차 중에 어느 것을 더 좋아하는지, 올리브 오일, 개, 화장하는 여자, 스트링 수영복, 그리고 그

룹 오리샤Orishas를 좋아하는지를 물어오곤 해. 나는 그녀에게 내 어린 시절과 매주 일요일 집으로 돌아가는 길에 바라보는 타낭보 해변의 저녁놀, 커다란 보름달, 거센 바람, 제부,[4] 그리고 장마철이면 대기를 가득 채우는 냄새에 관해 이야기하지. 그리고 문자를 보내 그녀가 프라이드 포테이토와 스위트 포테이토 중 어느 것을 더 좋아하는지, 축구를 너무 싫어하지는 않는지, 양복 차림의 남자와 드뷔시를 좋아하는지를 묻지. 나는 그녀 덕에 비로소 살 것 같은 기분이 들더군. 멀리 떨어져 있어도 그녀가 있음으로써 그동안 잊고 지낸 평온함과 경쾌한 기분, 자연스럽고, 온화하고, 햇살 같은 느낌을 맛볼 수 있는 거야. 이탈리아와 관련이 있는 것은 무엇이든지 그녀를 생각나게 해. 그렇기 때문에 우리를 갈라놓은 시간과 거리가 더욱더 가혹하게 느껴지기도 하지. 예를 들어 타낭보에 있는 이탈리안 레스토랑의 이탈리아인 주인이나 길을 가다 마주친 사람의 티셔츠에 프린트된 페라리 자동차, 이탈리아 브랜드의 세탁기, 8시 뉴스에 나와 인터뷰하는 이탈리아 정치인, 로마 교황청 발코니에 모습을 드러내는 교황, 그리고 타낭보 시립 도서관 책꽂이에서 얼핏 눈에 띄는 프리모 레비의 책 같은 것들 말이야. 하다못해 몬테 축구팀의 경기를 볼 때도 마찬가지야. 유로 스포츠 생중계를 보다가 그들이 홈경기를 할 때면 경기장에서 가깝게는 2킬로미터, 아니면 아무리 멀어도 3킬로미

---

4) 아프리카 및 마다가스카르에 널리 퍼져 있는 등에 혹이 있는 소.

터 떨어진 곳에 알리스가 있겠구나 하고 속으로 생각하기도 해. 그 모든 것들로 인해 나는 다시금 로만체에, 그 공원 늦은 오후의 햇살 속에, 9월 초 유난히 따사로웠던 감미로움 속에, 학생 자취방의 열려진 창문의 어둠 속에, 그리고 어둠 속 침대 위에 드리워진 우리의 그림자에 빠져들게 돼. 그 모든 것들로 인해 나는 다시금 알리스의 얼굴과 미소를 떠올리게 되는 거지. 그 이미지들은 내게는 일종의 은신처야. 붕 떠 있는 듯 감미로운 느낌을 주다가도 급격히 약효가 떨어지면서 추락을 맛보게 하는 마약처럼 끔찍한 결핍감을 야기하는 그런 은신처 말이야.

생각해볼 것도 없이 나는 그녀를 통해 그동안 잊고 지낸 내 안의 라틴적인 기질과 지중해, 햇살 가득한 어린 시절을 되찾았어. 그녀를 떠올리면 오픈카가 등장하곤 하지. 그리고 장면마다 햇살이 가득 넘치며, 갈매기의 노래 소리가 배경 음악으로 깔리는 여름철 코트다쥐르 해안에서 찍은 60년대의 경쾌한 영화들이 생각나기도 해. 또 〈멍청이Le Corniaud〉 속의 이탈리아가 생각나고, 스파게티 웨스턴, 〈마농의 샘〉, 흑백 영화 〈돈 카밀로〉, 〈양지의 십만 불 Cent mille dollars au soleil〉 속의 모로코, 〈공포의 보수Salaire de la peur〉에 나오는 태양, 필립 드 브로카 감독의 영화들과 이탈리아 영화들은 물론, 비토리오 가스먼이 출연한 〈여인의 향기〉 스타일의 나폴리를 무대로 한 영화들이 생각나기도 하지. 그녀를 생각하면 햇살 가득한 모든 영화뿐만 아니라 8월 중순 한낮의 인적 드문 남프랑스 간이역의 종려나무들, 파롱Faront 정기 여객선 부두에 나

붙은 하절기 운행 시간표, 등나무 그늘, 가족끼리의 바비큐 파티를 위한 까르푸 쇼핑, 프로방스의 산 쪽 지역, 해변에서 놀다가 집으로 돌아가는 길, 햇볕에 그을리면 황금빛으로 물드는 팔에 난털, 머리카락에서 나는 짭짜름한 소금기, 해송 향기에 잔뜩 고조된 수영장 가 십 대들의 불타는 욕망, 조리 샌들 차림의 포도밭 산책, 상반신을 드러낸 채 벌이는 테니스 경기, 뤼베론Luberon, 바다, 해안 오솔길, 포르크롤Porquerolles, 한밤중에 옷을 벗고 하는 해수욕, 그리스의 섬들, 그리고 타리파식 오징어 튀김이 떠올라. 그녀를 생각하면 반드시 지중해가 연상되는 게 아니라, 그 모든 것에 앞서 햇살의 느낌 그 자체가 되살아나고, 70년대가 떠오르는 거야. 어디까지나 내 생각이기는 하지만 태양빛이 훨씬 강렬하고 넓고, 지금보다는 피서 인파가 적어서 훨씬 더 한적했던, 그리고 햇살의 고장에 사는 것만 같았던 그런 세상 말이야. 철부지 눈에는 세상이 그렇게 보일 수도 있으니까. 그녀를 생각하면 1979년 어느 날 봄, 안개 낀 이른 아침 르방시의 잔물결 반짝이는 바다와 라구나 호텔 풀 사이드에서 먹었던 점심 식사까지도 생각이 나. 소누포 지방의 관목 숲이 한창 우거지던 1982년 7월의 어느 날, 나는 끝없이 펼쳐진 하늘에 구름이 낀 것을 보고는 너무나도 절대적이고, 지나치게 관념적이며, **이 세상과는 거리가 먼** 어딘가, 말로는 도저히 표현할 수 없고, 그때 이미 나는 너무 어려서 결코 다다를 수 없을 것만 같은 느낌이 들었던 그 무언가를 간절히 바랐었지. 이 세상과 똑같은 풍경에 똑같은 하늘, 똑같은 햇빛으로 이루어졌지만 결코 이 세상이라고는 할 수 없는 늘 변함없는 세상, 뭐랄까 보다 덜 현실적이고, 덜 세속적인 그런 세상 말이야. 그녀를 생각하면 지금까지 가본 적 없는 전혀 새로운 곳, 예를 들어 브라질이나 포르투갈, 태평양의 섬들로 여행을 떠나고 싶어. 비록 그런 곳에 가는 일은 결코 없을 뿐만 아니라 애써 그러고 싶은 마음이 더는 들지 않는다고 해도 말이지. 자, 이젠 알겠지? 알리스를 회상하고 생각할 때면 내 머릿속에는 바로 그런 것들이 떠오르는 거야.

게다가 나를 기쁘게 하는 것은 그러한 모든 것이 나 혼자 꾸는 꿈이 아니라는 거지. 내가 돌아온 지 겨우 2주째 되던 어느 날 그녀는 촘촘한 글씨로 8쪽에 달하는 문서 하나를 보내왔어. '발송 사유' 란에는 **나는 이야기해야 한다**라고 이탈리아어로 적혀 있었지. 우리의 만남을 이탈리아어로 이야기하듯 적어놓은 거야. 지금까지 내가 이야기한 내용과 조금은 어긋나는 어디까지나 그녀의 관점에서, 다시 말해 여성적인 관점에서 하는 이야기였어. 그 이야기를 읽다 보면 내 방식대로 알리스를 판단하고, 그녀가 내게 어떤 감정을 품고 있는지 간파해내는 과정에서 빠진 게 무엇인지 알 수 있어. 따라서 그녀에 대한 내 감정을 보다 명확하게 규정하는 데 도움이 되지. 그녀가 정말 마음에 들고, 내가 그녀를 사랑한다고 자각하게 된 것은 바로 그 글을 읽고 난 이후부터야. 왜냐고? 무엇보다도 그녀는 글을 아주 잘 쓰거든. 이탈리아어로 쓴 것이 아니었냐고? 맞아. 하지만 일전에 클라우디오에게 빌린 소형 사전 덕분에—클라우디오가 누군지는 알지? 왜 있잖아. 파란색 혼다를 몰고 다니는 녀석—무슨 말인지 알 수 있었지. 그녀의 상황 묘사는 아주 섬세하면서도 성숙함이 묻어났어. 또 매우 감성적이며, 유머가 넘치고, 아주 명확했지. 문체는 또 얼마나 간결한지 아마 네가 읽었다면 할 말을 잃었을 거야. 상대가 얼마나 해박한 지식의 소유자인지 금방 알 수 있다고. 이보다 더 생생하게 인간의 지적 능력과 상상력을 이끌어내기란 불가능하다고 봐. 마치 나라는 사람의 정체가 드러나는 것만 같고, 최상의 통역사, 최고의 대변인을 보는 것 같아. 경우에 따라서는 거짓말 탐지기 노릇도 한다니까. 몇몇 문장들은 일부를 외울 수 있을 만큼 생생하게 기억해. 예를 들어—그냥 축어역으로 할게—"외롭고 초라한 나는 마치 물처럼 아스팔트 위로 스며든다. 주변의 소음 따위는 아랑곳하지 않고.", "당혹스러운 감정들로 인해 지금의 내가 이틀 전의 나라고는 생각할 수 없다.", "순수한 열정으로 보낸 24시간.", "각자 존재를 드러내지 않음으로써 평온하게 보호받는 우리 두 사람.", "밀도 있는 그러나 충족되지 않는 시간들"과 같은 문장들이야. 그리고 또 이런 것도 있어—이번에는 번역하지 않고 직접 이탈리아어로 말할게—조금 길기는 하지만, 알아들을 수는 없어도 아름답다고 느낄 거야. "Tutti e due stravolti dalle nostre stesse emozioni ciao contorcevamo nei nostri desideri per riuscire a non dire ciao che non doveva essere detto." 무슨 말인지 알겠어? 멋지지? 예를 들어 'labile' 같은 비교적 어려운 수식어를 적절하게 사용해서 조금도 현학적인 느낌이 들지 않는데다가 구어체에서는 이탈리아어가 프랑스어보다 훨씬 자연스럽게 이런 개념들을 받아들이고 있지 않나 하는 생각이 든다니까. 요컨대 그녀는 문체를 통해 그런 식으로 자신의 매력을 입증한 거야. 하긴 어쩌면 나로서는 열광할 만한 구실을 은근히 기다리고 있었던 것인지도 모르지. 아니라고 하지는 않겠어. 그렇기는 해도 세상일과는 거리를 둠과 동시에 이런저런 것이 생생하게 드러나는, 그녀의 시각을 완벽하게 표현하는 그 글을 통해서 그녀는 소기의 목적을 달성한 셈이지. 게다가 내가 등장인물이 되어보기는 처음이야. 제법 글깨나 쓸 줄 아는 사람의 작품 속에서 3인칭 단수로 지칭되는 인물이 된다는 것은 상당한 일이지. 이를테면 미처 몰랐던 네 모습을 알게 되는 동시에 네 자신은 생각지도 못할, 하지만 그럴 만하다는 인상을 주는 너에 대한 육체적·심리적 명확성을 부여받게 되는 거야. 다른 각도에서 네 자신을 발견하게 되고, 네게는 완전히 무의미해 보였던, 하지만 실제로는 널 아주 정확하게 규정한다는 것을 깨닫게 되는 그런 말이나 몸짓들로 인용되는 거야. 거리를 두고 자기 자신을 바라보지만 거리감 없이 보게 되는 거지. 내 말이 무슨 뜻인지 알겠어? 아니야, 그만한 가치가 있다니까. 예를 들어 외우고 있는 대목을 인용해보면 그녀는 나를 이렇게 묘사하고 있어. "밝은색 옷차림을 하고 초록빛 눈동자에 선명하고 또렷한 얼굴 윤곽선, 금발의 긴 머리를 한 그는 햇살 가득한 광장을 가로지르며 경쾌한 걸음걸이로 천천히 다가오는데, 마치 천사 또는 사기꾼처럼 보인다."

이제 어떤 식인지 알겠지? 정신 건강상 나쁠 게 없다고. 안 그래? 그녀는 우리가 함께 보낸 밤에 대해서도 적고 있어. 그녀만의 언어로 우리의 결합을 생생하게 그렸는데, 아름답기 그지없어. 자신의 기쁨을 묘사하는 여자들의 표현을 보면 거짓말 같은 것은 없어. 현혹시키려고 애쓰지도 않아. 우리네 남자들의 표현과는 완전히 다른 매개변수를 가진 듯해. 한 마디로 냉정하다고 할 수 있지. 안 그래? 게다가 3개월 동안 비열하고 오쟁이 진데다, 발기에 문제가 있는 남편 역할을 하다가 백마 탄 왕자 역을 맡으니 나로서는 기분 좋고, 안심되는 일이었지. 사실 그녀의 묘사에서 내 마음을 사로잡은 것은 나를 주의 깊게 관찰했다는 느낌이 든다는 거야. 또 나를 찬미하고, 사랑했다는 느낌도 들고. 솔직히 공원에서 처음 만나 이야기를 나눈 후 하룻밤을 보내고, 편지 몇 통을 주고받은 것으로 사랑을 논한다는 게 조금 위험한 짓이란 것은 잘 알지만, 그럼에도 불구하고 그랬단 말이야.

처음부터 우리 관계는 구체화될 수 없었기에, 알리스는 바라는 게 있어도 차마 요구하지 못한다는 느낌이 들어. 알렉상드린에게 한심하기 짝이 없는 바람피운 남편 노릇을 하게 된 이후로 그녀에게는 어떤 약속도 하지 않으려고 신경을 쓰게 돼. 하지만 때때로 그녀에게서 내 역할은 마음을 정하지 못하는 기혼의 정부情夫라는 왜곡되고 맥 빠지는 역에 불과하다는 느낌이 들어. 몬테에 있는 남자 친구와 헤어졌다고 알려오는 그녀는 마음속으로야 나

또한 아내와 헤어지기를 바라겠지만, 내게 그런 요구를 하지는 않아. 나는 그게 다 의미 있는 행동이라고 여기지만, 난 그녀처럼 마음대로 할 수 있는 처지가 못 된다고 말하지. 그러면 그녀는 너무나도 잘 알고 있다고, 아무것도 기대하지 않는다고 답하는 거야. 편지나 문자 메시지, 이메일, 전화를 주고받는 것만으로도 상당한 일이거든. 왜냐하면 우리는 각자에게 일어났던 일이나 살아가는 자질구레한 많은 이야기를 수만 킬로미터의 에테르를 통해 순식간에 주고받으니까. 그런 식으로 날마다 새롭게 서로를 알아가는 법을 배우고, 서로에게 점점 이끌리게 되어 비슷한 점이 더욱더 많아지게 되니까. 그쯤 되고 보면 멋진 커플이 될 것이 분명해 보이지만, 그건 있을 수 없는 일이야. 나는 그녀에게 날마다 이렇게 말하지.

"불가능한 일이란 걸 나만큼이나 잘 알잖아."

하루는 "우린 대체 어쩌려고 이러는 걸까? 어이가 없군."이라고 말했다가, 그 다음 날이면 다시 "어이가 있건 없건, 어떻게 되든지 말든지 가는 데까지 가보는 거야. 지나치게 고민할 것 없이 계속해서 편지도 주고받고, 여봐란듯이 계속해서 사랑하자고. 계속 서로를 그리워하자는 말이야." 하루는 "차마 할 짓은 아니지만 너무 좋아."라고 말했다가, 그 다음 날 이면 "좋기는 하지만 도저히 할 짓이 아니야."라고 말하는 거지. 날마다 정오에 잠깐 집에 들렀다가 밤이면 귀가해 마치 아무 일도 없었다는 듯이 아이들을 안아주고, 알렉상드린과의 잔무를 처리하는 게 습관이 되었지만, 견디기가 힘들어. 내가 비록 변변치 못하고 그저 그런 바람피운 남편일망정 오랫동안 거짓말을 할 수 있는 위인은 못 된다는 것을 깨달은 거지. 계속해서 그렇게 살 수는 없는 노릇이니 행동에 옮길 때가 되었다는 느낌이 든 거야. 하루는 아침에 아이들을 학교에 내려주고, 어깨에 가방을 메고 서로 손을 잡고 천천히 멀어지는 모습을 바라보는데 갑자기 왈칵 하고 눈물이 솟는 거야. 아이들이 무슨 죄가 있나 하는 생각이 발목을 잡더군. 그러면서 성년이 된 아이들의 모습을 상상해보았어. 예를 들어 단짝 친구와 남자 친구, 여자 친구가 있고, 비밀이 생기고, 부루퉁한 얼굴을 하고 있는 두 키꺽다리의 모습을 상상해본 거지. 하지만 아무리 애를 써도 소용이 없어. 아이들에게 그럴 수는 없는 일이야. 나는 눈물을 훔치고 달려가 아이들을 껴안았어. 하지만 아이들이 교실로 들어가고 나면 나는 그 길로 곧장 알리스에게 스페인어로 문자 메시지를 보내는 거야. 대체로 내가 하는 말은 이런 거지. 이런 상황이 날 돌게 만든다고, 이쯤에서 끝내야겠다고, 더 이상은 못 하겠다고, 미쳐버릴 것만 같다고. 이 일이 시작되었을 때부터 나는 그런 식으로 일보 전진, 이보 후퇴를 반복하고 있었어. 알렉상드린과 일보 전진하면 그녀와 헤어져야지 했다가도, 이보 후퇴해서 원상태로 돌아오는 거야. 알리스와 일보 전진해서 메일이나 전화, 편지도 하지 말아야지 했다가도, 이보 후퇴해서 더 많은 연락을 주고받으며 하루하루 우리의 결속을 다지기로 마음먹는 거지. 내가 진짜 원하는 게 무엇인지 모르는 것이든, 알렉상드린과 헤어질 때가 되었다는 사실을 받아들일 수 없는 것이든 간에 말이야. 알리스는 바보가 아니야—그녀는 여자잖아. 게다가 여자들은 우리보다 영리해. 이러쿵저러쿵 떠들어봤자 여자들은 정말 뛰어나다니까—알리스 그녀는 말이지, 처음부터 내가 어떻게 나올지 알고 있었어. 알렉상드린과 다를 게 없지. 둘 다 내가 어떻게 나올지 알고 있었지만, 바라보는 각도가 달라. 그녀는 내가 보낸 문자 메시지에 네루다의 유명한 시로 답을 보내왔어. 왜 있잖아. 버림받은 뒤 홧김에 다른 곳에 가서 뿌리를 내릴 수밖에 없는 나무를 은유한 시 말이야. 어떤 건지 알아? 나야 물론 그 네루다 일로 괴로워서 운명의 여자를 놓치고 있는 것이라고 생각했지. 하지만 꿋꿋하게 이틀 동안 버텼어. 이틀 동안 정오에 집에 잠깐 들렀다가 밤이면 더는 알리스 생각을 하지 않으려고 애를 썼어. 나는 옳은 선택을 한 것이며, 이제는 더 이상 신경 쓸 필요 없다고 미친 듯이 애를 썼지. 왜냐하면 나는 골칫덩어리를 깨끗이 해결했으니까. 그래서 모든 것을 예전처럼 되찾을 테니까. 아내와 아이들, 그리고 혼자만의 이야기를 간직한 채 정녕 집으로 귀환하는 자상한 아빠이자 나무랄 데 없는 남편, 그 모든 것을 말이야. 게다가 알렉상드린은 그동안 아무것도 눈치채지 못했으니 천만다행이지. 그런데도 자동차나 사무실에 혼자 있게 되면 이탈리아에서 알리스가 느낄 분한 마음과 그녀의 미소, 점점 희미해지는 추억으로만 남게 될 로만체의 햇살을 떠올리지 않을 수가 없어. 그러는 편이 조금은 덜 고통스러울 것이라는 당치도 않은 생각에 레스토랑 명함을 지갑에 간직하고, 그녀가 보낸 사진과 편지들을 컴퓨터에 저장해두기로 마음먹지. 알렉상드린이 알지 못하는 한 아무에게도 상처를 주지는 않을 테니까. 게다가 누구든 비밀을 간직할 권리가 있잖아? 나도 나 자신을 위해 존재하는 거니까.

그래서 나는 이틀 동안 줄곧 로만체와 그녀의 미소, 멋들어진 그녀의 편지, 그리고 네루다를 잊으려고 애를 쓰는 거야. 그러던 어느 날 아침, 금단 증상이 심해져서 어느 때보다 안절부절못하다가 유혹을 이기지 못하고 결국은 알리스에게 절교를 선언하는, 하지만 그녀가 있음으로 해서 활력을 되찾고 있다는 메일을 보내고 말아. 일보 전진, 이보 후퇴라고나 할까. 나는 편지에다 그 같은 선택을 하게 된 이유를 설명했어.

"한쪽은 몇 년 동안 줄곧 함께 살아왔고, 한쪽은 단 하룻밤 같이 보낸 거야, 알지? 아이가 둘이라고. 거짓말이라면 이젠 신물이 난단 말이야, 알아? 도덕이니 이성이니 하는 걸 느낀다고. 미쳐버리고 싶지 않다는 내 의지의 표현이란 말이야. 서로에게 다시 한 번 기회를 주겠다는 내 의지의 표현이라고, 알아? 알렉상드린 때문에 자기랑 나는 이미 가망이 없단 말이야. 하지만 이 점만은 명심해. 나는 단 한순간도 자기에게 거짓말을 했다거나, 자기를 이용한 적은 없어. 나에게 자기는 언제까지나 하늘에서 내려온 금발의 이탈리아 천사로 남을 거야. 다만, 자기가 승낙만 하면 계속해서 서신을 통해 연락했으면 좋겠어. 이런 식으로 연락을 주고

163

받는 것이 나에게는 커다란 위로가 돼. 마치 아무에게도 해를 끼치지 않고 도움만 주고받는 어른들처럼 우리 계속해서 연락하자. 그럴래?"

이게 바로 내가 그녀에게 한 말이야. 내가 어떤 놈인지 알겠지? 똑 부러지지도 못한데다가 어딘가 덜떨어진 것 같지? 알리스는 바보가 아니야. 그녀는 내가 어떻게 나올지 알고 있었어. 내가 신중하고 솔직하게 말해준 것에 고마워하면서 이렇게 말하는 거야. 어떤 상황인지 확실히 알았다고, 나를 이해한다고, 자기는 내게 많은 걸 기대할 수 없는 몸이라는 것을 잘 알고 있다고. 그녀는 다시 연락을 주고받는 문제에 관해서는 그런 식으로 거짓말을 하면서 아내와 새 삶을 시작할 수는 없는 것이라며 조심스런 태도를 취하더군. 그렇지만 그렇게 말하기 무섭게 조금은 주저하는 듯한 목소리로 자기도 나만큼이나 그렇게 하고 싶으니 다시 연락을 주고받자고 덧붙이는 거야. 그쯤 되면 어쩔 수 없이 전보다 정도가 심해지기 마련이야. 순수하기 그지없는 말들을 주고받으면서 서로 멀리 떨어져 있다는 느낌, 결핍감, 잠재된 감정들을 벌충하려 들기 시작하는 법이거든. 이제는 아예 5쪽이나 되는 메일과 시, 문자 메시지들을 주고받기 시작했어. 게다가 차에 몰래 숨어서 전화 통화를 하기도 한다니까. 모두 지난 일이라고 생각했던 일들에 미래가 보이니까, 새삼 거짓말을 하는 게 더는 두렵지 않게 된 거지. 이쯤 되고 보면 이제 서로 만나는 일만 남은 거야. 만나야 해. 둘 다 서로의 얼굴을 눈앞에서 생생하게 상기시켜야 해.

다시 사랑을 나눠야 하고, 그 모든 게 실제로 있었던 일이었다는 것을, 꿈이 아니었다는 것을 확인해야 해. 딱 한 번만, 어떤 건지 알아보게. 물론 딴 생각이나 아무런 기약도 하지 않고, 단 며칠 동안 만이라도 홀가분하게 결정할 게 있으면 그런 후에 결정해도 늦지는 않아. 중립적인 장소가 필요해. 햇살이 가득하고, 이탈리아에서는 멀찍이 떨어져 있고, 타낭보에서는 너무 가깝지 않은 그런 곳. 내년 2월, 세이셸 제도쯤 되겠지. 어쩌니저쩌니 해도 이 점 하나만으로도 마누라를 칭찬해주고 싶어. 알렉상드린은 수도 없이 꽤나 쿨하게, 그렇게 해서 고동 때문에 받은 내 상처를 달랠 수만 있다면 나도 바람을 좀 쐬고 오는 게 어떻겠느냐고 권했기 때문에—내 비록 또다시 그녀 자신이 그렇게 하고 싶어서 미리 여지를 만들어두려는 수법은 아닐까 하고 의아스럽게 생각하기는 했지만. 아니나 다를까, 그녀의 수첩을 뒤지다가 나중에서야 알게 되었어. 그녀는 그 모발리 인에게 자기가 며칠 동안 탈출에 성공하는 대로 다음 번 밀회를 즐기자고 제안했던 거야. 그것도 케냐에서—그녀가 너무나도 분명한 목소리로 그런 제안을 했기 때문에 내가 할 거짓말은 반으로 줄어든 셈이지.

그렇게 되고 보니 9월과 10월은 이런 식으로 지나가버리더군.

한편, 내가 여전히 알렉상드린과 긴밀한 협상을 벌일 게 남아 있다고는 해도, 마치 어둠을 밝혀주는 등불인 양 세이셸 제도 생각에 들떠서 알리스와 연락을 주고받고 이야기를 나누느라 변변치 못한 남편처럼 이리저리 피해 다녔어. 마치 유사시에 쓸 수 있는 구명 튜브처럼 레스토랑 명함을 반으로 접어 지갑에 간직해두고, 알리스의 사진들은 컴퓨터에 저장해둔 채로 말이야. 그런가 하면 알렉상드린은 그저 내가 아는 것이라고는 섹스를 할 때 그놈의 모발리 자식을 생각한다는 것, 허구한 날 **브로자사운드 TV**나 보고, 전화나 걸고, 수첩에다 무엇인가 끼적거리면서 시간을 보낸다는 것, 그리고 일단 침대 밖으로 나오기만 하면 철저하리만큼 무관심한 내 태도에도 불구하고 우리 사이는 문제없이 굴러간다는 것밖에는 없다고 생각하지. 그런 식으로 두 달이 지났는데, 그 사이에 끔찍한 상황이 한두 번 벌어졌어. 물론 이 이야기 속에 등장하는 다른 모든 사건들이 그렇듯이 한 발짝 물러나서 보면 그 순간만큼 끔찍하고 드라마틱하게 느껴지는 건 아니지만. 그래도 어쨌든 네게 이야기는 하고 넘어가야겠다. 왜냐하면 당시에는 언젠가 그 곤경에서 빠져나오게 될 날이 오리라는 생각은 꿈에도 하지 못했거든. 하루는 저녁 나절 사무실에서 내가 알리스에게 문자 메시지를 보냈는데, 그만 실수로 알렉상드린 휴대전화로 전송된 일이 벌어진 거야. 그래, 그랬다니까! 어찌나 끔찍하던지. 그건 나도 인정해. 실착행위[5] 냄새가 나지. 그것도 아주 심하게. 내가 봐도 그렇다니까. 어쨌든 지금도 똑똑히 기억하는데, 알리스에게 보내는 메시지에 "자기 내 문자 받았어? 날 잃을까 봐 걱

---

5) 엉겁결에 말을 잘못 하거나, 깜빡 잊는 등의 사소한 실수들에 대해 정신 분석학자인 프로이트가 명명한 심리학적 용어. 의식적인 행동에 반反하지만 무의식적 욕망을 나타낸다고 한다.

정하는 이유가 대체 뭐야?"라고 적었어. 매번 알리스에게 문자를 보낼 때마다 이러다 언젠가는 실수로 알렉상드린에게 보낼지도 모른다는 생각에 소름이 오싹 끼친 적도 있어. 그런데 이번에는 실제로 그런 일이 벌어진 거야. 그때 나는 알렉상드린과 막 전화 통화를 하고 난 후였어. 순식간에 나는 지킬 박사에서 하이드로 돌변해 있었지. 전화를 끊기가 무섭게 문자를 찍기 시작했어. 통화를 한 지 1분도 채 지나지 않아 문자를 보내는 순간에도 알렉상드린의 목소리와 이름이 뇌리에서 맴돌고 있었지. 때문에 나는 무의식적으로 휴대전화의 수신 번호에 알리스가 아닌 알렉상드린을 선택하고는 전송 버튼을 누른 거야. 그런 일이 벌어진 것은 무엇보다도 그런 바보 같은 짓을 할까 봐 나는 늘 겁을 먹고 있던 반면에, 그런 어처구니없는 짓을 한다는 것은 도저히 상상할 수도 없는 일처럼 여겨져서 나도 모르게 조심을 하지 않았기 때문이야. 그래서 2분 후에 내 휴대전화의 벨이 울리고, 숨넘어갈 듯 다급하게 메시지를 보낸 게 나였는지 물어보는 알렉상드린의 목소리가 전화기 저편에서 들려온 순간, 나는 그녀의 일기장에서 그 모발리 인의 존재를 발견했을 때와 같은 전기 충격이 온몸을 훑고 지나가는 걸 느꼈고, 이미 익숙한 광경이 또 한 번 눈앞에서 펼쳐지는 것만 같았어. 나는 지금까지 그날 저녁처럼 내가 거짓 말을 하는 날이 올 수도 있다는 생각은 단 한 번도 해보지 않았어. 나는 아주 천연덕스럽게 그 자리에서 재빠르게 되받아쳤지.

"메시지라고? 대체 무슨 메시지를 말하는 거야? 나는 아무것도 보낸 적 없어. 내 문자를 받았다니 그게 무슨 말이야?"

나는 이렇게 말할 수밖에 없었어. 왜냐하면 순간적으로 "맞아, 여보. 내가 자기한테 영어로 메시지 보냈어. 그 전에도 문자 보냈었는데 못 받았어? 자기에게 날 잃을까 봐 걱정할 필요 없다는 말을 하고 싶었는데……, 사랑해. 내가 사랑한다는 건 자기도 잘 알잖아. 우리 사이가 다시 예전 같아지기를 내가 얼마나 바라고 있는지 말하고 싶어서 보낸 거야."라고 대답한다는 것은 더욱 말도 안 되는 짓일 것이라는 판단을 할 만큼의 정신은 있었거든. 악몽이 따로 없지. 그녀는 내 말 따위는 전혀 믿을 수 없는지 그 길로 전화를 끊어버리는 거야. 숨이 멎을 것만 같은 상태에서 휴대전화를 확인해보니 정말로 문자를 알렉상드린에게 보냈더라고. 끝내 이렇게 되고 마는구나. 아무래도 나는 완전히 망할 팔자인가 보다 하는 생각이 드는 거야. 나는 숨을 가다듬고 쏜살같이 이탈리아의 알리스에게 전화를 걸어 방금 일어난 일에 대해 가능한 침착하게 이야기를 했어.

"아무래도 나는 바보인 것 같아."

그녀가 당황해서 어쩔 줄 몰라 하기에 이렇게 덧붙였지.

"그렇다고 해서 우리 사이가 달라질 건 조금도 없어. 나는 그대로야."

그녀에게 작별 인사를 하면서 곧 다시 연락하겠다는 약속을 남기고 전화를 끊었어. 그러고 나니까 또다시 억장이 무너지는 것만 같았지. 지난 몇 달 동안의 내 삶이 차마 눈 뜨고는 볼 수 없을 만큼의 처참함과 엄청난 고통의 연속인 것 같은 느낌이 들더라고. 차라리 어서 빨리 심장이 터져버려 영원한 안식을 누리게 됐으면 좋겠다는 생각이 간절했어. 나는 스스로를 저주하며 휴대전화에 남아 있는 알리스의 모든 흔적을 지웠어. 그러고 나서 하던 일을 책상에 그대로 벌려두고 컴퓨터는 켜놓은 채 문을 잠그지도 않고 후다닥 튀어나왔지. 그러고는 냅다 차에 올라타 입술을 질끈 깨물고는 2킬로미터에 이르는 집까지의 거리를 맹렬한 속도로 달려갔어. 얼마 지나지 않아 집 앞에 도착해서는 차를 길가에 세워둔 채 라이트를 끌 생각도 하지 않고, 돌격 태세로 안뜰을 가로질러 식당 쪽 문을 열고 들어갔지. 알렉스는 망연자실한 표정으로 소파에 앉아 있었어. 그런 그녀를 보니 나로서는 어쩔 도리가 없어 약간 짜증은 났지만, 그래도 이해한다는 표정으로 이렇게 말했지.

"대체 무슨 일이야? 무슨 일이냐고? 그 문자 메시지 얘긴 도대체 뭐야?"

나는 30분 동안 냉정한 목소리로 차근차근 따져가며 말했어. 어느 누구에게도 영어로 문자 보낼 일 같은 건 없으며, 대체 내가 언제, 어디서 한가하게 영어로 노닥거릴 애인을 만나고 다닌다는 건지 그저 놀라울 뿐이라고. 나는 최대한 그럴듯하게 보이려고 이젠 아예 공격 카드를 내민 거야.

"내 말부터 들어. 자기가 황당해하는 건 이해하지만, 그렇다고 그런 어투로 말하면 곤란하지. 나와는 아무 상관 없는 일이란 말이야. 자기는 지금 말 같지도 않은 소리를 지껄이고 있다고. 목소리만 들어도 자기가 얼마나 기막혀하는지는 알고도 남아. 그 심정은 충분히 이해한다고. 나라도 그런 일을 당하면 자기랑 똑같을 테니까—불행하게도 그런 경험이 있지—자기 말을 더는 믿지 못할 거고. 그래서 한걸음에 달려온 거야. 자기한테 말하려고. 믿기지 않겠지만, 그 문자를 보낸 건 내가 아니란 말이야."

그러고도 10분은 족히 넘도록 가끔 타낭보 통신 시스템에 오류가 발생할 때가 있다고 둘러댔어.

"한 번은 오스트레일리아의 듣도 보도 못한 사람한테서 메시지를 받은 적도 있어. 그런 일이 일어날 수도 있다니까."

그녀는 조금은 순진하게 이렇게 말하는 거야.

"오스트레일리아에서 보낸 메시지랑 당신 이름이 발신자로 표시된 문자는 별개의 문제야."

나는 그녀의 말을 인정하면서 이렇게 말했어

"대체 무슨 일인지 알다가도 모르겠어. 도대체 이해할 수가 없다니까. 정말이지 황당한 이야기라고. 그건 사랑하는 사람들끼리 보내는 문자가 틀림없어. 그런 게 하필이면 이럴 때 우리처럼 문제 많은 커플에게 날아들 게 뭐야. 공교롭게도 말이지. 내가 아는 건, 나는 아니라는 거야. 내 말 믿어도 돼. 아니 믿어. 제일 중요한 건 그거야."

그런데 그 순간 그녀가 꺼낸 말에 나는 그만 아연실색하고 말았어. 그녀가 진심으로 그런 말을 한 건지 어떤 건지는 지금도 알

수가 없어. 그녀는 이러는 거야.

"이번 일에서 내가 제일 마음 아픈 게 뭔 줄 알아? 자기가 나 아닌 다른 사람에게 문자 메시지를 보내고 안 보내고는 중요한 게 아니야. 문제는 논리적으로 따져볼 때 그런 사랑의 밀어가 나를 위한 것일 리가 없다는 거, 바로 그 점이야."

알렉스는 자신이 쉽게 상처받는다는 점을 가지고도 날 미치게 만들고 있었지. 그녀의 그런 연약함이야말로 내 모든 죄의식의 단초 역할을 했으니까. 하지만 자신이 사랑하는 사람이 쉽게 상처받는다고 해서, 그게 자신에게 해가 되는데도 그냥 참고 견뎌야 하는 걸까?

아무튼 그녀는 그 문자 사건에 대한 내 말을 완전히 믿지는 않았을 거야. 하지만 요 몇 년 동안 5월의 그 가수 사건에도 불구하고 내가 평소에 거짓말을 하지 않는다는 것을 그녀도 익히 알고 있었기 때문에, 그리고 의심스러울 때는 피고에게 유리한 해석을 한다는 원칙을 적용해서 결국 그 사건은 얼렁뚱땅 넘어갈 수 있었어. 나는 순진한 알렉스 때문에 마음이 아팠고, 염치가 없었지. 하지만 그건 그거고, 모든 것을 되돌리기에는 너무 늦었어. 나는 잔인무도한 놈이야. 아니 보다 정확히 말하면 자신의 잔인무도한 짓을 정당화하기 위해 수단과 방법을 가리지 않는 게 내 전공인 셈이지. 그 다음 주에도 동일한 상황이 재연되었어. 이번에는 알렉스가 이런 식의 황당함에 진저리가 난다는 억양의 목소리로 사무실로 전화를 했어. 나는 그런 그녀의 목소리에 마음이 아팠지.

그녀는 종이 뭉치 사이에 있던 아이들 학교 등록금 고지서 뒷면에 잘 분간이 되지 않는 글이 적혀 있는 것을 발견했나 봐. 그녀는 그것을 내가 쓴 것이라고 생각한 거야. 나에게 당장 하던 일을 멈추고 집으로 와 어떻게 된 일인지 해명하라는 거였어. 나는 군말 없이 그대로 따랐어. 이번에도 차를 몰아 집 앞에 세우고, 안뜰을 가로질러 응접실 소파로 갔지. 증오에 불타는 얼굴을 하고 한 손에 돋보기를 쥐고 있던 그녀는 내 글씨체임이 분명한 문제의 종이 뒷면을 내보이는 거야. 뭔가 하고 확인해보니 알리스에게 편지를 보내기 전에 대충 써본 것으로, 이런 내용이었어. "나는 단지 아니라고 말할 용기가 없어서 사랑하기로 받아들이는 그런 인간이야.", "그렇게 하지 않아도 되게끔 그녀가 내 곁에서 떠나줬음 좋겠어." 어느 대목에선가 '이혼'이라는 단어가 들어 있었던 것 또한 기억이 나. 이번에도 인정해. 집에다 그런 걸 흘리고 다니다니 또 한 번의 실착행위를 저지른 거지.

"읽어!"

알렉스가 최종 명령을 내렸어. 하지만 그 순간 나는 시키는 대로 하지 않기로, 조금은 항의를 하기로 마음먹었지. 나는 짐짓 용기 있는 척 허세를 부리며 말했어.

"나도 비밀을 가질 권리가 있고, 네가 증거를 대라고 요구할 때마다 확인시켜주지 않을 권리가 있어. 네가 읽으라고, 설명하라고 요구하는 내용이 오로지 나에게만 관련된 건 아닌 것 같은데."

그녀는 벌떡 일어서더니 나를 무섭게 쏘아보는 거야. 나는 혹시라도 그녀가 때릴 것에 대비해서 그녀의 손에서 시선을 떼지 않았어. 그녀는 화가 나 씩씩거리며 말했지.

"감히 내말을 거역하다니, 그럴 순 없어! 읽으라고 말했지! 읽어! 어서!"

그런 게임에서 매번 이기는 건 그녀였어. 별 수 있어? 읽는 수밖에.

사태는 심각하게 악화되고 있었어. 나는 그녀가 잠깐이라도 집을 비우거나 주의를 소홀히 하는 틈을 타서 그녀의 일기장과 휴대전화를 뒤지며 그 모발리 인의 흔적을 찾곤 했어. 찾던 것을 발견하고는 항상 바보처럼 부들부들 떨면서도, 그리고 매번 속으로는 결코 뒤지지 말았어야 했다고 생각하면서도 그 다음 날이면 더욱더 심하게 뒤지기 시작하는 거야. 횟수가 병적으로 늘면서 완전히 마조히스트가 되어갔지. 일기장을 한 장 한 장 넘기면서 돌아버리게 만드는 강렬한 환상에 대해 묘사한 부분들을 찾아내기도 했고, 흑인으로 돌아간다라고 영어로 쓴 문장을 읽기도 했어. 최근 통화 기록에서 고동 전화번호를 발견하기도 했고, 그를 대상으로 한 그녀의 노래 파일 중에서 내가 추측했던 것이 딱 들어맞는지 확인하려고 핫메일 계정에 있는 그녀의 패스워드를 알아내기 위해 미친 듯이 온갖 가능한 조합을 만들어보기도 했어. 하긴 내가 이런 암울한 분위기에도 불구하고 여전히 그녀를 사랑하기 때문에 그 모든 증거물들이 결코 존재하지 않기를 바란다고 말하기는 힘들어. 그보다는 오히려 그녀와 헤어질 만한 구실을 차곡차곡 쌓기 위해 증거를 찾는다고 할 수 있지. 그녀에 관해서는 내가 주는 고통 때문에 괴로워서 주기적으로 그 모발리 인을 찾아 자신이 살아 있음을 재확인하려는 것인지, 아니면 내 유치한 태도가 결국에는 그녀가 날 더 이상 사랑하지 않게끔 그럴듯한 구실들을 만들어주는 것인지 확실히 말하기는 힘들어. 아무튼 11월 초의 어느 날 저녁, 우리는 다른 사람들 여섯 명과 함께 레스토랑에 있었어. 그 중에는 우리 아이들도 끼어 있었지. 그 자리에 뤼크와 자이나, 그웨놀라, 라도, 로랑스, 그리고 아직도 누군지 잘 모르는 사람이 있었고, 알렉스와 나 사이에 누군가가 앉아 있었는데 그게 누구인지 더 이상 기억이 나질 않아. 우리 둘 사이의 분위기는 험악했고, 나는 사람들에게 좋은 인상을 주기 위해 계속해서 미소 비슷한 걸 지어 보이려 애를 써야 했어. 하지만 나는 기분이 좋지 않다는 게 확연히 드러나는 알렉스를 곁눈질로 끊임없이 살펴보았어. 그녀는 아페리티프를 마시는 동안 내내 아무 말도 하지 않다가, 긴장한 빛이 역력한 채로 허공만 뚫어져라 쳐다보는 거야. 다른 사람들은 모두 웨이트리스에게 음식을 주문하고 있는데, 자리에서 일어나 화장실에 갔다가 2, 3분쯤 지나 고약하게 입을 비죽거리며 나를 뚫어지게 쳐다보면서 자리로 돌아오는 거야. 그러고는 자리에 앉아 의자 뒤로 몸을 젖히고는 나에게 할 말이 있다는 듯 신호를 보내기에 나도 따라서 몸을 젖히고, 우리는 얼굴을 가까이 마주했지. 그녀는 신경질적인 미소를 지으며 우리 둘 사이에 앉은 사람의 어깨 너머로 내게 속삭였어.

"나, 알아."

"뭘 안다는 거야?"

"너한테 누군가가 있다는 거 안다고. 증거가 있어."

또다시 가슴이 두방망이질 치고, 식은땀이 나는 것이 불안감이 밀려왔고, 다시 한 번 간신히 진정을 했지만 어쨌든 강도는 약해졌어. 격정이란 무뎌지기 마련이니까. 식사 중이던 다른 사람들은 계속해서 이야기를 나누다 점차 무대에서 사라지고, 그 레스토랑 안에는 알렉스와 나만 남은 듯했어.

"무슨 소리야? 무슨 증거? 무엇에 대한 증거?"

"내가 무슨 말 하는지 누구보다 잘 알고 있을 텐데."

3, 4분 동안 나는 시간을 벌어보려고 있는 재주 없는 재주를 다 부렸어. 온갖 처방과 역逆시도, 별의별 술수와 갖은 소리로 그녀를 구슬려보았지만, 이번에는 사태를 모면하기 힘들겠다는 생각이 들었지. 그런데 잠시 후 실제로 그녀가 오래전부터 내가 걱정하고 있었던 그것, 그래서 매일 밤 그녀가 내게 요구하지 않았다는 것에 하늘에 감사했던 바로 그것을 요구한 거야.

"아이들을 걸고 맹세해. 아무도 없다고."

나는 숨이 멎은 채 아무 말도 하지 못하고 순간적으로 그녀를 쳐다보았지. 머릿속에서는 이런 경구가 떠오르는 거야. "결전을 목전에 둔 상태에서 최고의 적군은 자기 자신이다." 이번에는 내가 정정당당하게 고백을 했어. 인정할 건 인정하는 것이 공포에 떨면서도 내심 속이 후련해지더라니까. 이런 생각마저 들더라고. 알렉스가 지금과 똑같은 상황에서 그 모발리 인을 떠올리며 미소 짓지 않을 수 없었던 것처럼, 나도 알리스를 떠올리니까 저절로 미소 띤 얼굴이 된다는 생각 말이야. 내가 고백을 하니까 그녀의 얼굴에는 여섯 달 전 그 여가수 때문에 헤어지자고 했던 그날 밤만큼 충격을 받는 기색이 역력했어. 어쨌든 그때보다는 조금 덜 하긴 했지. 그녀도 마침내 참기 힘든 상황에 익숙해지게 된 거야. 우리는 저주를 받았구나, 인생이란 끝없는 악순환의 연속이구나 하는 생각이 들더군.

물론 그 일이 거기서 끝난 것은 아니야. 단지, 시작일 뿐이었지. 그녀는 마치 반격을 준비하고 있었던 것처럼 내게 자세한 설명은 요구하지도 않은 채 빠른 속도로 몇 가지를 콕 집어서 물어보았어.

"그 계집애 이름이 뭐야? 몇 살이야? 그 계집애 가슴 빵빵해? 날씬해? 니들 섹스 몇 번 했어? 그 계집애가 네 거 빨았어? 그 계집애한테 사랑한다고 말했어?"

그러는 사이 주문한 요리를 웨이트리스가 가져왔어. 나는 그녀가 질문을 하는 족족 대답을 하고 있었지. 그런데 어느 한순간 그녀가 자리를 박차고 일어나더니, 여전히 김이 모락모락 나는 생선 스테이크에는 손도 대지 않은 채 사람들에게 공손한 목소리로 먼저 가보겠다고 그러는 거야. 만나자마자 간다고 하니 모두 놀랐지만, 어느 누구도 감히 드러내놓고 표현하지는 못했어. 그녀

176

가 나가자 모든 시선이 내게로 쏠리더니 이내 아래로 향했지. 모두 조금 충격을 받은 듯했지만, 나와는 상관없는 다른 사람의 일에 더 이상 참견하지 않으려고 애를 쓰더군. 이럴 때 보면 사람들이 그렇게 나쁘지만은 않다는 생각이 들어. 나는 억장이 무너지는 와중에도 "귀여운 내 강아지들" 하면서 아이들에게 활짝 웃어 보이려고 안간힘을 썼지. 호흡을 가다듬고 정신을 차리려고 애를 써보았지만, 내가 심각한 상황에 내몰려 큰일을 당하게 생겼다는 건 불 보듯 뻔한 일이니만큼 어른들 앞에서는 더 이상 아무렇지 않은 척하려 들지는 않았어. 그래서 이렇게 마음을 먹은 거야. 그대로 자리를 지키고 있자고. 알렉스의 뒤를 쫓아 달려나가지는 말자고. 한밤중에 그녀가 어리석은 행동을 할까 봐 지나치게 불안해하지는 말자고. 결국에는 그 지경이 되고 말 일이었어. 여기서 악몽을 끝내려면 지금 아니면 다시는 기회가 없어. 나는 식욕이 없었지만, 음식을 꾸역꾸역 먹으면서 일정한 간격을 두고 아이들에게 좀 과하다 싶을 만큼 미소를 지어 보였지. 그처럼 일대 지각변동이 일고 있는 와중에도 천진난만하기만 한 아이들의 모습이 비현실적으로 보이더라고. 나는 아이들에게 디저트를 시켜주고, 억지로라도 다른 사람들과 대화를 이어나갔어. 이윽고 아이들이 디저트를 다 먹자, 불가항력의 경우라고 말할 필요는 없을 것 같아 그저 정중하게 사과의 말을 건네고는 사람들과 헤어졌어. 그 자리에 있던 모두의 시선에서 대체 무슨 일일까 궁금해하면서도 속수무책으로 딱하다 싶고, 그렇게 사는 게 참 용하다 하는 표정들이 한데 뒤엉켜 있는 게 느껴졌지. 아이들의 손을 잡고 알렉스가 손도 대지 않은 채 싸늘하게 식어버린 생선 스테이크에 마지막으로 눈길을 던지고는 작별 인사를 하고 집으로 돌아왔어. 다행히도 알렉상드린은 소파에 앉아 있더군. 그녀는 심각하고 근심 가득한 표정을 하고 있었지만, 안정되어 보였어. 우리는 둘 다 피날레를 장식할 준비를 했지.

"아이들 양치질 시키고 재울 시간이야. 그러고 나서 보자고."

지금까지 부부로 살아오는 동안 올해 들어서만 두 번째로 그녀에게 헤어지자고 말하리란 것을 이미 알고 있었기에 나는 여느 때처럼 차분하게 말했어. 아이들을 재우고 돌아와서는 여섯 달 전에 앉았던 바로 그 안락의자에, 그때와 똑같은 자세로 소파에 앉은 알렉상드린을 마주하고 앉았지. 시간도 얼추 비슷했고, 우리의 대화도 똑같은 식으로 시작되었어. 나는 무엇보다도 그녀가 레스토랑에서 언급했던 그 '증거'라는 게 크리스티앙이 입을 가볍게 놀린 결과라는 것을 단번에 알 수 있었지. 내가 녀석에게 비밀을 털어놓았는데, 날 배신한 거였어. 암튼 인간들이라고는, 그게 제정신이야? 여섯 달 전에야 20분 후에 문을 쾅 닫고 나왔지만, 이번에는 새벽이 될 때까지 계속 앉아 있을 수밖에 없었어.

"진짜 나랑 헤어질 거야?"

"그래, 너랑 헤어질 거야."

"이젠 날 사랑하지 않는 거야?"

"그런 게 아니라 더 이상 견디기 힘들어졌어. 꼭 그래야만 해."

"그 여자 사랑해?"

"모르겠어."

"그 여자 다시 만나고 싶어?"

"응."

"그 여자랑 또 섹스하고 싶어?"

"응."

"내가 그 여자보다 못한 게 뭐야?"

"이봐, 그런 문제가 아니야."

"대답해. 내가 그 여자보다 못한 게 뭐냐고!"

"그 여자는 상냥해. 나를 약올리지도 않고, 모욕하지도 않아. 나에게 도움이 많이 돼."

"그러는 넌 상냥하고, 나를 약올리지도 모욕하지도 않고, 나에게 도움이 되고?"

"봐, 서로 무슨 말을 하는지도 모르고 있잖아. 우린 결코 서로를 이해하지 못할 거야."

"그래서 이번에는 진짜 나랑 헤어지겠다 그거야?"

내가 **새벽까지**라고 말한 건, 지금까지 지긋지긋할 정도로 수차례나 그래왔듯이, 온갖 미사여구와 갖은 논거를 들이대며 변명과 해명을 하고, 온갖 표현을 구사하면서 어찌 보면 차분한 듯싶지만 별 뾰족한 수도 없이 밑도끝도없는 이야기를 나누고, 또 나누다가 뜬눈으로 밤을 지새웠거든. 알렉스는 그 비 내리는 일요일, 알람이 7시 30분을 알릴 때 다섯 번째로 "나랑 헤어지고 싶은 게 확실해? 네가 원하는 게 진짜 그거야? 네가 원하는 게 알리스야?" 하고 묻고는 갑자기 벽을 타고 허물어지듯 힘없이 주방 바닥에 주저앉더니, 여섯 살짜리 계집아이처럼 무릎에 얼굴을 파묻고 울기 시작했어. 그녀는 두 눈, 두 뺨, 코, 입 할 것 없이 온통 눈물범벅이 되어서는 내게 애원하다시피 하면서 묻더군.

"자기는 왜 날 사랑하지 않는 거야? 이유가 뭐지? 대체 내가 뭘 어쨌기에 자기가 그 정도로 날 사랑하지 않는 거지?"

그토록 상처받기 쉽고, 그렇게 쓸쓸해하는 그녀의 모습을 보면서 그녀의 절망은 나나 함께 한 요 몇 년 간의 세월보다도 훨씬 먼 곳에서 기인하고 있다는 것을 깨달았어. 무엇보다도 그녀가 여섯 달 전 욕실에서 전깃줄로 찢어놓았던 것은 내 얼굴이 아니라는 것을 여실히 깨달은 것처럼, 그녀가 호소하던 대상은 내가 아니라는 것을 알게 되면서 나는 속으로 이런 생각을 하게 되었지. 내게 그녀를 버릴 자격 같은 건 없다고. 그토록 어쩔 줄 몰라 하는 누군가와 헤어진다는 것은 잔인한 일이라고. 그녀의 고독과 연약함은 내가 나 자신의 행복을 추구하는 것과는 달리, 그토록 괴로워하는 것에 비할 때 결국 그 합법성마저 의심하게 되는 그런 행복을 추구하는 것과는 달리, 값을 따질 수 없을 만큼 가치 있는 것이었다고. 하긴 그것이야말로 진정한 의미의 갈등이라고 할 수 있지. 우선 자기부터 살고 보겠다는 생각에 평생토록 사랑한 사람과 헤어질 자격이 있는 걸까? 다른 사람이 너만큼 잘 나가지도 못하고, 너보다도 훨씬 상처받기 쉬워서, 네가 남을지 말지에 따라 정신적 안정감을 잃을 수도 있다는 게 둘 사이에 암묵적으로 정해져 있는데도 너에게 그 사람을 버릴 권리가 있는 걸까? 아니라고? 내가 너무 주제넘은 소리를 하고 있다고? 그래서 나는 그녀의 손을 잡고 다섯 번이면 다섯 번 똑같이 다정한 목소리로 설명을 했어.

"들어봐. 내가 자기와 헤어지려는 이유는 더 이상 자기를 사랑하지 않거나, 자기 대신 알리스와 살고 싶어서라기보다는 자기와 내가 악몽을 겪고 나니까 다시 함께 산다는 게 미친 짓처럼 보여서 그래. 우린 너무 멀리 와버렸어. 나야 이제부터 모든 것을 다 잊고 새롭게 출발할 각오가 되어 있지만─나는 나 자신을 알아. 나는 그럴 수 있어. 그렇게 노력할 수 있다고─자기는 틀림없이 알리스와 그 여가수 일로 내게 대가를 치르게 하면서 시간을 보낼 거야. 그렇게 되면 솔직히 지금의 이 끔찍한 상황을 매정하게 중단시키겠다는 자신이 서지를 않아. 더는 그러고 싶지도 않고."

알렉스는 눈물을 글썽이며 이렇게 말했어.

"그러지 않을 거라고 약속하면 다시는 알리스랑 연락하지 않겠다고 맹세할 수 있어?"

나는 게임 중지를 선언했어. 이런 식으로 해결을 보다니 실망스러운 일이지만 틀림없이 그렇게 하는 게 최선이고, 나에게도 가장 만족스러운 결말일 거야. 이성적으로 생각해볼 때 살면서 내가 바라는 것은 절대로 아이들 인생을 복잡하게 만드는 게 아니야. 그것은 이 악몽에서 마침내 탈출하여 아이들을 낳아준 여자와 자식을 키우며 가족 모두 바캉스를 떠나고, 아이들 엄마와 나이 먹을 때까지 함께 웃고 장난치다 밤이 되면 별 걱정 없이 그녀의 아랫도리에 그걸 하는 거니까.

나는 알렉스에게 물었어.

"그래, 맹세할게. 그런데 자신 있어? 틀림없이 약속을 지킬 수 있어? 할 수 있을 것 같아?"

그녀는 그렇게 하겠다고 대답하더군. 그래서 나는 그녀에게 미소를 지어 보이고는 휴대전화를 가지러 내 방으로 갔어. 마음속으로는 몹시 슬펐지만 알렉스에게 확신에 찬 모습을 보이고, 그녀의 신임을 얻기 위해서라면 무슨 짓이든 할 수 있다는 것을 다시 한 번 보여주려고 알리스에게 보낼 메시지를 작성했지. "앞으로 다시는 문자도, 전화도 하지 말아줘. 절대로! 우리의 일은 아름다웠지만, 나는 아내를 사랑해. 미안." 내가 메시지를 알렉스에게 보여주자 그녀는 이렇게 말하는 거야.

"잘 봐, 내가 어떻게 하는지. 나는 이 메시지를 알리스에게 보낼 거야. 왜냐하면 나는 자기가 있어야만 살아 있다고 느낄 수 있으니까. 자기를 사랑하니까. 그리고 예전으로 돌아가기를 진심으로 바라니까. 오케이?"

그녀는 내게 잘된 일이라고 하면서 나무라는 듯한 목소리로 이렇게 덧붙였어.

"그런데 미안하다는 말은 왜 해? 자기가 사과할 게 뭐 있다고."

나는 감히 그녀에게 이렇게 대꾸하지 못했어. 그건 예의에 관한 문제이며, 그런 문자를 보내는 것만으로도 충분히 심하고, 그런 식으로 군말할 필요는 없지 않느냐고. 그리고 알리스가 나로 인해 받게 될 고통은 물론 나 자신의 고통도, 환한 햇살과 경쾌함을 포기해야 하는 것도 절대 생각하지 않으려고 안간힘을 쓰면서 **전송** 버튼을 누르는 거라고. 일단 메시지를 보내고 나니 모든 것을 단숨에 잊어버리려고 있는 힘을 다하게 되고, 알렉스에게 훨씬 환한 웃음, 더욱더 뜨거운 열정을 보이게 되고, 그녀를 덥석 안아 올리면서 사랑한다고, 그녀 외에는 다른 누구도 사랑한 적 없다고 말하게 되는 거야. 진이 다 빠진 알렉스도 어쩔 줄 몰라 하며 간신히 웃어 보이더군. 그렇게 몇 분이 지난 후 내 휴대전화에 문자 메시지가 들어오는 거야. 나는 최악의 상황을 대비해서 이를 악물었지. 알리스가 화가 나서 욕을 써 보낸 거야. "Fuck you", "Bastardo", "Sei una merda" 같은 말들이 언뜻 보였어. 그런 글을 보고 싶지는 않았어. 끝까지 읽고 싶은 마음도 없었고. 그건 너무 가혹한 일이야. 나는 메시지를 지워버렸어. 죽고만 싶었지. 로만체도 네루다도 이젠 아무 의미가 없어진 거야. 그녀의 미소와 햇살, 이탈리아, 세이셸 제도, 2월도 다 끝난 거라고. 나에게 단 하나밖에 없는 평화로운 안식처를 내 손으로 망쳐버린 거야. 스스로 제 목숨을 끊어버린 격이지. 그 소식을 전해들은 알렉스는 냉혹하게 자신의 승리를 만끽하더군. 나는 악몽이 끝난 것을 축하하기 위해 알렉스를 그녀의 방으로 데려갔어. 우리는 혼란스러운 감정에 휩싸인 채 침대에 누워 포옹을 했지. 아무런 쾌락도 느끼지 못했지만 서로 그런 말은 하지 않았어. 너무 이르고 성급했던 거야. 아직 때가 아니었던 거지.

"슬프지, 그렇지?"

그녀가 빈정거리듯 말했어.

"솔직히 말해, 슬프다고."

그것이 우리가 마지막으로 나눈 사랑이 될 줄은 둘 다 짐작도 하지 못했어. 그렇게 해서 비가 내리는 가운데 일요일도 간신히 지나고, 알렉스와 나는 한 침대에서 나란히 잠을 청한 거야. 나는 짓누르는 듯한 긴장감에서 벗어나기 위해서라도 또다시 사랑을 나누고 싶었지만, 나른한 표정으로 멍하니 벽을 쳐다보는 알렉스를 보고 있자니 그럴 필요도, 그럴 생각조차 나질 않았어. 이튿날 아침 둘이 나란히 세면대 앞에 서서 양치질을 하는데, 알렉스가 문득 칫솔질을 멈추더니 입 안에 든 치약을 뱉으면서 도전이라도 하듯 이렇게 묻는 거야.

"그럼, 이제 우린 어떻게 되는 거지? 계속해서 서로에게 충실하는 거야? 아님 상대방의 암묵적인 동의하에 부부관계는 그대로 유지하면서 각자 따로 은밀하게 성생활을 이어가는 거야?"

직접적인 표현을 사용해서 물어오는 그녀의 질문에 나는 그만 주눅이 들고 말았어. 그 말 속에는 그녀가 어느 쪽을 더 선호하는지 분명하게 나타나 있는 것 같았거든. 나로서는 오쟁이 진 남편의 고통을 다시 맛보고 싶은 마음은 추호도 없었지. 당연히 안 된다고, 그녀가 또다시 바람을 피우는 일은 있을 수 없으며, 그녀의 질문은 한낱 미사여구에 불과하다는 의사를 표명하려고 멋지게

슛을 날렸지.

"그런 질문은 왜 하는데?"

그녀는 퉁명스러운 목소리로 이러는 거야.

"먼저 물어본 건 나 아냐?"

나는 서슴지 않고 우리 둘 다 완전무결하게 정조를 지키고, 다시 한 번 서로 믿기를 바란다고 답했어. 그녀는 알았다고 하더니 고개를 돌려 다시 이를 닦기 시작했지. 내 대답에 실망한 거야. 프리섹스를 즐기는 데 내가 동의하기를 바랐지만, 차마 그런 말을 할 수는 없었던 거지.

그날 아침, 일주일이 고약하게 시작되고 있었지만, 가능한 한 긍정적으로 생각하려고 애를 쓰면서 나는 사무실로 향했어. 그런데 도중에 휴대전화 벨이 계속해서 울려대는 거야. 알리스가 미친 듯이 다시 연락을 해오는 거였어. 그녀가 수도 없이 전화를 걸어올 때마다 열 번이면 열 번 나는 번번이 끊어버리고 말아. 하지만 나는 너무나도 그녀의 전화를 받고 싶고, 그래서 그녀에게 자초지종을 설명한 뒤 사과하고 싶고, 나에게는 선택의 여지가 없다는 것을 이해시키고 싶지. 문자를 통해 저지른 내 폭력을 만회하고 싶고, 알리스가 내게 행복을 베풀어준 것에 보답하는 의미에서라도 전화를 한 번 받아 모든 일을 조금은 올바르게 마무리 짓고 싶은 거야. 하지만 알렉스가 전날 밤 자기 전에 어떠한 연락도, 어떤 메시지도 주고받지 않고 쥐 죽은 듯이 있을 것을 맹세하라고 했기 때문에 어쩔 수 없던 거야. 게다가 알리스의 말대로 끝도 없이 이어지는 거짓말로 인해 수도 없이 새로운 상황이 전개되도록 하고 싶지는 않았어. 그렇지만 은근슬쩍 협박에 가까운 알렉스의 어조는 너무나도 마음에 들지 않았지. 쓸데없이 분란을 일으키지 않으려고 그녀에게 그런 내색을 하지 않았을 뿐이야. 사실상 그녀는 다시금 고통을 주고 위협을 가하기 시작했어. 그러다 보니 그녀의 선의라는 게 진작부터 빛을 바래기 시작한 건 아닌지 의문이 드는 거야. 한 마디로 비상 탈출구 하나 없는 나 자신이 무기력하고, 초라하게 느껴진 거지. 스스로 생각하기에 나야말로 남자도 아니고, 여자한테 걸맞은 위인도 아니며, 알리스와 알렉스의 말이 전적으로 옳았다 싶었어. 요컨대 나는 비열한 놈이란 말이지. 알리스가 스무 번째 전화를 걸어왔을 때 나는 차를 길가에 세우고 전화를 받고 말았어. 그녀도 울고, 나도 울었어. 그녀는 자기 말 좀 들어보라고 아우성을 쳤고, 나는 내 이야기를 들어달라고 고함을 쳤어. 나에게 당신과 이야기를 나눌 권리 같은 건 없으며, 달리 어쩔 도리가 없다고. 슬픔을 이기지 못해 죽어가는 아내의 모습을 눈앞에서 지켜보고 싶지는 않다고. 나는 더 이상 산목숨이 아니며, 전화를 끊어야만 하니까 그만 끊겠다고 고함을 지르고 말았지. 그리고 나서는 초라한 남편에다 한심하기 짝이 없는 비열한 애인처럼 간이 콩알만해져서는 다시 핸들을 잡고 시동을 건 거야.

그 일이 있은 지 2, 3일 후에 내가 낮잠을 자고 나서 다시 일하러 갈 준비를 하고 있는데, 알렉스가 자기도 사무실에 따라가겠다는 거야. 알리스의 사진과 우리가 이메일로 주고받은 편지를 보고 싶다고 하면서 말이야. 나는 알렉스의 요구가 마지막 남은 내 꿈의 조각마저 박살내려는 무례한 짓처럼 느껴져서 속으로는 '저년이 끝까지 내 진을 빼놓을 작정이구나.' 싶으면서도 평소처럼 알았다고 말했어. 머릿속으로는 '저 멍청한 년은 내가 노는 사람인 줄 안다니까. 에잇, 더러운 년, 화냥년.' 이라고 생각하면서도 말로는 "알았어, 가자." 하면서 이렇게 덧붙였지.

"하지만 그리 대단한 걸 보지는 못할 거야. 내 컴퓨터에는 아무것도 남아 있는 게 없으니까. 편지를 주고받을 때마다 바로바로 지워버렸어. 언젠가 자기가 불쑥 쳐들어올 수도 있다는 걸 알고 있었거든."

나는 바보가 아닐 뿐만 아니라 알렉스를 잘 알고 있었으므로 얼마 전부터 그런 사태가 벌어질 것을 예상하고 있었지. 물론 알리스와 주고받은 편지는 모두 저장해서 평범한 파일에 숨겨놓았어. 사진은 알렉스가 하는 짓거리는 전혀 마음에 들지 않지만, 알리스가 말도 못하게 예쁘다는 것을 그녀가 알게 되면 무척 괴로울 것이라는 생각이 들어서 내심 무슨 보복처럼 느껴지기까지 했지. 드디어 사무실에 도착하자 그녀는 마구잡이로 의자를 하나 끌어다 내 자리 옆에 딱 붙이고는 컴퓨터를 키라고 명령하더군. 다행히 알렉스는 능숙하게 컴퓨터를 다루지 못해. 애처로울 정도로 순진한 그녀가 말했어.

"다 보여줘. 문서마다 전부 확인하고 싶으니까."

나는 할 일이 많다는 이야기는 되도록 삼가고, 그러려면 4시간은 족히 걸리지만 정 그렇게 하고 싶으면 알겠다고, 그러자고 말했지. 알리스와 주고받은 편지 파일은 70쪽 가까이 되는데, **총회 결산자료** 식으로 이름을 달아 문서 하나에다 숨겨놓은 상태였어. 체계적으로 하나씩 확인하다 보니까 엄청난 양의 파일들을 열게 되고, 시간이 엄청나게 많이 걸리는 거야. 알렉스는 짜증을 내다가 결국 포기해버리더라고. 그녀는 아무것도 눈치를 채지 못한 거야. 두 손 두 발 다 들었다는 듯 반박도 하지 못하고, 이번에는 변함없는 어조로 사진을 보여달라고 했어. 나는 곧장 파일을 열어 보여주었지. 그녀는 멕시코에서 수영복 차림의 알리스, 그리스에서 찍은 알리스, 로만체의 붉은색 기와지붕을 배경으로 한 알리스, 자전거를 타고 있는 알리스, 스쿠터를 모는 알리스, 패션 모델 같은 알리스를 보게 되었지. 나는 속으로 은근히 고소해하면서 쾌재를 불렀지만, 그와 동시에 망연자실하고 말았어. 나는 천사를 잃어버린 거야. 알렉스는 적개심도, 매혹도 아닌 묘한 감정이 섞인 어조로 "진짜 예쁘다." 하며 수긍을 하더군. 그 순간 알렉스가 알리스의 사타구니를 게걸스럽게 탐하는 해괴망측하기 짝이 없는 이미지가 내 뇌리를 스치고 지나갔어. 긴장한 탓이지. 그 말이 끝나기가 무섭게 그녀는 거의 자연스럽다 싶을 정도로 말했어.

"둘이 많이 비슷해. 꼭 오누이 같네."

한참을 말없이 알리스의 사진을 찬찬히 뜯어보고 나서는 또 이렇게 말하더군.

"됐어. 이젠 저것들을 전부 휴지통에 버려. 전부 다! 휴지통에 든 내용물도 삭제해버려."

나는 삭제된 파일의 복구 절차를 통달하다시피 했기 때문에 아무렇지도 않게 알렉스가 시키는 대로 했어. 무력감과 흥분을 가능한 한 효과적으로 감추면서 침착하게 일을 처리했지. 말하자면 이런 식이야.

"봐, 나는 아무것도 숨길 게 없어. 규칙을 잘 지킨다고. 뭐 또 시킬 거 있으면 말해. 어서."

내가 마음속으로 원하는 건 오로지 알렉스가 그만 꺼져버렸으면, 슬픔과 절망과 수치심에 싸여 있도록 날 좀 내버려뒀으면 하는 거였어. 적어도 일을 시작할 수 있도록 생각을 정리할 시간을 줬으면 한 거지. 그런데 내가 다 끝났다고 생각한 순간, 내게 가한 고문을 완벽하게 자각하고 그것에 더할 나위 없이 만족한 그녀는 냉정하게 다음 말을 내뱉었어.

"자, 이번에는 메일함."

나는 며칠 전에 비워둔 메일함을 열었어. 메일함에는 내가 아직 비열한 자식이 아니었을 때 알리스가 마지막으로 보낸 편지 한 통이 남아 있었지. 알렉스는 주의 깊게 화면 쪽으로 몸을 기울여 이탈리아어로 써 내려간 편지를 살펴보더니 내게 명령했어.

"자, 네가 번역해. 한 줄이라도 건너뛰면 재미없을 줄 알아. 내가 확인해볼 거니까."

　다행히 그 메일에는 알렉스를 암시하는 내용이라든가, 나에 대한 그녀의 적개심을 배가시킬 만한 내용은 아무것도 없었어. 알리스는 주로 자기 이야기를 했거든. 하지만 마지막 문단에 내가 자기 침대 옆자리에 알몸으로 누워 있었으면 좋겠고, 말과 눈길만으로 서로의 마음이 후끈 달아오를 수 있는 시간이 주어졌으면 좋겠으며, 더 이상 참을 수 없을 때까지 눈에 띄는 짓은 일체 하지 않았으면 한다는 말이 나오는 거야. 그러고는 덧붙이기를 다른 그 무엇보다도 내 몸이 후끈 달아올라 자기를 격정적으로 끌어안고 멋대로 다뤄줬으면 좋겠다는 거야. "탕! 이거나 먹어랏."

　그 순간 알렉스에 대한 생각을 하지 않을 수가 없는 거야. 그녀는 말 그대로 나를 심리적으로 성불구자로 만들 뻔했단 말이지. 그 대목에서 나는 난처해하는 표정을 지으며 번역을 했어.

　"이를 어쩌나. 그 위에 쓰러지지나 말아야 할 텐데. 하지만 자기가 무모한 짓을 자청한 거야."

　편지를 다 읽고 나서 나는 속으로 이런 생각을 했어. '좋아, 이젠 됐어. 다 끝난 거야. 그러고 나니까 속이 다 후련하네. 저 못된 년이 이제야 눈앞에서 꺼져버리겠군.' 하지만 과연 그럴까? 잔인하기 이를 데 없는 화냥년이 글쎄 이러는 거야.

　"그 기집애 메일 주소를 카피해서 이리 내놔."

　그건 더 이상 참을 수가 없었어. 나는 그 빌어먹을 놈의 움츠러든 목소리로 저항을 시도해보았지.

190

"아니, 그건 안 돼. 나는 절대 못 해. 여기서 당장 멈춰야 해. 그렇지 않으면 앞으로도 계속 이런 식일 거란 말이야! 난리 좀 그만 피워. 일요일에 말했던 것처럼 완전하게 새 출발을 해야 하잖아. 계속 이렇게 살 순 없어. 나는 싫단 말이야."

알렉스는 분노한 기색으로 눈을 동그랗게 뜨고는 적개심으로 눈살을 찌푸리면서 내게 눈을 부라렸어. 마치 내 얼굴에 침이라도 뱉으려는 것처럼 입술을 일그러뜨리면서 나를 경멸하듯 아래위로 훑어보는 거야.

"뭐? **네까짓** 게 지금 **나한테 이래라저래라** 할 수 있어? 네가 감히 내 말을 거역해? 네가 지금 내 말을 거역할 입장이라고 생각해? 너 어디 아픈 거 아냐? 메일 주소 내놔, 빨리!"

"싫어."

나는 속으로 주먹이 날아올 거라 생각하면서 알렉스의 손을 쳐다보았어. 하지만 그녀는 저주하는 눈빛으로 그냥 째려보기만 할 뿐이었지. 화가 있는 대로 난 그녀는 내 손에서 마우스를 가로채 보았지만, 페이지 상단으로 화면을 올리기가 쉽지 않았어. 그러자 마우스 대신 펜을 집어 들고는 어떻게 하나 똑똑히 보라는 듯이 알리스의 메일 주소를 적기 시작했어. 그 순간 나는 공포에 사로잡히기 시작했지.

"대체 왜 그래? 그 주소로 뭘 어쩌겠다는 거야? 무슨 소리를 하려고 그래? 말해, 제발 부탁이야!"

하마터면 나는 울음을 터뜨릴 뻔했어. "어이구, 칠칠치 못한 놈. 용기도 없고 비열한 놈 같으니라고."라는 말밖에는 달리 할 말이 없다니까. 알렉스는 잡아먹을 듯이 으르렁거리며 이렇게 말하는 거야.

"걱정 붙들어 매셔. 편지를 쓰지는 않을 테니까. 네가 그걸 순순히 내놓을지 그냥 시험해보고 싶었을 뿐이야."

그런 후 알렉스는 가방을 들고 사라졌어. 나는 정신적 피로가 몰려오면서 비로소 안도감이 드는 한편, 그 어느 때보다도 나 자신이 초라하게 느껴졌어.

나는 왜 시키는 대로 하는 걸까? 무엇 때문에 언제나 그녀가 하라는 대로 따르는 걸까? 도대체 알 수가 없다니까. 나는 겁을 먹은데다, 늘 하던 대로 한다고만 생각했어. 나는 늘 저항하지 않고, 양보하고, 언제나 그녀의 비위를 맞추다 보면 말썽이 생기는 것을 피할 수 있을지도 모른다고 생각했어. 그리고 친절과 사랑으로 보답받는 날이 올지도 모른다고. 내가 분명하게 말할 수 있는 건 그것뿐이야. 하지만 만성적으로 그렇게 유약한 모습을 보이는 데에는 보다 근본적인 병리학적인 문제가 있을 거야. 틀림없이 어린 시절의 일이나 죄의식과 어떤 관련이 있을 거라고. 아니라고 부정하지는 않겠어. 하지만 네가 내 담당 정신과 의사도 아니고, 그런 문제는 오늘 밤 안으로 당장 해결될 수 있는 것도 아니야. 어쨌든 물론 나야 거기까지 가지는 않았지만, 자기 남편과 결코 헤어질 결심을 하지 못하는 매맞는 여자들의 심정을 조금은 알 수 있을 것 같아. 당사자가 아닌 사람들이야 "아니, 그 여자들 미친 거 아냐! 왜들 그러고 살아?"라고 말할 수 있겠지. 하지만 난 이제는 "누구에게나 외롭고 불행하다고 느껴지는 날이 닥칠 수 있고, 누구든 말하지 못하는 괴로움을 겪을 수도 있으며, 자신이 그렇다는 것을 애써 부인할 수도 있다. 그리고 언젠가 자신의 사랑이 받아들여질 날이 올 것이라는 희망을 끝까지 버리지 못할 수도 있다."라고 말할 수 있어. 사람은 누구나 분명한 사실을 인정하려고 들지 않음으로써 몇 년씩이나 판단력을 잃을 수도 있고, 또 보잘것없는 것에도 감사하고 만족할 수도 있으며, 소위 자신을 학대하는 사람을 사랑할 수도 있는 법이야. 알렉스와 함께 산 몇 년 동안 당연히 좋은 점도 있었고, 더 좋은 점도 많았어. 암묵적 동조에 기인한 순간들이 허다했는데 나쁜 생각만 해서는 안 될 것 같아. 왜냐하면 이제는 인정할 수 있으니까. 나는 우리가 함께 살아오는 동안 좋지 않았던 기억만 떠올리려는 경향이 다분히 있거든. 객관적으로 판단하기에 시기적으로 아직 좀 이른 거지. 어쨌거나 내친 김에 하는 말이지만, 나는 그런 거 싫어. 고통받는 것도 싫고, 전깃줄로 얼굴에다 오선지를 긋는 것도 싫어. 나는 즐겁고 평온한 게 좋아. 아무튼 마조히스트는 아니란 말이야.

알렉스는 그 메일 주소를 사용하는 일은 없을 거라고 했지만, 나는 그 말을 쉽게 믿지는 않아. 나는 경계를 게을리하지 않았어. 내 판단이 옳았던 거지. 당장 그녀는 그 다음 날 오후가 되기 무섭게 불시에 사무실로 들이닥쳐서는 업무를 방해하고, 내 의사는 묻지도 않은 채 컴퓨터 앞에서 물러나라고 명령하더라고. 알리스에게 정신 차리라고 충고하기 위해 내가 보는 앞에서 편지를 써서, 그 편지를 내가 읽음과 동시에 알리스에게도 보낼 거라나. 그러고는 1시간 반 가량 고도의 집중력을 발휘해서 내가 얼마나 초라한 남편에다 형편없고 한심하기 짝이 없는 애인인지 증명하기 위해 거의 희열을 느껴가며 편지를 쓰기 시작했어. 그녀는 문장을 다듬고, 단어의 위치를 이리저리 바꾸는 등 많은 공을 들이며 가장 효과적인 영어 표현을 찾기 위해 고심했지. 그 결과 얼핏 보기에는 초연하고 관대한 인상을 주지만, 사실은 암컷 특유의 독을 품고 있는 은밀하게 감춰진 신랄함으로 가득 찬 그런 편지가 완성되었어. 편지에는 그녀가 배정한 각자의 역할이 들어 있어. 요컨대 나는 정신 나간 철부지로, 변덕스럽고 생각이 모자라 엉덩이를 흠씬 두들겨맞아야 하는데도 여전히 엄마에게서 사랑받는 아들이지. 알리스는 감히 겁도 없이 어른들 노는 물에 끼어들려고 한 것이고. 그녀는 단호하게 말했어.

"아가, 결혼한 남자는 건드리지 말거라. 그들의 가슴은 난공불락이란다. 가서 네 나이 또래의 사내애들이나 찾아보렴."

알렉스야 그럴 만하지. 무시당했을지언정 배우자임에는 틀림없으니까. 편지가 얼마나 만족스러웠으면 그녀는 1시간 반 동안 날 증오하는 것마저 까먹고 있었어. 그 편지를 보내기 전에 내 의견을 물어보기까지 하더라고. 그러고 나니까 비겁하기 짝이 없는데다, 한심하기 그지없는 바보 같은 나는 그 짓거리가 그놈의 마누라를 멀쩡하게 만들어놓았다는 생각을 골백번도 더 하게 되더라고. 나는 처음으로 고개를 처박고 화면을 내려다보면서 이런 말을 했어.

"그래, 그래. 아주 좋아. 그대로 보내도 되겠는걸. 그 여자도 알아들을 거야."

나 자신이 그토록 초라하게 느껴진 적은 결코 없었을 거야. 날 공깃돌 놀리듯 하는 마누라에게 모욕을 당하고 나니까, 이제는 날 무시하는 두 여자가 가소롭기 짝이 없는 목적으로 싸움을 벌이게 된 거지. 완전히 날 똥친 막대기 취급하는 거라고. 나는 투명인간이나 마찬가지야. 이제는 아예 여자들 간에 교전이 벌어질 태세야. 왜 있잖아, 여자들이 두려워하면서도 존중해 마지않는 유일한 대결 방식. 여자를 멸시하는 유치한 표현 같아서 좀 뭣하긴 하지만, 사실 맞는 말이잖아? 게다가 기분이 상하고, 화가 나서 극단적으로 돌변한 알리스도 고심 끝에 준비한 답장을 지체하지 않고 보내왔어. 이튿날이 되기 무섭게 사이버 카페에 들른 알렉스는 종이에다 프린트한 알리스의 답장을 내게 가져왔지. "첫째, 나는 당신 아가가 아니야. 네 남편 같은 얼간이는 나도 사절이야. 나도 필요 없으니 너나 가져. 네 남편 고민거리는 네가 해결하라고." 알렉스의 의도대로 된 셈이지. 알리스가 마침내 나라면 진저리를 치도록 만듦으로써 나를 모욕한 거라고. 정말이지 콱 죽어버리고만 싶었어. 단숨에 10년은 늙어버린 것만 같고, 모든 게 어쩔 수 없는 내 팔자인가 보다 싶고, 나는 행복과는 거리가 먼 게 분명하다는 생각이 들었지. 그리고 슬픔에 겨워 죽든, 미쳐서 죽든 올해 안으로 죽지 않고 살아 있다면 독설이나 일삼고 욕구불만에다 고약하기 짝이 없는 비쩍 마른 추한 몰골이 되고 말거라는 생각이 드는 거야. 나는 알리스의 편지에서 알쏭달쏭한 이상한 문장 하나를 메모해뒀는데, 말 그대로 소름이 쫙 끼쳤어. 알렉스가 아무리 단어 하나하나마다 자신이 쓴 편지만큼이나 주의를 기울여서 본들 그 결과를 가늠하기는 힘들겠다는 느낌이 들더라고. "아주 자신만만한가본데, 언젠가 네 남편이 내게 보낸 편지들을 보낼지도 몰라." 지난 토요일 밤 해명을 할 때, 알렉스의 성화에 못 이겨 알리스에게 보낸 편지들을 거론하면서 나는 내용을 대폭 축소시켜 이야기를 한 적이 있어. 나는 알리스가 암시하는 게 무엇인지 정확히 알 수 있어. 마음속 이야기를 털어놓지 않으면 안 되겠어서 알렉스와의 관계에 대해 아무에게도 하지 않았던 이야기들을 그녀에게 했거든. 이 자리에서 시시콜콜한 것까지 말할 수는 없지만, 그건 지극히 사적인 내용인데다 알렉스의 심리 상태를 비난하는 것이었어. 그리고 무엇보다도 나는 그런 관계가 얼마나 날 숨막히게 하는지, 얼마나 나 자신이 죄인처럼 느껴지는지, 얼마나 나 자신에게 책임이 있다는 느낌이 드는지, 얼마나 신경이 곤두서는지를 이야기했어. 그리고 아주 오래전부터 그녀가 이미 알고 있어도 내가 구실을 삼아서는 안 되는 말을 그녀에게 한다면 그녀에게는 치명적인 일이 되므로, 매정하게 똑 부러지게 말하지 못한다는 이야기를 조심성 없이 해버린 거야. 알렉스는 반격을 위한 장문의 편지 대신 단 한 문장을 써 보내는 것으로 만족했어. "자, 어디 편질 보내 봐. 내가 미처 모르는 게 뭔지는 몰라도, 그래야 네 속이 후련하다면 어디 보내보라고." 그녀는 그런 편지가 있다는 데에 크게 놀란 것 같지는 않았지만, 만일 알리스가 그걸 보낸다면 나는 죽은 목숨이야. 나는 이틀 동안 알리스가 복수심에 불타 협박을 실행으로 옮길까 봐 안절부절못한 채 지냈어. 바로 그 순간 여자들이란 가혹하기 짝이 없다는 생각이 들었고, 나 자신이 더없이 작게 느껴지면서 "나는 운이 없게도 호모가 되질 못했다."라는 누군가의 명언이 비로소 이해가 되더라고. 그렇지만 아무 일도 일어나지 않은 채 그 일은 그렇게 종결된 듯해. 물론 알리스에게 몰래 편지를 써서 우리의 아름다운 만남을 생각해서라도 그 편지는 절대 보내지 말아달라고 간청한다는 건 생각할 수도 없는 일이야. 그건 초라함의 극치일 테니까. 그러던 셋째 날 밤, 알렉스와 함께 소파에 앉아 DVD를 보고 있었어. 아마 〈솔라리스〉였을 거야. 영화가 4분의 1 정도 지났을 때 화면에 조지 클루니와 나타샤 멕켈혼이 사랑을 나누려고 하는데(이젠 영화 속 커플만 봐도 기분이 언짢아진다니까), 알렉스가 갑자기 리모컨을 집어 들더니 일시 정지를 시키고는 내게로 몸을 돌려 내 눈을 똑바로 쳐다보면서 마치 뒤늦게 무슨 생각이라도 난 듯 이렇게 묻는 거야.

"알리스에게 보낸 편지에다 정확히 무슨 말을 썼어? 그 계집애한테 내 험담을 늘어놓은 게 확실해. 내 이야기를 그 계집애한테 했어? 그런 거야? 대답해! 뭐라고 했어? 그 계집애한테 뭐라고 했는지 어서 말해."

나는 몸을 부들부들 떨고, 한숨을 쉬며 진땀을 흘리면서 알렉스를 향해 돌아앉았어. 내 인생이 종착역 없는 공포 특급열차가 되어버린 느낌이었지. 또 한 번의 역사적인 밤이 이어진 거야. 나는 선택의 여지가 없었어. 함정에 빠졌으니까. 그녀는 결국 어떻게 해서든지 편지의 진실을 알아내고 말 거란 생각이 들었어. 알렉스는 온갖 협박으로 날 유도 심문을 하고 나서 울부짖으며 내게 욕을 퍼붓고 성가시게 굴었지만 때리지는 않았어.

그 일이 있고 나서 11월은 그럭저럭 지나갔어. 아이들과 함께 프랑스에서 크리스마스를 보내야 한다는 생각을 하니까 울적해지는 거야. 알렉스와는 한참 전부터 다시 각방을 썼고, 그녀는 수첩과 전화기에 매달리면서 무서운 눈초리로 내 일기장을 압수해버렸지. 나는 끊임없이 알리스를 생각하면서 참고 또 참았어. 그 여가수와는 다르게 그녀를 잊을 수가 없어. 이루 말할 수 없이 불행할 뿐이야. 나는 뤼크의 충고에 따라 내 결심을 스스로에게 행동으로 확실히 보여주기 위해 레스토랑 명함을 태워버리고, 컴퓨터에 저장해둔 편지와 사진들을 정말로 삭제해버렸어. 이제 유로스포츠의 몬테팀 경기는 외면할 수 있어. 하지만 나 자신도 어쩔 수 없는 게 이탈리아와 수많은 라틴계 나라, 올리브 오일, 살사, 37-38 사이즈의 검은색 하바이아나, 바다, 여름, 갈매기, 그리고 실편백나무만큼은 내 마음을 아프게 해. 이제 알리스가 날 어떻게 생각할까 하는 걱정보다도 그녀를 잃어버렸다는 생각이 나를 차츰차츰 갉아먹는 거야. 형편없는 꼴이 되어버린 그간의 사건들과 기분이 상했다고는 해도 어이없기만 한 그녀의 반응, 그녀와 내 반응을 이끌어내기 위한 알렉상드린의 파괴공작에도 불구하고 그녀를 생각하면 계속해서 평온한 느낌과 행복, 솔직함, 정신적 안정감이 느껴지는 거야. 우리가 로만체의 그 공원에서 작별 인사를 나누던 그날과 똑같은 기분이 되는 거지. 그때는 분명한 사실임에도 불구하고 우리가 더는 만날 수 없다는 게 거짓말처럼 느껴졌어. 분명한 것은 그녀는 내 마음을 사로잡는다는 점이야. 말 그대로 그녀가 내 마음을 **잡아끈다고**. 그녀에게 끌릴 만한 충분한 이유가 있어서가 아니라, 마치 중력에 이끌리듯 그녀 자체에 내 마음이 끌리는 거야. 나는 비로소 말할 수 있어. 그녀는 내게 로만체의 천사일 뿐만 아니라, 함께 있으면 뭔가 멋진 일이 생길 것 같은 정 많고, 친절한 그런 사람이라고. 그리고 그 모든 신비주의적인 생각을 떠나서 어떤 힘, 내 안에서 들려오는 내면의 목소리가 이성에서 기인하는 것인지, 자기 보존 본능이나 생존 본능의 목소리인지, 또는 희망과 재생의 목소리인지 정확하게 말할 수는 없지만 아무튼 무엇인가 또렷하고 확실한 감정이 나를 그녀에게 다가가게 만들고, 그런 생각을 하다 보면 점차적으로 내 안에서 두려움이 사라지는 것을 알 수 있어. 알렉상드린이 소름끼치도록 방해공작을 피는 가운데에서도 강박적으로 그녀를 향한 내 마음을 안전하게 지키고 싶다는 욕구가 조금씩 커져만 간 거야. 아이러니하게도 하루하루 돌이킬 수 없는 절망 속에 빠져듦으로써 내 안에 다시금 믿음이 생겨난 거지. 그래서 하루는 아침에 단단히 마음을 먹고 불안에 떨면서 그녀에게 메일을 보냈어. 나는 아내에게 더는 편지하지 않겠다고 약속을 했고, 그녀에게 용서를 구하고 싶다고. 비록 내가 비열하게 굴고, 그런 식으로 망치고 싶지 않았던 우리의 좋은 추억을 더할 수 없이 망가뜨렸다고는 해도 나는 그녀를 존중한다고. 이튿날 그녀는 답장을 보내왔어. 내가 그녀에게 마음의 상처를 줬으며, 날 잊으려고 애쓰는 중이고, 다시 정상적인 생활로 돌아가고 싶다고. 또다시 편지를 보내면 와이프에게 이르겠다고 경고를 하더군. 유감이지만 나를 막으려면 그 방법밖에 없다는 것을 깨달았다고 하면서 말이야. 그러고는 나짐 히크메트Nazim Hikmet─너, 나짐 히크메트 알고 있지?─의 꽤나 비관적인 연애시를 편지 맨 끄트머리에 적어놓았어. 그런데 정말 기가 막힌 건 바로 그날 밤, 진짜야, 바로 그날 밤이라니까. 새벽 2, 3시쯤 갑자기 알렉스가 내 방에 나타나는 바람에 나는 잠이 싹 달아나버리고 말았어. 그녀는 불안감과 분노, 거의 불가사의에 가까운 알 수 없는 직감 같은 게 뒤섞인 눈빛을 하고는 이렇게 말하는 거야.

"그 계집애랑 더는 문자질 하지 않았다고 맹세해! 이 자리에서 아이들을 걸고 맹세하라고."

나는 겨우 그것 때문에 자는 사람을 깨웠냐며, 막가기로 작정한 사람처럼 아이들을 걸고 맹세했지. 그녀가 방에서 나간 후 나는 다시 잠을 청했어. 불안해하면서 조금이라도 공포감을 느끼기에는 너무 오래전부터 매사에 진절머리가 나고, 감정적으로 지나치게 충격을 받은 거야.

그런데 알리스를 아주 잃고 나니까 그 모발리 인에 대한 생각이 물밀듯이 밀려드는 거야. 마누라가 그와 연락을 하고 있는지는 알 수 없어. 침착한 목소리로 그녀가 털어놓기를 결국 그에게 전화를 걸어 자신이 사랑에 빠졌으며, 그의 육체에 홀딱 빠졌다는 말을 했고, 서로 메일을 몇 번 주고받았다는 거야. 나는 체중이 3킬로그램이나 줄었고, 더는 잠을 이루지 못했어. 마누라가 나와 더 이상 섹스를 하려 들지를 않는 거야. 그녀가 그곳에서 산, 나보다 그가 먼저 마누라의 몸에서 향기를 맡은 샤넬의 샹스 향수는 아이러니의 극치이자, 참을 수 없는 고통의 극치라고 할 수 있지. 나는 웃음을 잃었어. 사람들 눈에 기껏해야 스물일곱 살로 보이는 명랑하고 쾌활한 사내는 존재하지 않게 된 거지. 남들처럼 수심 가득한 어른스러운 얼굴을 하게 된 거야. 나는 알렉스에게 아직 고동 사건을 매듭지었다고 생각할 수 없다고 말했어. 그러자 전혀 예상 밖으로 내 이익을 도모하려는 것인지, 아니면 순전히 악취미적인 발상에서 자신이 은밀한 기쁨을 맛보기 위함인지는 몰라도, 하루는 그녀가 내게 친절하다 싶을 정도로 이렇게 말하는 거야.

"자, 그게 자기를 도울 수 있다면, 그 사람에게 편지를 써야지 어쩌겠어. 원한다면 그 사람 메일 주소를 알려줄게."

사실 나는 그 자식한테 편지 쓰고 싶은 마음이 손톱만큼도 없었어. 하지만 마치 어린애가 엄마를 그대로 따라 하는 것처럼, 알렉스의 일거수일투족을 모방하기라도 하듯이 내가 그러고 싶은지 어떤지는 생각하지도 않는 거야. 언제나 그렇듯이 그녀가 하는 제안은 최고이니까. 게다가 그녀의 제안은 내가 자연스럽게 복수를 하고, 마침내 그 자식의 신화를 벗겨내서 놈을 다시금 평범한 인간의 위치로 돌려보내고, 비정상이라고밖에는 할 수 없는 내 두려움을 구체적인 언어로 대신할 수 있는 꽤 훌륭한 기회를 제공하는 거였어. 그래서 나는 아주 정중하고, 굉장히 자기 비판적이지만 치밀한 계산이 깔려 있는 편지를 썼지. 그에게 간략하게 인사를 하고, 내 아내가 당신을 택한 것을 보면 당신은 확실히 괜찮은 남자인가 보다. 나는 그녀에게 고통을 줬고, 그녀는 절망에 빠져 있었다. 결혼의 파괴자는 나지 당신이 아니다. 우리는 서로에 대해 아는 게 없다. 그녀는 성인이고, 당신은 그녀에게 많은 도움이 되었으니 내가 당신을 원망할 이유는 조금도 없다. 둘이서 어떤 계획을 세웠든, 서로에 대한 감정이 어떻든 간에 그저 내가 세상 누구보다도 그녀를 사랑한다는 것을 당신이 알기를 바랄 뿐이다라고. 나는 일부러 편지를 알렉스에게 보여주지 않고 곧장 그에게 보냈어. 그녀가 비난할 게 뻔하니까. 남편과 애인 사이에 편지가 오가게 되니까 그녀는 들뜬 동시에 불안해하더라고. 나는 마침내 깨달았어. 그녀가 내 열의와 그녀에 대한 내 감정이 진심인지 아닌지를 확인해보려고 했다기보다는 나를 중재자로 내세워 그 자식이 자기를 진심으로 사랑하는지 알고 싶은 마음이 더욱 컸다는 것을. 그는 바로 그 다음 날 인사말 비슷한 글로 시작하는 편지를 보내왔어. 당신한테 편지를 받게 되어서 기쁘다. 나는 당신과 알렉스 사이에 끼어들 생각은 추호도 없으며, 이제부터는 알렉스를 단지 좋은 친구로만 여길 것을 약속한다. 그 전날 내가 편지를 보낸 것에 어떤 반응을 보여야 할지 통 모르고 있던 알렉스는 이 일로 인해 자기가 그 모발리 인을 잃게 되었다는 사실을 깨닫게 되었지. 슬퍼하고 실망스러워하는 모습이 내 눈에는 훤히 보이는데도 그녀는 간신히 실망감을 감추면서 부루퉁한 얼굴을 하고는 이렇게 묻는 거야.

"그런 말은 뭐 하러 했어?"

그녀는 차마 이런 말은 덧붙이지 못하더라고.

"그래, 나 그 사람하고 헤어졌어. 이제 됐어? 이제 네가 바라던 대로 됐냐고."

그러고 나서 더 이상 핑곗거리가 없어지고, 이 고통스러운 혼란 상태에서 벗어나기 위해 무슨 짓이든 할 각오가 되어 있던 차에 나는 우연히 시내에 떠돌아다니는 스위스 라이키스트를 만나게 되었지. 라이키가 뭔지 모른다고? 일종의 안수 치료 같은 거야. 그는 인도 사람 같았는데, 오래도록 내 사무실에서 이런저런 이야기를 주고받았어. 그 사람은 조금 광신자 같기는 했지만 아주 인간적이었지. 그리고 무척 개방적이면서 호감이 가고, 온화하며 직관력이 있어 보였어. 그래서 알렉스와 있었던 일들을 전부 털어놓았지. 그 사람에게 내 속마음을 털어놓으면서 나는 이런 데에는 문외한이며, 이성적인 사람이기보다는 그냥 생각나는 대로 행동하는 편에 가깝지만 대체요법은 뭐든 존중한다고. 그리고 요즘 들어 불쾌한 기분이 전혀 없어질 기미가 보이지 않으니 그가 날 위해 뭔가 해줄 수만 있다면 나는 전적으로 믿을 각오가 되어 있다고 말했지. 그는 눈시울을 붉히면서 내가 자기에게 기대와 희망을 갖는 것에 감동했다며, 나를 위해 뭔가 해볼 수 있을 것 같다고 했어. 한 번에 45분, 아무 대가도 받지 않고 나를 느끼는 거야. 나는 그에게 이튿날 점심시간에 내 사무실에서 만나 치료하는 게 어떻겠느냐고 제안했어. 그런데 그 사람 말로는 주위 환경도 그렇고, 내가 동요를 느낄 수도 있으니 우리 집에서 하는 게 더 좋겠다고 하더라고. 그래서 나는 아내에게 미리 전화로 알려야 한다고 했지. 나는 알렉스에게 전화를 걸었어.

"내일 12시쯤 남자 한 명과 안수 치료를 받기 위해 집에 가려고 하는데, 괜찮을까? 그리고 점심 식사를 같이 할까 하는데?"

그녀는 상냥한 목소리로 그건 자기가 알 바 아니며, 내 집에 내가 있겠다는데 누가 뭐라고 하겠냐고 하더군. 또 집주인은 나니까 원하는 대로 하면 되는 것이고, 나는 그녀가 뭐라고 하건 간에 내가 원하는 것은 늘 해왔다는 거야. 그리고 그녀는 이렇게 말하더군.

"나야 뭐 그러거나 말거나 상관없어. 점심 식사는 그것도 자기가 하고 싶은 대로 해. 주방 아줌마가 뭘 준비해야 할지 자기가 대충 알아서 하라고."

그래서 이튿날 나는 점심시간에 스위스 안수 치료사와 함께 우리 집 식당으로 들어갔어. 알렉스는 한눈에도 짜증을 내고 있는 것을 알 수 있었는데, 그가 건네는 인사말에 마지못해 대꾸를 하고는 마음을 가라앉히려고 접시의 물기를 닦으러 주방으로 갔어. 우리 부부의 갈등을 해결해주고 싶은 마음에 조사관보다 더 열성을 보이던 그는 자리에서 일어나 주방으로 가서 알렉스와 대화를 나누기 시작했지. 그는 바로 그녀가 불같은 기질의 소유자라는 것을 알게 되었지. 그런데 몇 분 후 알렉스가 어쩔 줄 몰라 하며 주방문 앞에 나타난 거야. 그녀는 그를 손으로 가리키며 도전이라도 하듯 이렇게 내뱉었어.

"알지도 못하는 사람이 내 집에 와서 나에게 설교를 늘어놓다니, 그게 말이나 된다고 생각해?"

나는 골칫거리만 하나 더 생겼구나 싶어서 꾹 참으며, 알렉스와 안수 치료사를 번갈아 쳐다보며 물었어.

"뭐야? 대체 무슨 일이야?"

알렉스는 열을 내며 대답했어.

"나는 처음부터 끝까지 공손한 태도로 이 사람과 이야기를 나누었어. 내가 이 사람에게 뭘 어떻게 하라고 한 것도 아닌데, 나에게 '남자들은 누구나 **이따금씩 어설플 때가 있는 법**이지요. 그렇다고 해서 타내서는 안 돼요. 그냥 그런가 보다 하세요.' 이러는 거야. 아니, 대체 저 사람이 뭘 안다고 끼어드는 거야?"

그녀는 분통을 터뜨리면서 치료사에게 묻더군.

"제가 그쪽 사생활에 이러쿵저러쿵 참견한 적 있어요?"

나는 하얀 기모노를 걸친 채 망연자실한 표정으로 서 있는 그를 쳐다보았어.

"나는 당신을 화나게 하려고 한 건 아니었어요. 예의에 어긋났다면 죄송해요. 나는 당신 남편 입장을 좀 변호해주려고 했을 뿐이에요. 어쩌면 내가 어설펐을지도 모르지만, 당신과 대립하려던 건 아니었다고요. 그걸 그런 식으로 받아들이지는 마세요. 두 분이 불행한 것을 보니 제 마음이 아프군요. 두 분을 위해 뭔가 해드리고 싶은데……."

빡빡 밀은 머리에다 브르타뉴산 스페니엘 같은 눈매를 하고 있는 그는 진짜 모험심이 강한 타입처럼 보였어.

"알렉스, 진정해. 대체 무슨 일이야? 분명 뭔가 오해가 있었을 거야. 거기 잠깐 있어 봐."

그녀는 위협하는 듯한 어조로 말했어.

"내가 방금 이야기했잖아. 무슨 일이 있었는지! 오해 따윈 없단 말이야! 이 작자가 지금 나에게 무례하게 굴었다고. 그런데 그걸 그냥 두고 볼 셈이야?"

"알렉스, 잠깐만. 잠깐만 기다려 봐."

"싫어. 나는 안 기다려!"

그녀는 고래고래 소리를 지르며 말했어.

"이 작자가 보는 앞에서, 그리고 내 앞에서 이자가 지금 우리 집, 아니 내 집에서 나에게 무례하게 굴었다는 걸 인정할 거야, 말

거야?”

내가 너무 답답하게 군다고 생각한 나머지 짜증이 난 알렉스는 건조대에서 두꺼운 파이렉스 샐러드 볼을 집어 들고는 있는 힘을 다해 바닥에 내던졌어. 쨍그랑 하고 그릇 깨지는 소리에 놀라 아이들도 주방으로 달려왔지. 그녀가 아이들이 있는 데서 그런 식으로 행동한 것은 처음이었어. 나는 알렉스에게 눈짓으로 좀 참으라고 애원하면서 아이들을 안심시키려고 해보았지만 소용없는 일이었어. 알렉스는 악을 써댔어. 반발도 하지 않고 자기 마누라가 욕을 먹게 내버려두다니 창피한 일이며, 게다가 모진 고통을 당하고 있는 건 바로 그녀 자신인데 나는 내 몸 돌볼 생각밖에는 할 줄 모른다니 어이가 없다는 거야. 그리고 나는 이기주의로 똘똘 뭉친 놈에다 비열하기 짝이 없는 인간이라는 거지. 그건 바로 그렇게 해서 일어난 일이라니까. 지어낸 것도, 빠뜨린 것도 없이 사실 그대로를 말한 거야. 물론 알렉스가 전적으로 잘못했다고는 말할 수 없겠지. 그렇지만 해도 해도 너무 한 것 아니야? 결국 안수 치료를 받기는 했어. 하지만 너도 한 번 생각해봐. 내가 한시라도 편안한 마음을 가질 수 있었겠는지. 그 치료사는 사과를 핑계로 곧바로 알렉스에게 가서 친절하게도 똑같은 치료를 해주겠다고 했어. 물론 그녀는 거절했지. 그는 치료를 마치고 돌아가면서 드러내놓고 알렉스에 대해 좋지 않은 이야기나 어떤 평가, 어떤 의견도 이야기하지 않았어. 하지만 충격을 받은 듯 초점을 잃고, 깊은 연민이 어려 있는 그의 시선이 모든 걸 말해주고 있었지.

아무튼 급하면 지푸라기라도 잡는다고 할 수 있는 온갖 방법을 동원해보았지만, 그래도 견디기 힘든 건 마찬가지야.

나는 11월 30일 이반과 레스토랑에서 만나기로 약속을 했어. 두 달 반 전 파리에서 돌아온 후 혼자 외출을 한 것은 이번이 처음이야. 나는 그날 약속에 대해 일주일 전부터 미리 알렉스에게 이야기했어. 전날에도, 바로 그날 아침에도 그 사실을 상기시켰지. 나는 오리 가슴살 요리와 감자 그라탱을 앞에 두고 이반에게 속마음을 털어놓았어.

"더는 못 할 것 같아. 알렉스와 어떻게 될지 도통 모르겠어. 앞이 캄캄해. 더 이상 행복 따위 생각할 수도 없어. 이렇게 속마음을 털어놓으니 도움이 돼. 숨쉬게 해줘서 고마워."

한참 식사를 하고 있는 그때 알렉스에게서 전화가 걸려왔어. 펄펄 뛰는 그녀의 음성에서 그녀의 눈빛이 느껴지더라고. 그녀는 다짜고짜 이렇게 말했어.

"두 번째로 나랑 헤어지려고 한 게 한 달밖에 안 됐는데, 마치 아무 일도 없던 것처럼 친구랑 저녁 먹으러 나가서 좋은 시간을 갖는다는 게 말이 된다고 생각해?"

나는 그놈의 얼빠진 듯한 목소리로 변변치 않은 항의의 말을 몇 마디 주워 삼켰어. 그녀는 나를 코너로 몰아세우더군. 내가 이반을 바라보며 알렉스와의 통화 내용을 하나도 빠짐없이 이야기하자, 그는 망연자실한 채 알렉스와의 친분을 생각해서 아무 말도 하지 않았지만, 안수 치료사의 눈빛이 그랬던 것처럼 그의 눈빛만 봐도 모든 것을 알 수 있었어. 그 순간 내가 비정상적인 결혼 생활을 하고 있으며, 이렇게까지 복잡한 인생을 살아갈 정도로 정신 나간 인간은 나 이외에는 아무도 없으며, 지금이라도 당장 그만둬야 한다는 것을 깨닫게 된 거야. 보통 때 같으면 나는 식사를 마치기도 전에 자리를 박차고 일어나 순식간에 계산을 하고, 날 좀 이해해달라고 하면서 이반에게 인사를 하고는 지체 없이 집으로 돌아가 알렉스에게 이렇게 말했을 거야.

"자기, 무슨 일 있어? 뭐가 문제인데? 나는 그냥 이반하고 오리 가슴살 구이를 먹은 것뿐이야. 우리는 그저 대수롭지 않은 이런저런 이야기를 주고받았어. 우리 이야기 좀 할까?"

하지만 이번에는 마치 흥망성패가 걸린 중대한 약속이라도 되는 듯 과도하다는 인상을 줄 만큼 다정하게 미소를 지으며 이반에게 침착한 목소리로 말했어.

"이반, 내 말 좀 들어봐. 아니, 나 일어서지 않을래. 우리 끝까지 식사를 마치자. 계속해서 편안한 마음으로 대화를 나누자고. 와인을 다 마시고 나서 디저트를 주문하고, 또 주인이 권해주는 식후에 마시는 술도 한 잔 마시자. 방금 내가 이야기한 것처럼 모든 걸 해치우는 거지. 나는 그렇게 모든 일이 끝나고 나서야 작별 인사를 한 후 집으로 돌아갈 거야, 오케이?"

그렇게 식사를 마치고 나니까 처음으로 내가 생각한 대로 말하고, 행동할 것이라는 느낌이 들더라고. 나는 이반에게 인사를 하고 차에 올라 편안한 마음으로 운전을 하기로 생각했어. 나는 결심을 한 거야. 내 집 대문 앞에 도착했을 때 가슴을 졸이지 않겠다고. 고개를 빳빳이 들고 안뜰을 가로질러 가겠다고. 그리고 풀 방구리에 쥐 드나들듯 가벼운 마음으로 내 집 현관에 들어서겠다고. 나는 결정을 한 거야. 나는 내 인생의 주인이므로 불행해질 이유 같은 건 없다고. 이제는 넌더리가 나는 만큼 출혈이 심하더라도 오늘 밤부터는 내가 우선이라고. 현관문을 열자 소파에 앉아 있는 알렉상드린이 시야에 들어왔어. 그녀는 내가 골백번도 넘게 해명해주기를 기대하고 있었겠지만, 나는 그러지 않았어. 그녀는 내게 앉으라고 요구하지도 않았지. 내가 제대로 대답을 하지 않을 수도 있었으니까. 그녀는 유난히도 의연해 보이는 내 눈빛 때문인지, 응접실을 가로지르는 내 태도 때문인지는 몰라도 내가 온전한 상태가 아니라고 느꼈던 것 같아. 말하자면 이상할 정도로 온순했다는 거지. 나는 아무 말도 하지 않고 평온하게 욕실로 향했어—늘 그 빌어먹을 놈의 욕실이라니까—등 뒤로 그녀가 입을 꾹 다문 채 기막혀하고 있다는 느낌이 들었지만, 지가 그래 봤자 별 수 있겠나 싶었지. 욕실에 들어가서는 천천히 옷을 벗고, 조심스럽게 몸을 움직였어. 아늑한 분위기를 내기 위해 세면대 위에 달린 전등만 켜고, 욕조의 수도꼭지를 틀어 따뜻한 물이 받아지는 동안 아로마 입욕제를 넣었지. 여전히 물소리는 찰랑거리고, 활력이 솟아나면서 마침내 기분이 좋아지더라고. 그렇게 목욕을 시작한 지 10분도 안 되었는데, 욕실 문이 벌컥 열리는 거야. 알렉스였지. 물론 그럴 것이라 예상하고 있었어. 그녀를 기다리고 있었으니까. 함께 살아온 몇 년 동안 처음으로 나는 손으로 신중하게 거시기를 가렸어. 마치 음란한 짓이라곤 해본 적이 없는 사이처럼. 나는 몸을 돌리지도 않은 채 말했어.

"뭐, 필요한 거라도 있어?"

"거기서 무슨 짓거리를 하고 있는지 알아야겠어."

그녀가 던진 말들은 공허하게 흩어질 뿐이었지. 그녀는 쇠락의 길을 걷고 있는 전제군주 같았어. 완고한 듯 보이지만 공포에 사로잡힌, 가소롭기 그지없는 허수아비지.

"아무것도 안 해. 나는 너랑 헤어질 거야."

내가 이혼하겠다고 이야기한 건 7개월 동안 무려 세 번째이지만, 그녀와 나는 그것이야말로 바람직한 일이라는 것을 익히 알고 있었어.

"나랑 헤어지겠다고?"

"그래, 그럴 거야. 그리고 조용히 목욕 좀 하게 그만 문 닫고 나가줬음 좋겠어."

이튿날 아침 나는 일어나기가 무섭게 알리스에게 문자부터 보냈어. 마치 시급을 다투는 일인 양 긴급하게. 일분일초가 아까웠거든.

"나 와이프와 어제부터 별거에 들어갔어. 자기와 다시 연락하고 싶은데."

30분 후에는 메일을 보내 내 뜻을 보다 확실하게 밝히기도 했어. "이 편지를 와이프에게 보내도 좋아. 나는 상관없으니까. 이젠 지쳤어. 나는 자기가 그리워. 이미 한 달 전부터 자기가 죽도록 보고 싶었다고. 날 용서해달라고 울부짖고 싶었단 말이야." 그러고 나서 1시간 후에 흥분한 나머지 정신이 몽롱해진 상태로 몬테의 그녀에게 전화를 걸었지.

"내 문자 메시지 받았어? 내 메일은? 미안해, 정말 미안해. 내게 돌아와줘. 돌아오면 다시는 아프게 하지 않을게. 맹세해. 후회안 할 거야. 진짜라니까. 나는 완벽한 사람은 아니지만 그렇게 야비한 놈도 아니야. 하나도 빠짐없이 다 이야기할게. 미안해, 정말 미안해. 나는 자기가 필요해. 자긴 날 꿈꾸게 하고 살아나게 해. 나는 지금 경솔한 짓을 하는 게 아니야. 물론 아직 골치 아픈 일들이 남아 있기는 하지만 얼마든지 극복할 수 있는 것들이야. 그냥 행복하게 살고 싶어. 나는 나와 맞는 사람이 누군지 알아. 나에게는 자기가 맞아. 미안해, 정말 미안해."

전화기 저편에서 그녀가 불현듯 행복한 미소를 짓고 있다는 것을 나는 느낄 수 있었어. 그녀에게도 해가 뜬 날이 돌아온 거지.

"좀 기다려봐. 진정하고."

어쨌든 그녀도 자존심이란 게 있으니까.

"잠깐만. 곧 대답할게. 약속해. 진정하고 조금만 시간을 줘. 곰곰이 생각 좀 해봐야겠어. 걱정하지는 마. 나도 알아. 이미 다 안다고. 알았어. 다시 연락할게."

요컨대 사나흘에 걸쳐서 편지와 달콤하기 이를 데 없는 문자 메시지, 로만체, 이탈리아, 브루스케타 빵이 돌아오고, 다시 한 번 미친 듯 사랑을 나누기로 약속을 한 거야. 한편, 알렉스는 우리가 부부로 살아온 이래 처음으로 내 앞에서 무릎을 꿇고는 떠나지 말아달라고 울며불며 애원했어. 그녀는 짧은 파레오 차림의 초라한 모습으로 내 발치에 매달려 내가 화났다는 것을 알았으니 앞으로 달라진 모습을 보여주겠다고 맹세했어. 앞으로 다시는 날 자기 물건 다루듯 하지도, 학대하지도 않겠다고 하면서 너무나도 오랫동안 자신의 고통을 내게 투사해왔노라고 시인하더군. 날 이 세상 누구보다 사랑했으며, 언제나 내가 세상에서 가장 잘생기고, 제일 똑똑하며, 누구보다 정 많고, 최고라고 여겼지만 단 한 번도 제대로 표현할 줄 몰랐다고, 나를 잃는다는 것은 있을 수 없는 일이며, 그렇게 되면 자기는 죽을지도 모르기 때문에 하나부터 열까지 전부 달라진 모습을 보여주겠다고 약속했어. 한 마디로 공포에 사로잡힌 거지. 그녀는 이틀 동안 편지를 내리 세 통씩이나 써서 날 심하게 모욕한 걸 다시 한 번 사과했어. 그런 편지를 보내다니 기가 막힐 노릇이지. 본심에서 우러나온 행동이라는 게 틀림없거든. 하지만 이미 때는 늦었어. 나는 양심의 가책을 느끼고 연민에 귀 기울일 만큼 한가하지 않거든. 그렇지만 그럴 수도 있을 것 같아. 너무나도 쉽게, 수도 없이 마음이 꺾여서 속으로 이런 생각이 들 수도 있을 거야. 부서진 장난감을 앞에 두고 눈물을 흘리며 슬퍼하는 어린아이를 두고 가버리는 것은 도리가 아니라고. 나는 그녀를 구할 수 있고, 그것이야말로 내 의무라고. 나는 운 좋게도 그녀처럼 해산의 고통을 겪지는 않았다고. 어쩌면 그럴 수 있을지도 모르지. 이번에는 내가 그녀의 발치에 달려들어 다시 한 번 무모한 모험을 할 수도 있을 거야. 하지만 이제는 끝이야. 세상이 하루아침에 뒤바뀌었거든. 그야말로 날것 그대로의 거친 삶이지. 인생이란 언젠가 익숙해질 때까지 수도 없이 대가리를 처박게 만드는 냉수마찰 같은 것이라는 걸 깨달았으니까. 행동이 필요할 때는 주저하지 말아야 해. 비상시에는 웬만한 불편쯤 감수해야 하는 법이니까. 가차없이, 인정사정 보지 말고. 그녀를 생각하면 마음이 아프지만 이제부터는 나 자신부터 생각해야 해. 이건 사활이 걸린 문제라고. 그녀와 나 자신 중에 하나를 선택하라면 당연히 내가 우선이야. 괴로운 일이기는 하지만 나부터 살고 봐야지 어쩌겠어. 이른바 차선을 택해야 한단 말이지. 평소에 입버릇처럼 말하던 '여보'니, '자기'니, '괜찮아', '정 그러고 싶으면' 어쩌고 하는 말들 대신에 이번에는 내가 결혼반지를 빼고는 결혼생활 이래 처음으로 내 한 맺힌 심정을 그녀에게 토로한 거야. 좀 심하다 싶게 소리지르고, 좀 과하다 싶을 만큼 열을 내고 얼굴을 찡그리면서 우스워 보이지 않으려고 무리를 한 거지. 그저 폼을 잡아보려고 형식적으로, 어디 한 번 들어보라는 듯이 길 떠날 준비를 위해서 말이야. 그러고 나니까 그렇게 속이 시원할 수가 없는 거야. 나는 그녀에게 말했어.

"아무 반발도 하지 않고 성가시게 구는 네 꼴을 보는 것도 이젠 지긋지긋해. 네 생각만 해도 역겹고 더는 견딜 수가 없단 말이야.

가서 네가 원하는 놈하고 실컷 붙어먹어. 세상 최고로 매끈한 놈들 만나서 잘해보란 말이야. 네가 그러거나 말거나 나는 아무 상관 없어. 이제는 너랑 하고 싶은 생각도 없고, 너한테 하도 질려서 네 얼굴만 봐도 구역질이 나. 그리고 너 내 말 똑바로 들어. 내 몸에 또다시 손을 댔다간, 한 번만 더 내 몸에 흠집을 내려들었다가는 사내자식 패듯이 흠씬 때려줄 거야. 네 상판에다가 이단옆차기를 날려서 저만치 뒤로 나가자빠지게 만든 다음 땅바닥에 부딪혀 대가리가 빠개지도록 해줄 거라고. 너 내 말 명심해. 다시는 털끝 하나라도 건드리고 싶지 않게끔 확실하게 뜨거운 맛을 보여줄 테니까."

그런데 정말 고약한 건 그녀가 그걸 좋아하더란 말이지. 게다가 마치 그렇게 해주기를 간절히 바랐다는 듯 눈물까지 흘리면서 말이야.

"자기가 화를 내니까 너무 좋아."

나는 그제야 깨달았어. 수많은 세월 동안 너무나도 온화하고, 여성스럽게만 생각했던 여자와 즐겁고 흐뭇한 기분을 주고받으려고 애써온 무수한 노력들이 방금 물거품처럼 사라져버렸다는 것을. 게다가 더 기가 막힌 것은 그녀가 전혀 괴로워하지 않는 이유가 내가 결코 자기와 헤어지지 않을 거라고 생각하고 있다는 거야. 또 언젠가 내가 정말로 자기 곁을 떠나는 날이 오리라고는 심각하게 고려하지 않고 있었기 때문에 날 잃게 될까 봐 두려워하지도 않았고, 부부 사이가 다정하고 화목하려면 남자를 초장부터 잡아야 한다고 그녀의 숙모가 입버릇처럼 말했듯이 나를 **옴짝달싹** 못 하게 만듦으로써 자기 곁에 묶어둘 수 있다고 생각하고 있더란 말이지. 그러고 보니까 그녀가 했던 말들이 자꾸만 생각이 나는 거야.

"자기가 잠자리에서 날 제대로 상대하려면 카메룬 국가대표 축구팀 선수들이 운동장에서 상대팀 선수들에게 하듯 해야 해. 언젠가 라디오에서 그들이 인터뷰하는 걸 들은 적이 있어. 막 완승을 거둔 후였는데, 그들 중 누군가가 기자에게 우스갯소리를 지껄이면서 이러는 거야. '상대편 선수들을 내 여자로 만들어버렸죠.' 자기가 나하고 할 때 바로 그런 식으로 해야 하는 거야."

한 마디로 잠자리에서까지도 시합을 벌이듯 하는 부부관계를 말한 거였어. 우리의 사랑 이야기가 이렇게 끝을 맺게 된 것도 어쩌면 오래도록 잠재되어 있던 문화 간의 충돌이 원인일지도 모른다는 생각이 들어. 알렉스도 어느 날 밤인가 이런 이야기를 한 적이 있어.

"백인들인 자기랑 그 여자는 서로 완벽하게 통하는구나 싶어서 나에게 자기와 알리스의 일이 더욱더 고통스럽게만 느껴져."

그리고 사실 그런 생각이 드니까 지난 몇 년 동안 백인 여자들을 우습게만 봐왔는데, 이제는 그녀들한테서 이루 말할 수 없는 상냥함과 믿음, 우애 같은 전혀 새로운 감정이 느껴지는 거야. 그건 나도 인정해. 그것 말고도 장 폴 뒤부아의 최근 소설에서 읽었던 충격적인 문장이 떠오르는군. "루이즈 브룩스가 뭐라고 했는지 알아? 선량하고 친절한 사람과는 사랑에 빠질 수 없다는 거야. 비열한 작자가 되지 않고서는 결코 사랑할 수 없다는 게 세상 돌아가는 이치이니까." 나는 이 법칙이 남자에게도 적용되는 게 아닌가 싶어. 그 모발리 인에 관해서는 소설가 파비엔 카노르가 한 말이 생각이 나. 그녀는 "네가 열망하는 남자는 흑인이야. 네 살갗, 네 육체, 그리고 네 성기가 이성을 잃을 정도로 원하는 건 흑인이라고." 라고 말했지.

어떨 때는 알렉스가 나를 결코 사랑하지 않았다는 생각이 들다가, 또 다른 순간에 그녀는 내가 그토록 자기를 사랑한다는 것을 잘 알지도 못하고 받아들이지도 못한 채 그냥 내가 자기를 사랑하니까 날 무척 좋아했다는 생각이 드는 거야. 그녀는 비틀릴 대로 비틀리고 복잡다단한 심리상의 이유들로 인해 진정 자기 자신이 그렇게까지 사랑받을 만한 자격이 없다고 생각했거든. "네가 날 사랑하지 않는대도 나는 널 사랑해. 그러니 조심하라고.", "나도 널 사랑하는 건 아니야."라는 노래 가사가 생각나는군. 꼭 긴장감이 감돌 때가 아니더라도 그녀가 마치 예언이라도 하듯 종종 이런 말을 했던 것도 생각이 나.

"언젠가 자기는 날 버리고 자기 닮은 여자에게로 갈 거야. 두고 봐. 내 말이 틀림없을 테니까."

그녀는 내가 자기처럼 불행하지 않아서 날 미워한 게 아닌가 하는 생각이 들어. 그녀가 내게 물었어.

"이젠 날 사랑하지 않아?"

"응."

"나 미워해?"

"아니."

한 마디로 제정신이 아닌 거지. 나는 마침내 자유로운 몸이 되었지만, 어떤 것이 진짜 나인지 알 수가 없어. 다른 사람이나 마찬가지야.


그렇게 한 달이 채 못 되어서 나는 두 아이와 어머니, 새아버지, 여동생, 여동생의 남자 친구, 그리고 외할머니와 함께 프랑스 남부의 고향집에 머물고 있어. 지금은 12월 25일 새벽이야. 하늘은 우중충하니 잿빛이고, 집안사람들은 모두 자고 있어. 바깥 날씨는 지독하게 추운데 내 열대의 구릿빛 피부가 그런 추위와는 동떨어진 것이듯, 3일 전 파리에 도착했을 때 나는 그만 감기에 걸려서 페르벡스와 오로피발론 정으로 그럭저럭 버티고 있어. 나는 매일 아침 잠자리에서 일어나 습관대로 팔굽혀펴기 100번, 복근 운동 100번을 하고, 빵 몇 조각에 과일 조금, 그리고 생수를 마셨어. 그러고는 이를 닦고 따뜻한 물로 느긋하게 샤워를 한 후 간단하게 치장을 끝내고 나니까 전날 준비를 끝낸 짐들이 날 기다리고 있더군.

새아버지가 반쯤 감긴 눈을 하고 옆방에서 나오며 말을 건넸어.

"잘 잤니? 그래, 준비는 다 됐고?"

새아버지는 아이들이 깰까 봐 속삭이듯 말을 건네고는 간단히 세면을 마치고 옷을 주섬주섬 걸친 후 우리는 집을 나섰어. 나는 머플러를 두르고, 도착한 다음 날 레알에서 5유로를 주고 산 해군 점퍼의 단추를 채워 입었지. 연중 30도를 웃도는 곳에서 2년 넘게 지내다 보니, 새삼 겨울이 얼마나 추운지 실감하면서 따뜻한 옷을 챙겨 입었어. 나는 정원 문을 열었고, 새아버지는 그의 오펠에 시동을 걸어 차를 꺼내고는 길가에 서 있는 나를 태우고 출발했어. 파롱 역이 나올 때까지 개미 새끼 한 마리 얼씬거리지 않더군. 거리가 완전히 텅 비어 있었지. 새아버지는 나를 주차장에 내려주었고, 나는 감사의 말을 건넨 다음 서둘러 아비스 렌트카 데스크로 향했어. 그곳에는 붉은색 투피스 차림에 주의가 산만하지만 기분은 좋아 보이는 여직원이 혼자서 데스크를 지키고 있었어.

"메리 크리스마스."

"메리 크리스마스."

두 사람 사이에 흐르는 적막감은 묘한 분위기를 연출했어. 마치 핵전쟁에서 살아남은 두 명의 생존자가 몸짓과 표정으로 전쟁이 일어나기 전의 삶을 연기하고 있는 것처럼 말이야. **"나는 유명 자동차 대리점 직원 할 테니까, 넌 손님 해, 알았지?'"** 나는 타낭보에서부터 몹시 불안한 마음으로 모든 것을 준비한 만큼, 모든 일이 예상대로 진행되고 있음을 확인하면서 매순간을 즐겼지. 이번 여행은 일종의 기분 전환 같은 거야. 5년 전 뉴질랜드를 다녀온 후 처음이었지. 이 여행은 나만의 로드무비였고, 아주 사소한 것들까지도 결과와는 상관없이 먼 훗날 추억이 되리란 것을 잘 알아. 내가 계약서에 서명을 하고 나니, 직원이 신용카드를 조회하고는 내게 차키를 넘겨주었어.

"즐거운 여행 되세요. 메리 크리스마스."

나는 몹시 흥분되었지만, 내딛는 발걸음 한 걸음 한 걸음을 만끽하기 위해 천천히 걸으려고 애를 썼어. 주차장에서 나를 기다리고 있던 자동차는 르노의 모두스로, 데스크 여직원 말로는 800킬로미터밖에 달리지 않았다고 하더군. 자동차에는 예상대로 CD플레이어가 장착되어 있었어. 타낭보에서는 후줄근한 자동차들 틈에서 1988년형 랜드크루져를 몰다가 이 차를 보니까 시트에서 나는 새로운 냄새며 온갖 기술, 각종 전자기구, 디지털 계기판, 각종 버튼, 공들여 제작된 안전 및 조절 장치, 세련된 조명, 안락한 느낌, 재질, 거의 소음 하나 없는 21세기 유럽 자동차의 정숙도 등에 완전히 반해버렸어. 나는 트렁크에 짐을 싣고, 머플러를 한 채 점퍼를 벗어 뒷좌석에 던져두었지. 인두염에 걸린 터라 어쩔 수가 없었거든. 운전석에 자리를 잡고 앉아 도로 지도와 새로 산 CD 몇 장을 조수석에다 놓고, 콘솔 박스에는 유로화 동전 몇 개, 비자카드, 껌, 오로피발론 정제 한 판, 초콜릿 등을 챙겨 넣었어. 자동차 실내 공간에 내 몸에서 나는 비누 냄새가 퍼지는 것을 느낄 수 있었지. 나는 안전벨트를 매고 좌석의 위치를 내 몸에 맞게 조절한 다음 기본적인 운전장치를 테스트하고, 실내에 내장된 버튼으로 사이드미러의 각도를 조정한 후 라디에이터를 켜고 시동을 걸었어. 자, 드디어 크랭크인에 들어간 거야.

고속도로에는 아무도 없었어. CD 플레이어에서는 카에타노 벨로주, 죠지 벤, 칼리뇨스 브라운의 노래가 계속해서 흐르고 있었지. 나는 혼자였어. 소음 하나 없이 정숙한 새 차 안, 고속도로 위, 천지 사방에는 나 이외에는 아무도 없었어. 성탄절이었으니까. 날씨는 고약한데다 기분은 울적했지만 그래도 행복했어. 지난 6개월을 보내느라 완전히 녹초가 되기는 했지만, 그래도 행복했다고. 혼자 있는 게 행복했고, 프랑스에 있는 게 행복했고, 시속 130킬로미터로 달리면서 오른쪽으로 라방두, 생트로페, 생라파엘 같은 비수기의 휴양지들이 잇달아 펼쳐지는 모습을 보는 게 행복했고, 마침내 거머쥐게 된 행복을 향해 달려가는 게 행복했어. 성탄절 하루 동안 고속도로는 내 차지가 되었고, 도로와 하늘은 벨로주의 파스텔 톤 멜로디와 브라운의 따사로운 타악기 리듬을 닮아 있었어. 아니, 그보다는 그들의 음악이 엷게 바랜 하늘과 흠뻑 젖은 아스팔트, 또 희망과 우울 사이를 오가는 그 순간의 내 정신 상태를 닮아 있었다고 해야겠지. 그 곡은 성인으로서의 나를 처음 결산하는 그런 음악이었을 거야. 내가 레알의 프낙에서 그 곡을 처음 접하고, 대충 눈치로 CD를 구입한 것은 겨우 일주일 전의 일이었어. 그 음악에서는 꾸밈이라곤 전혀 찾아볼 수 없었지. 그 곡을 처음 들었을 때 나는 새 자동차와 겨울철 지중해 연안의 인적 드문 고속도로, 고달픈 연애는 막을 내리고 길이 끝나는 곳에서 일주일, 어쩌면 그 이상의 행복이 시작되는 듯한 느낌이 들었어. 그건 내 자유와 내 부활에 관한 곡이었지. 그 음악은 내가 부여하는 색채를 띠고, 내 인생 행로에서 가장 중요한 시기를 나타낸 것이기도 해. 왜냐하면 다른 삶을 살기로 작정하면서 가장 먼저 결심한 게 바로 음악을 바꾸는 일이었거든. 내가 결코 좋아할 수 없었던 알렉스의 R&B는 이제 끝이야. 하기야 그건 그녀의 환심을 사기 위한 것이었지만. 이제는 내 감성에 훨씬 더 잘 맞는 브라질리언 소도시타스saudositas 크루너를 즐겨 듣게 된 거야. 한마디로 자유로워지는 법을 다시 배운 거지. 나는 희망과 우울 사이를 오가며 홀로 운전을 하고 있었어. 그 정도면 훌륭해. 그렇게 될 수밖에 없는 일이었어. 내 삶의 중요한 순간을 보내고 있다는 사실을 여실히 깨달은 거지. 나는 프랑스 지중해가 좋아. 한 마디로 내 안식처라고 할 수 있지. 지구상 어느 곳을 가도 내 집에 있는 것처럼, 피난처에 와 있는 것처럼 느껴지는 곳은 바로 이곳뿐일 거야. 대기와 햇빛, 그리고 바다가 말을 거는 곳이 있다면 바로 이곳일 거라고. 니스, 모나코, 망통 같은 도시 이름들이 마치 지하철역처럼 연달아 펼쳐졌어. 나는 국경을 통과하고 나서야 첫 문자 메시지를 보냈지. "Sono in Italia!" 나는 미세한 변화까지도 놓치지 않았어. 도로가 좁아지고, 운전 속도가 보다 빨라지면서 더욱 유연해졌어. 도로 표시선이 훨씬 선명했고, 터널 벽은 칠을 하지 않은 채 콘크리트가 그대로 노출되어 있었지. 네온사인은 더욱 강렬했고, 도로 표지판에 야광을 칠한 부분이 더 많아졌어. 멀리 보이는 도시들은 엄격하고 착 가라앉은 분위기를 풍기고 있었어. 아마도 무솔리니 시대의 소산일 테지. 이내 고속도로 서비스

에어리어는 **아레아 세르비지오**로 바뀌었어. 톨게이트에는 이렇게 적혀 있었어. "N'giorno signore, buon Natale, due euros per favore. 산레모, 임페리아, 알벤가, 사보네." 나는 제노바에서 북쪽 방향, 즉 알렉산드리아—몬테 쪽으로 접어들었지. 방향 표지판 위의 지명만 보아도 가슴이 두근거리더군. 밖에는 눈이 내리고 있었어. "톨게이트, aree di servizio, buon giorno, buon Natale, vorrei un sandwich come questo e un caffé longo, grazie mille, ciao, 리구리아를 찾아주셔서 감사합니다. 안전 운전하세요." 내가 유럽인이라는 게 실감이 났고, 자랑스러웠어. CD 플레이어 안의 칼리뇨스 브라운, 쟈니 캐시, 카에타노 벨로주, 세르지오 멘데스, 마리아 베타니아는 지칠 줄 몰랐고, 어느새 몬테가 불쑥 모습을 드러냈어. 내 심장은 말 그대로 터져버릴 것만 같았지. 몬테 시의 지도를 한 번 훑어보고는 거대하고 간결한, 끝없이 이어지는 대로를 죽 따라갔어. 그러자 바로 왼쪽에 N 가가 나왔고, 그곳에서 시간이 그대로 멈춰버린 듯 고풍스럽고, 꿈속에서 보는 듯한 눈 덮인 시가지를 10분 정도 계속해서 직진했지. 트람 웨이의 케이블망 아래를 계속해서 달리다 보니 내가 묵을 호텔이 보여 역 정면에다 주차를 했어. 호텔은 널찍하니 조용했고, 한산한데다 아늑하고 포근했지. 한 마디로 너무 좋았어. 로비에서는 청결한 주방에서 나는 냄새와 오데콜롱의 향기가 감돌았어. 나는 프런트에서 룸키를 넘겨받고는 객실로 올라갔어. 복도가 한없이 이어지는 게 꼭 꿈을 꾸고 있는 것 같더라고. 객실은 천장이 높았고, 침대 위에는 백장미 한 송이가 놓여 있었지. 나는 짐을 바닥에 내려놓은 뒤 옷을 벗고 샤워를 한 후 볼륨을 줄여 TV를 켜놓고는 몸을 말리고 깨끗한 옷으로 갈아입었어. 그러다가 잠깐이라도 눈을 붙여야겠다 싶어서 다시 옷을 벗었지. 그런데 너무 흥분한 나머지 잠이 오질 않는 거야. 그래서 다시 주섬주섬 옷을 입었어. 그렇게 1시간 30분이 지나자 문자가 왔어. "나, 호텔 아래층이야. 다 왔어."

나는 흥분한 나머지 손바닥이 땀으로 흥건해졌고, 문 뒤에서 호흡을 멈춘 채 3분 정도 기다렸어. '그래, 바로 지금이야' 하고 느낀 순간 문을 열었지. 알리스는 우뚝 서 있는 내 모습을 발견하고는 나만큼이나 감격해서 복도 한가운데에 멈춰선 채 발걸음을 떼지 못하더군. 그녀의 모습은 사진이나 내 기억 속에서보다, 심지어 넉 달 동안 내가 상상한 것보다 훨씬 더 아름다웠어. 그녀는 더욱 짙은 금발에다 보다 섬세하고 성숙해 보이는 이목구비, 더욱더 파란 눈동자, 보다 환한 미소를 머금고 있있어. 검은색 동복으로 온몸을 감싼 그녀의 모습은 눈이 부실 정도였다고. 그녀는 여전히 복도에 선 채 꼼짝도 하지 않았어. 내가 다가가 말없이 그녀를 품에 꼭 껴안았어. 장미꽃이 있어서 어찌나 고맙던지.

너도 기억하다시피 그때까지 우리는 여름에 단 한 번 로만체에서 만났을 뿐이야. 하지만 겨울이면 어떻고, 북부에 잿빛 하늘, 지독한 감기에다 모직 옷을 입었으면 또 어때. 그런 건 아무 상관 없어. 우린 같이 있으니까. 다음 날 아침, 바다를 향해 고속도로 위를 달리는 차 안에서 알리스는 조수석에서 잠이 들었다가 간간이 눈을 떠 내 쪽을 바라보았어. 그녀의 시선은—주체할 수 없는 애정이 담긴, 망설이는 듯 진지하면서도 강렬한 그 눈빛이라니—여섯 달 전 로만체의 그녀 침대 위에서 바라보던 바로 그 눈빛이었어. 우리는 생크테르에 있는 작은 호텔에서 닷새를 보냈어. 우리가 묵은 객실은 계단이 미로처럼 뒤엉켜 있는 맨 꼭대기 층에 있었는데, 사실상 투숙객은 우리뿐이었지. 비수기라서 쥐새끼 한 마리 얼씬거리지 않았고, 바다는 을씨년스럽기만 했어. 하루 종일 비가 내렸지만, 그런 것 따윈 아무 상관 없었지. 우리 생애 최고로 멋진 시간이었어. 우리는 이른 시간 잠자리에 들었지만 잠은 자지 않았어. 호텔 식당에서 제공하는 점심과 저녁을 번번이 놓치고는 밤 11시에 주방으로 내려가 빵조각과 프로시우토 슬라이스 몇 조각을 가져다가 테이블 한쪽에서 걸신들린 듯 먹어치우기도 했지. 객실에는 커다랗고 솜털처럼 폭신한 전원풍의 침대와 머리맡 스탠드, 거울 달린 화장대가 있었어. 짐은 뒤죽박죽 된 채 엉망진창으로 어질러져 있었고, 옷은 천지 사방에 흩어져 있었지만 우리 외에는 아무도 없었으니 문제될 것이 없었지. 우리는 음악을 듣기 위해 휴대용 CD 플레이어와 컴퓨터 스피커를 준비해 왔어. 밖에는 자그마한 발코니가 있었는데, **층층이 깎아지른 해안 절벽과 이맘때면 발트해 같은 인상을 풍기는 지중해 쪽으로 영화 속 한 장면 같은 전망이 펼쳐졌어.** 마치 산장에 와 있는 듯한 기분이 들었다니까. 우리는 이틀 밤 계속해서 자동차를 타고 라스페치아에 가서 영화를 보기도 했어. 도로는 해안을 굽어보고 있었고, 해송

이 늘어선 구불구불한 길이 이어졌지. 인적이 드문 밤이었는데, 비는 추적추적 내렸고 기온은 영하로 떨어지려고 했지만 나는 그곳에서 내내 여름날의 지중해를 발견했어. 음악과 계기판의 어슴푸레한 야광, 칠흑 같은 어둠 사이로 비치는 자동차 헤드라이트와 더불어 세상에는 우리 둘밖에 존재하지 않았지. 우리는 똑같이 소중한 감정이 솟아나는 것을 느꼈어. 우리는 그곳에서 사진도 많이 찍고, 비수기의 레스토랑에서 저녁도 먹고, 호텔 바에서는 크루아상과 핫초코, 오렌지 생과일주스 등으로 간식을 먹기도 했지. 자정 무렵에는 라스페치아의 한적한 거리 한가운데에 있는 **안티카 핏제리아 다 마마 리**L' Antica Pizzeria Da Mamma Ri라는 피자집에 가곤 했어. 그곳은 스포티한 젊은이들로 붐비는 널찍하고 모던한 분위기의 생기 넘치는 곳이었어. 너도 가게 되면 꼭 한 번 들러봐. 정말 끝내준다니까. 나는 알리스에게 육계나무 껍질로 마사지를 해주었고, 그녀는 나를 위해 익살을 부렸지. 우리는 우리끼리만 통하는 영어와 라틴 영어를 지껄이며 배꼽을 잡고 웃기도 했어. 나머지 시간에는 자못 진지하게 살아가는 이야기를 주고받으며, 사랑을 나누었지. 우리는 여유 있게 하루에 네다섯 번 사랑을 나누었어. 내가 경험한 몇 안 되는 여자들 중 사랑에 대해 나와 똑같은 생각을 하는 여자를 만나기는 처음이야. 다시 말해서 아무런 구애도 받지 않고 자유롭게, 독창적으로, 부드럽지만 탐욕스럽게, 헌신적이면서도 자기중심적으로 말이지. 내가 여자를 오르가슴에 도달하게 만든 것도 처음이었어. 그럴 때마다 나는 네가 상상도 할 수 없을 만큼 감격하고 말았지. 행복이라는 게 무엇인지 비로소 알게 된 거야. 하지만 그런 날도 얼마 남지 않아 집으로 돌아가야 했어. 한시도 떨어지지 않고 150여 시간을 꼭 붙어 지내는 동안 불협화음이 일은 적은 단 한 번도 없었어. 진짜라니까. 돌아오는 길에는 그만 헤어져야 한다는 게 너무도 불행하게 느껴져서 서로에게 토라진 얼굴을 할 뻔했어. 우리는 다음 번 만남을 위해 계획을 세우고 약속을 했어. 몬테로 돌아와서는 프낙에 가서 휴가 내내 들었던 곡을 사기도 했지. 그녀를 위해서는 칼리뇨스 브라운과 라사Lhasa de Sela를, 나를 위해서는 카르멘 콘솔리와 바스코 로시를 각각 샀어. 나는 저녁 7시쯤 그녀를 B 가에 있는 그녀 집 앞에 내려주었어. Ciao mio amore, ciao. We don't need to be sad, it's just the beginning of a beautiful and long story. Je t'aime. Te quiero. Ti amo. I love you. Ciao, ciao, ciao.

몬테를 떠날 무렵에는 이미 어둠이 깔려 있었어. 알리스에게 전화를 하려고 들른 첫 **아레아 세르비지오**에서는 야회복 차림의 다급해 보이는 운전자들이 송년 축하 파티인 **카포 다노**를 위해 담배와 알코올 음료를 사가더군. 해군 점퍼에 농구화 차림인 내게 올해는 제야 따윈 안중에도 없었지. 오로지 성탄절만 있을 뿐이야. 나는 5일 동안 잠다운 잠을 자지 못한 상태로 자동차를 운전하기 위해 캔 커피를 하나 샀어. 시간은 충분했지. 나는 불안한 동시에 안도감을 느꼈어. 무엇보다도 알렉스와 긴 시간 동안 독점적인 관계를 유지해오다 별거에 들어가고 보니 불안했던 거야. **내가 그러다니. 맙소사, 내가 그러다니.** 도저히 있을 수 없는 일처럼 느껴진 거지. 자유를 향해 단호하게 내딛는 발걸음이 매일 아침 잠에서 깰 때마다 아찔할 정도의 공포와 죄의식을 느끼게 하는 높디높은 산과 다름없다는 것은 아이러니한 일이야. 타낭보로 돌아가면 누구든지 극복할 수 있는 구체적인 난관이라고는 해도, 온갖 어려움이 나를 기다리고 있을 것이라고 생각하니 불안했어. 또 내 아이들도 나처럼 부모의 이별이라는 진부하기 짝이 없는 비극을 겪어야 한다는 사실 때문에 괴로웠고. 피하고 싶어도 피할 수 없는 삶의 순환으로 인해 고통스러운 거야. 어느 날 갑자기 알리스가 내 삶에서 사라져버린 것만큼이나 그녀의 느닷없는 출현이 불안했어. 강렬한 애정관계에 느닷없이 빠져드는 구제할 길 없는 내 성향 때문에 불안했단 말이지. 그게 진짜 내가 바라는 걸까? 사랑? 그러고 나서도 또 사랑이라고? 대체 사랑이 뭔데? 어디서부터 어디까지가 자기암시이지? 알리스에 대한 감정이 사랑인지 아닌지 어떻게 알지? 내가 사랑하는 게 그녀일까, 아니면 사랑한다고 느끼는 내 생각일까? 때때로 나는 더 이상 사랑할 수 없다는, 알렉스에게 이미 모든 걸 다 줘버렸다는 그런 느낌이 들어. 그러다가 다시 알리스가 곁에 없음으로써 고통스럽고, 그녀를 생각하면 살 것 같은 기분이 든다면 그것은 틀림없이 사랑에 빠진 거라는 느낌이 드는 거야. 그렇다면 왜 스스로 금하는 걸까? 나는 알리스와 함께 있으면 모든 게 훨씬 단순하게 느껴져서 고통을 느

228

끼지 않는 사랑은 아무 의미가 없는 건 아닐까 하고 자문하게 되기도 해.

나는 코엔 형제의 영화 속에 나왔던 "그녀와 함께 있으면 나 자신을 꾸밀 필요가 없어."라는 짤막한 대사가 머릿속에 떠오르기도 했어.

마치 성적으로 충족감을 느끼는 남자처럼, 그래서 다시금 희망에 부푼 남자처럼 차분해지는 거야. 이제는 나 역시 일이 잘 풀리는 날이 있는가 하면, 그렇지 못한 날도 있다는 것을 알게 된 거지. 아니, 보다 정확히 말해서 나 역시 일이 잘 풀리지 않는 날도 있고, 비록 그렇다고 해도 그런 사실을 한동안 잊고 지낼 수 있는 날들이 있다는 것을 알게 된 거야. 이제부터는 생각에만 빠져 있지 않으려면 부지런히 활동하고, 절대적으로 **몸을 움직여**야 할 것 같아. 다시 말해서 웃고, 외출하고, 아이들과 뛰어놀고, 즐겁고 힘이 넘치는 음악을 듣고, 파티를 하고, 정리 정돈을 하고, 취미삼아 이것저것 만들기도 하고, 요리도 하고, 운동도 하는 게 필요하고, 일이 잘 풀리지 않는 것을 가능한 한 잊고 지내기 위해서는 마음을 다른 곳으로 돌리는 게 절대적으로 필요하단 말이지. 알렉스와 결별하게 되기까지의 이야기를 정확하게 표현할 수 있는 몇 개의 메타포가 머릿속에 떠오르는군. 강력 접착제로 붙여 놓은 두 개의 널빤지가 있는데, 이미 접착제가 조금씩 굳어가고 있을 무렵 목수가 갑자기 계획을 바꿔 억센 두 팔로 두 조각을 서로 떼어내기로 결정을 한 거야. 요컨대 불쌍한 두 개의 널빤지 위로 거칠거칠하니 딱딱하게 말라비틀어진 접착제는 갑자기 깊은 생채기로 남게 되고, 마침내 시간이 흘러 접착제의 날카로운 단면이 어느 정도 부드러워진다고는 해도 두 개의 널빤지가 원래의 상태로 되돌아갈 수는 없는 거지. 아니면 내가 알렉스를 향해 먼저 권총 한 발을 발사하니까 그녀는 비틀거리며 바주카포로 응수하고, 가슴이 뻥 뚫린 채 저만큼 땅바닥에 내동댕이쳐진 내가 핵폭탄으로 끝마무리를 짓는 거야. 이를테면 나는 산산조각 난 항아리이거나 폐차 직전에 구사회생한 자동차, 또는 일부 세포만이 기적적으로 재생한 죽은 세포 덩어리이지. 전에도 몇 번인가 꾼 적이 있는 당혹스러운 꿈이 있어. 바람이 불고 하늘이 잔뜩 찌푸린 어느 날, 알렉스와 내가 바닥이 미끌미끌한 파롱 항 부두에 있었어. 우아하게 차려입고 태평스러운 얼굴을 한 그녀는 고무보트 안에 앉아 있었고, 나는 고무보트를 꽉 붙든 채 부두 바닥에 그대로 엎드려 기고 있었지. 언제라도 바람에 고무보트가 바다로 떠밀려갈 수도 있었으니까. 나는 꿋꿋하게 버텼어. 알렉상드린은 수영을 할 줄 모르거든. 미끄러지고, 또 미끄러지고, 바람이 점점 빠른 속도로 우리를 끌고 갔지. 사방에서 회오리바람이 불기 시작했어. 정신이 하나도 없는 것이 위험하기 짝이 없었지. 미끄러지고, 또 미끄러지고, 속도가 점점 빨라지는 거야. 나는 고무보트를 비틀어 맨 밧줄을 쥐고 있기가 점점 힘들어졌어. 내 말은 들리지도 않는지 여전히 보트 위에 앉아 태평스러운 얼굴을 하고 있는 알렉스에게 신호를 보냈지만, 어느 순간 내 힘으로는 어쩔 수 없는 상황이 되고 말았어. 바람이 심해져서 결국 밧줄은 내 손에서 빠져 나가고 만 거야. 나는 공포에 사로잡힌 나머지 얼간이처럼 보트를 향해 돌진하면서 가능한 한 빨리 기어가 보트를 따라잡아보려고 기를 썼어. 부두의 콘크리트 바닥에 배를 긁혀가며 기어보았지만 바람이 불어대는 통에 보트는 나보다 훨씬 빠르게 미끄러지면서 이리저리 요동을 쳤고, 꺼칠꺼칠한 부두 바닥은 빗물에 뒤덮이고 말았지. 알렉스가 고무보트 안에서 점점 더 부둣가로, 물가로 다가서는 게 보이는데, 그녀는 아무것도 알아채지 못하고 마치 고무보트를 탄 여왕처럼 고개를 빳빳이 들고는 그대로 꼿꼿하게 앉아 있었어. 내가 자기를 더 이상 붙잡을 수 없다는 것을 깨닫지도 못한 채 말이야. 나는 그녀에게 앞으로 뛰어내리라고 고함을 질렀어. 목이 터져라 소리를 지르고, 배가 피투성이가 되도록 기어갔지만 어쩔 도리가 없었어. 그녀의 귀에 내 말은 들리지도 않았으니까. 나는 속수무책으로 고무보트가 부두와 그곳에 정박 중인 돛단배 사이로 휩쓸려 들어가 가라앉는 것을 그냥 지켜볼 수밖에 없었지. 다행히 알렉상드린은 마지막 순간에 돛단배의 방어물 하나를 붙잡았지만 몸의 3분의 2 정도가 이미 물에 잠긴 뒤였어. 나는 숨을 헐떡이며 그녀가 있는 곳에 이르러서는 부교 위로 올라올 수 있도록 도와주기 위해 손을 내밀었지만 그녀는 증오에 찬 눈으로 나를 쳐다보았어. 그녀의 눈길은 그런 뜻밖의 난관을 몰고 온 나를 비난하고 있었지. 그녀는 내 손을 밀치고는 혼자 힘으로 부두로 올라왔어. 하지만 입고 있던 옷은 부두의 더러운 물에 흠뻑 젖어 이미 못쓰게 되어버린 거야. 이 모든 것을 어떻게 해석해야 하지? 내가 밧줄을 더 꽉 붙들고 있었어야만 했던 걸까? 내 고함 소리가 너무 작았던 걸까? 내가 과연 알렉스의 무조건적인 신뢰를 받을 만했었나? 아니면 바람이 너무도 세차게 부는데다 보트가 지나치게 허술했던 만큼 그녀를 구하려고 시도한다는 것 자체가 무모한 짓이었을까? 나는 지나치게 예민한 것 같아. 너무 오만한 것 같기도 하고. 그런 오만함과 예민한 감수성이 나를 비열한 놈으로 만드는 게 아닌가 싶어. 요컨대 내가 오쟁이 진 남편이 되다니 참을 수가 없었지. 결국 잊지 말아야 할 것은 이 사건에서 치명적인 펀치로 선방을 날린 건 바로 나라는 사실이야. 하지만 선방을 날렸건 어쨌건 어차피 한 번은 겪게 될 일이었다는 생각도 들어. 이제는 살았구나 싶어. 알렉스에 대한 생각이 머릿속에 떠오를 때마다 나는 이렇게 자기암시를 하려고 엄청나게 노력을 해. "아니, 넌 그녀를 책임질 수도 없고, 책임감을 느낄 필요도 없어." 사실 상식이나 논리 따위가 무슨 대수겠어. 그토록 끈질기고 오랜 관계란 명백한 사실이라든가, 합리성 따위의 온갖 구실로는 설명이 안 되는 법이지. 내가 죄인이야. 나는 그런 짓을 할 자격이 없었어. 알렉스와 그토록 사랑한 후에 그럴 수는 없는 일이었다고. 우리는 지나치게 많은 약속을 했고, 우리의 결속은 그 정도로 확고했었지. 나는 바로 신뢰라는 신성한 협약을 깨뜨린 거야. 그토록 사랑하고도 알렉스를 버렸다는 사실이 날 미치게 만든다는 생각이 들어. 나는 두려운 마음으로, 아직도 그녀를 사랑하는 것은 아닌지 자문하게 돼. 또 그녀와 나 사이에 있었던 이 모든 일은 단지 간단한 사실에 불과한 게 아닌가 하는 생각도 들어. 다시 말해서 알렉스의 요구 사항과 그녀의 성격을 감당하기에는 내가 역부족이었던 거지. 나는 그녀가 필요로 하는 사람은 아니었지만, 할 수 있는 데까지는 해보려고 노력했고, 마침내 감당할 수가 없어서 기권을 선언하고 만 거야. 손을 뗀 거지. 지나치게 무서운 나머지 잠자리에서까지도 불안에 떨게 만드는 여자와 살 수는 없으니까. 인생은 그런 게 아니란 말이지. 우리는 철부지 때 만나 둘 다 인생 경험 부족으로 혹독한 대가를 치른 게 아닌가 싶어. 최근에 친구가 보낸 편지에 아주 멋진 표현이 있던 게 기억이 나는군. "너희 부부는 준마와 암사자의 결합이었어. 어찌나 눈부신 한 쌍이던지! 하지만 무슨 일이 벌어질지 모르는 부주의한 짝짓기였던 셈이지." 내 생각에는 **미스 캐스팅**이었다 싶어. 이 모든 게 그저 순조롭지 못했던 스캔들, 혹은 단순한 내적 변화에 불과할 수도 있겠다는 생각도 들고. 그 이야기는 이쯤에서 그만하고 다른 이야기로 넘어가자. 나에게 그렇게 민감한 부분이라는 것을 알면서도 요 몇 년 동안 일부러 그런 식의 압력을 행사한 그녀를 나는 절대로 용서하지 못할 것 같아. 그런 식으로 자기 남자를 대하는 것은 사랑이 아니란 말이지. 어떨 때는 **가련한 내 신세, 참 꼴좋다** 싶다가도, 어떨 때는 알렉스가 안 됐다는 생각도 들기는 해. 하지만 그렇다고 제풀에 나가떨어지지는 않아. 나 자신이 스스로 상상했던 것만큼 선량하고, 관대한 사람은 아니란 거지. 나 아닌 다른 사람은 아무도 견뎌내지 못했을 일들을 참아냈다 싶어. 그런 식의 악몽이 남의 일만은 아니라는 거야. 어쩌면 지극히 평범한 이야기를 내가 부풀리고 있는 것은 아닌지 모르겠다는 생각도 들어. 나는 불안해. 이미 이런 일을 겪은 사람들이야 걱정하지 말라고 하겠지만, 나도 언젠가는 안녕과 평화와 삶의 기쁨을 되찾을 수 있을까? 사람들 말처럼 시간이 지나면 고통이 말끔히 사라질까? 나도 언젠가는 모든 것을 훌훌 털어버리고 일어나게 될까? 니체가 말했지. "죽을 만큼의 고통을 겪고 나면 강해지는 법이다."라고.

나는 밀라노 방향으로 한창 공사 중인 고속도로를 계속해서 달렸어. 달리고, 또 달린 거야. 시간이 흐르고 지나가는 차들이 뜸해지기 시작하면서 안전 표지판에 전적으로 의지하게 되었지. 공사 중임을 알리는 삼각 표지판과 유도등, 플래시장치, 형광선과 온갖 종류의 신호기 등등 말이야. 80킬로미터를 달리고 나니까 깔때기 모양의 외길로 줄어든 고속도로 위에 나 이외에는 아무도 없더군. 길은 철책과 플라스틱 보호 표지로 둘러싸인 채 끝도 없이 이어지고 있었지. 피로까지 겹쳐서 불현듯 괴물들이 기계적인 동작으로 손짓을 해대는 숲 한가운데에 있는 것 같은 느낌이 들었어. 마치 60년대 영국 추리소설 시리즈의 마지막 장면처럼 끔찍하고 어딘지 불길한 느낌 말이야. 무슨 말인지 알겠어? 섬뜩하다니까. 진짜로 겁이 났다고. 손에 땀이 흥건해져서는 지나치게 속도를 냈어. 고속도로에는 정말 아무도 없었지. 나는 속도를 줄였어. 방향을 잃어버릴까 봐 두려웠거든. 나 이외에 지나가는 다른 차가 있나 살펴보았지만 괜한 짓이었어. 이대로 계속해서 북쪽으로 달려갈 것만 같은, 결코 여행이 끝나지 않을 것만 같은 느낌이 든 거야. 꼭 죽으러 가는 것처럼. 그러고 나서 돌연 괴물들이 사라지고, 다시금 도로가 넓어졌어. 공사 구간이 끝난 거야. **다음 출구는 알렉산드리아-제노바**라고 적힌 표지판이 눈에 들어오니 다시 살 것 같은 기분이 들더라고. 나는 마침내 남쪽으로, 바다로, 나의 지중해로 접어들었어. 휴, 살았다. 이제 내게 12월 31일 밤의 이탈리아 북부 고속도로는 칼리뇨스 브라운의 깊이 있고, 애수 어린 노래 '**점토**'와 비슷해. 나는 자동차 안에서 그냥 조용히 듣고만 있었는데, 네게 그 곡을 꼭 들려주고 싶어. 가사에 대해서는 아무 말도 할 수가 없어. 나는 포르투갈어를 모르거든. 칼리뇨스 브라운은 브라질의 바이아 주 살바도르 태생이기 때문에 겨울철 북부 이탈리아와는 아무 상관이 없어. 말랑말랑해서 마음대로 주무를 수 있지만, 결국에는 딱딱하게 굳어서 안정적인 형태를 갖추는 점토가 그 당시의 내 정신 상태를 그대로 보여주고 있었다고 생각하니까 좋은 거야. 게다가 점토로 만든 질그릇은 **깨지기 쉽다**는 성질을 가지고 있어, 안 그래?

마침 자정에 왔던 방향으로 국경을 넘어가고 있었어. 나는 다시금 속도를 줄였고, 마침내 고속도로 위에서 느끼는 이 전적인 고독을 좋아하게 됐지. 멀리, 내 왼편으로 아주 멀리, 바다를 향해 프랑스의 작은 마을들 위로 새해 첫 폭죽을 쏘아 올리는 게 보였어. 사람들은 차도의 갓길 저편 아주 멀리서 축제를 벌이고 있었고, 나는 여전히 빠른 속도로 달리고 있어서 그들이 느끼는 행복을 엿볼 수는 있지만 내 것으로 느낄 수는 없었어. 그래도 어쨌든 아름다웠지. 요컨대 좀 시시해 보이기는 해도 그래도 아름답다는 이야기야. 그러고 나서는 눈 깜짝할 사이, 겨우 몇 분 후 불꽃 같은 건 온데간데없이 사라지고, 또다시 까만 어둠과 내 자동차의 헤드라이트만 남는 거야. 가끔 이젠 끝났구나 하고 생각하는 순간, 뒤늦게 한 발이 펑! 하고 터질 때도 있었지. 하지만 그러고 나면 또다시 아무것도 남지 않게 되는 거야. 정말이지 제야의 불꽃놀이를 그렇게 멀리서 바라보기는 난생 처음이다 싶어.

Carlinhos Brown: Agila (Alfagamabetizado, 1996)

Maria Bethania: Ambar (Ambar, 1996)

Caetano Veloso: Dans mon êîle (Outras Palavras, 1981)

Tribalitas: O Amor e Feio (Tribalitas, 2002)

Jorge Ben: Por Causa de Você, Menina (Samba Esquema Novo, 1963)

Carmen Consoli: Equilibrio Precario (L'Anfiiteatro e La Bambina Impertinente 2002)

Jonny Cash: Hurt (American IV, 2002)

첫 소설 《주인의 순시》(2000)를 발표하며 문단에 등단한 니콜라 파르그는 파리 문학 출판계에 신랄하고 웃음을 자아내는 풍자가 담긴 세 번째 소설 《원맨쇼》의 출간으로 일대 파문을 일으켰다. 당시 프랑스의 문학잡지인 《리르》의 편집장 프랑수아 뷔스넬은 그의 소설을 두고 이렇게 말했다. "니콜라 파르그는 자신의 동료 작가들이 쓰고 싶어하는 책을 지금 막 출간했다. 섬세함, 재기 넘치는 기지, 그 안에는 모든 게 다 있다. 프레데릭 베그베데보다 덜 냉소적이고, 미셸 우엘벡보다 따뜻한 니콜라 파르그는 그렇게 위대한 작가의 대열에 합류했다. 자신의 동료들을 희생양으로 삼아……." 파르그의 다섯 번째 소설 《난 네뒤에 있었어》는 독자에게 글 속으로 천천히 빠져들 여유를 주지 않는다. 마치 질투에 눈이 먼 오델로처럼 소설 속 화자 '나'의 내면에 꿈틀거리는 들끓는 분노와 억압된 고뇌는 곧장 읽는 이의 가슴을 후려쳐 '나'의 분노와 회한 속으로 빠져들게 만든다. 여기에 이 소설의 매력이 있다. 프랑스의 유력 일간지인 〈르 몽드〉와의 인터뷰에서 작가 자신이 말했듯이 '사랑과 이별'이란 주제는 일견 너무나도 진부한 듯해 보이지만, 태고 적 아담과 이브가 탄생한 이래 끊임없이 되풀이되는 영원한 인류의 테마라고 할 수 있다. 다만, 이번에 파르그가 선보인 마치 가까운 친구에게 고백을 하듯 생생하면서도 강렬한 필체는 비록 따라가기가 숨이 가쁠 정도로 괴로움을 주는 것이기는 해도 이러한 진부한 주제를 통해 독자를 독특하고 낯선 세계로 이끈다. 그러나 자신의 솔직한 심경을 토로하며 끊임없이 자기 내면을 비판하고 분석하는 '나'의 독백은 비단 소설 속 화자만의 것은 아니다. 이성을 만나 사랑을 하고 결혼을 하고, 부부라는 이름으로 살아온 이 땅의 평범한 이들이라면 누구나 한 번쯤 경험해봤음직한 그런 것이라고 할 수 있다. "사랑이란 뭘까? 대체 어떤 게 사랑이지?" 파르그는 작중 화자를 빌려 자문한다. 모두가 찬탄해 마지않는, 하지만 시종일관 불안에 떨게 만드는 여자와 십 몇 년을 살면서 그녀에게 자신을 송두리째 바치는 것? 아니면 마치 다정한 오누이처럼 마음이 통하는 여자와 며칠 간의 멋진 밤을 보내는 것? 작가는 이것이다라고 정확하게 단정짓지는 않지만, 곳곳에 배치해둔 시적 고백을 통해 반짝이는 진실을 드러내 보인다. "그녀와 함께 있으면, 결코 행복에 이르지 못할지라도 구태여 그러려고 애쓸 필요가 없을 것 같은 느낌이 들어." 이러한 점이야말로 이 소설이 갖는 독특한 매력이자, 가장 진부한 주제를 다루면서도 시종일관 독자의 눈길을 사로잡을 수 있는 이 작품만이 지닌 강한 흡인력의 원천인 셈이다. 하지만 독자로서 느끼는 매력과는 별도로 역자는 이 소설을 번역하며 마지막 문장을 옮기는 그 순간까지 뼈를 깎는 듯한 고통을 느꼈다는 사실을 털어놓지 않을 수 없다. 봇물이 터져 나오듯 이어지는, 마치 모노드라마를 연기하는 연극배우의 대사와도 같이 숨막히게 이어지는 문장들은 역자로 하여금 진땀을 흘리게 하기에 충분했고, 그 느낌을 고스란히 전달하기 위해 수없이 썼다 지우기를 반복하게 만들었다. 또한 화자의 심리 상태를 고스란히 전달하기 위해 작가가 의도적으로 사용했을 수많은 프랑스어 관용구를 우리말로 적절하게 표현하기 위해서 끝없는 고민을 하지 않을 수가 없었다. 힘이 들었던 만큼 번역을 마치고 난 후에 느끼는 뿌듯함도 남달랐던 작품이다.